KB266406

Jézabel

이렌 네미롭스키 선집 6

채단비 옮김

제자벨

Irène
Némirovsky **Jézabel**

레모

차례

편집자의 말
악녀의 전기(傳記) 혹은 상처의 자화상

자신의 마지막이 언제든지 들이닥칠 수 있음을 알 때 사람은 무엇을 할까. 조용히 자기 자신을 돌아볼 수도 있고, 소중한 가족과 시간을 보낼 수도 있을 것이다. 한 가닥 희망을 안고 마지막까지 도피를 이어갈 수도 있으리라. 이렌 네미롭스키는 '썼다'. 무엇을 위해 쓰는 것도 아닌, 쓰지 않고는 견딜 수 없어서 쓰는 글을 작은 책상에서 허겁지겁 써 내려가는 여자의 모습, 그 위축된 어깨와 긴장된 손 같은 이미지들이 이렌 네미롭스키라는 작가를 생각할 때면 여지없이 떠오른다. 마지막 작품으로 남은 '프랑스풍 조곡'의 두 작품, 『6월의 폭풍』과 『돌체』를 그렇게 썼다는 것은 당시의 메모와 기록들이 증명하고 있다. 그러나 『몰락』을 발표한

1929년부터 아우슈비츠로 끌려간 1942년까지, 작가가 글을 쓸 수 있었던 시간이 고작 13년 남짓이었으며 그사이 웬만한 작가가 평생에 걸쳐 썼을 법한 작품을 남겼음을 생각해볼 때, 이렌 네미롭스키는 늘 그렇게 허기진 사람처럼 허겁지겁 쓰고 있었을 것이다.

『제자벨』은 네미롭스키가 서른세 살이 된 1936년에 발표된 작품이다. 이 시기 그는 작가로서 문단에서 어느 정도 위치에 올랐고, 정치적으로는 비시 체제 이전이었기에 제도화된 유대인 박해가 시작되기 이전이다. 1929년에 태어난 첫딸은 일곱 살이 되었을 테고, 둘째 딸은 1937년에 태어난다. 그 짧은 인생에서 허락된, 비교적 안정적으로 글을 쓸 수 있었던 지극히 짧은 시기에 작가는 어머니를 향한 복수의 글을 쓴다. 1930년에 발표한『무도회』와 1935년 작품인『고독의 와인』에 이어 어머니의 몰락을 그리며 '복수 3부작'의 대미를 장식하는 책이 바로『제자벨』이다. 작가의 어린 시절은 부유했지만 불행했다. 금융가였던 아버지는 늘 사업으로 바빴고, 어머니는 어린 이렌을 유모에게 맡겨두고 밖으로만 돌았다. 자신의 아름다움에 집착하고 나이를 숨기며 딸을 유아화하는 소설 속 글라디스처럼 딸에게 철저히 무관심했으며, 사랑이 아닌 경쟁과 공포를 강요했다. 작가로 하여금 마음의 가장 어두운 부분을 헤집고 마구

할퀴는, '상처의 자화상'과도 같은 글을 끊임없이 쓰게 한 밑바탕에 작가 자신의 비틀린 모녀관계가 있었던 것이다.

　그러나『제자벨』의 동력은 한 개인의 광기에만 있는 것은 아니다. 네미롭스키는 글라디스의 내면을 해부하면서도, 그 내면이 자라난 토양을, 1930년대의 파리와 전쟁 이후의 사회, 흔들리는 질서를 동시에 조명한다. 무엇보다 선명한 것은 계급의 균열이다. 글라디스가 갈망하는 화려한 삶은 생존을 위한 자원이자 사회적으로 고루 분배되어야 할 몫이며, 그것이 뻔히 보이면서도 분배되지 않을 때 갈등은 임계점을 넘는다. 하층민인 잔과 베르트는 고된 노동에 신음하면서도 베르나르를 좋은 학교에 보내고, '신사'로 만들어 번듯하게 살게 하고 싶어한다. 이제는 계급이 고정되어 있지 않다는 믿음, 혹은 적어도 그렇게 믿고 싶어하는 사회적 변화를 느낄 수 있다. 하지만 베르나르 앞의 현실은 여전히 차갑다. 그는 교육을 받았지만 그에 걸맞은 일자리를 얻지 못하고 차라리 육체노동자가 되었더라면 좋았을 거라고 자조한다. 세대 갈등 또한 소설의 밑바닥을 흐른다. 글라디스는 '다음 세대'에게 무엇을 양보할 마음이 없다. 사랑도, 젊음도, 행복도 포기하지 않는다. 로르의 어머니는 딸이 병들었다는 말을 듣지만, 자식의 고통 앞에서조차 돈과 체면을 먼저 걱정한다. 마땅히 젊은이들의 몫이어야 하는 것

(사랑, 연인, 미래)을 늙은 여자에게 빼앗겼다고 베르나르가 절규할 때, 소설은 세대 간 전면전의 구조를 드러낸다. 이렇듯 『제자벨』은 '복수심'이라는 단일한 연료로만 설명되기 어려운 작품이다. 혹시 작가의 복수심이 글을 쓰는 과정에서 어느 정도 해소되거나 누그러진 것은 아닐까? 그렇지는 않은 것 같다. 정서적으로는 빈곤한 글라디스에게 순간순간 연민을 느낄 때마다 '이 사람은 악녀다!'라고 외치는 네미롭스키의 목소리가 들리는 듯하니까. 다만, 그는 훌륭한 작가였다. 글라디스의 화려한 옷장과 거울, 허울뿐인 파티만큼이나 라탱 지구의 학생 여관과 젊은 연인이 함께 먹던 오렌지, 안개가 내린 차가운 술집 거리도 생생하게 묘사할 정도로. 훌륭한 작가는 모든 것을 본다.

소설의 제목이기도 한 '제자벨'이라는 말은 낯설지만, 성경을 접한 사람이라면 구약에 등장하는 이세벨을 기억할 것이다('이세벨'을 프랑스식으로 발음하면 '제자벨'이 된다). 아합의 왕비로 야훼 예언자들을 박해했다고 알려진 '이세벨'의 이름은 서구권에서 오랫동안 악녀의 대명사로 쓰였다고 한다. 국가 권력을 등에 업고 기존의 질서를 뒤흔들었다는 면에서 '요후(妖后)' 서태후와 같은 위상이 아니었을까 상상해본다. 소설 속 이세벨, 즉 글라디스는 아름다움과 젊음이라는 권력을 휘두른다. 60세의 나이로 사랑에 목매고 불같은 질투를 하며 젊은 남자를 소유하려 하는 글라디스의 모습은 기대수명이 60세가 채 못 되던 당시의 프랑스 독자에게나 백 세 시대를 부르짖는 오늘의 독자에게나 도덕적 불편함을 안긴다. '외모 자본'은 시대를 막론하고 강력하지만, 그 권력에는 애초에 '유효기간'이 정해져 있다. 그런 글라디스가 느끼는 '늙음의 공포'는 아름다움과 젊음을 통해서만 남자를 지배할 수 있다는 외부적 상황에서 시작된 것일 테지만, 어느 순간 글라디스 자신도 늙은 여자를 혐오하고, 젊은 여자를 증오하며, 딸이 '여자'가 되는 순간을 막아선다. 사회의 규범을 내면화한 여성이 그것을 다른 여성에게 되돌려주는, 자기혐오이자 타자혐오로서의 여성혐오가 작동하는 순간이다. 당연한 이야기이지만 여성도 여성혐오를 한다. 게다가 여성인 까닭에 그 수행에 가장 능숙해질 수 있다. 여성 내부에서 작동하는 여성혐오를 이처럼 날것 그대로 생생히 노출하는 소설이 또 있을까.

'필굿(Feel Good) 소설'이 대세라는 지금, 독자를 한없이 불편하게 만드는 작품을 소개하는 마음이 유난히 설렌다. 문학은 원래 불편한 것이라고 믿기 때문이다. 네미롭스키는 상처를 미화하지 않고, 도덕적 교훈으로 봉합하지도 않는다. 오히려 상처를 확대해, 독자가 현미경으로 들여다보는 듯 피로와 광기와 자기기만에 휩싸이게 만든다. 그 용기

가『제자벨』을 불편하지만 강력한, 잊히지 않는 작품으로
남게 한다.

가『제자벨』을 불편하지만 강력한, 잊히지 않는 작품으로
남게 한다.

제자벨

Jézabel

　피고석으로 여자가 들어왔다. 여자는 창백한 얼굴에 멍하고 지친 기색이 드리웠음에도 여전히 아름다웠다. 눈물에 젖어 생기를 잃은 매력적인 눈꺼풀과 입꼬리가 처진 입이 눈에 띄었지만, 그래도 젊어 보였다. 머리카락은 검은 모자에 가려 보이지 않았다.

　여자는 무의식적으로 두 손을 목에 가져갔지만 목에는 아무것도 없었다. 아마도 목을 아름답게 장식하던 긴 진주 목걸이를 무의식적으로 찾았던 것이리라. 두 손을 멈칫하더니 침울한 모습으로 천천히 손을 비틀었다. 여자의 미세한 움직임까지 눈으로 좇던 흥분한 방청객 사이에서 속닥거리는 소리가 들렸다.

"배심원들이 피고인의 얼굴을 보길 원합니다. 모자를 벗으십시오." 재판장이 말했다.

여자가 모자를 벗자 모든 시선이 다시 여자의 작고 고운 맨손에 꽂혔다. 증인석 첫 줄에 앉아 있던 여자의 하녀는 도움의 손길을 내밀려는 듯 자신도 모르게 앞으로 몸을 내밀다가 문득 정신을 차리고 제자리로 돌아왔다. 하녀는 얼굴을 붉히며 당황스러워했다.

파리의 춥고 흐린 여름날이었다. 높게 난 창문에 빗줄기가 흘렀다. 뇌우가 치자 검푸른 번쩍거림이 오래된 목재 패널과 천장의 금박 격자 장식을 비추고 판사의 붉은 법복을 밝혔다. 피고석의 여자는 자신의 앞에 앉아 있는 배심원과 사람들이 여기저기 무리 지어 있는 법정 안을 차례로 둘러봤다.

재판장이 물었다. "피고, 이름이 어떻게 됩니까? 출생지는? 나이는?"

피고인의 입에서 새어 나오는 속삭임은 제대로 들리지 않았다. 법정에 있던 여자들이 속닥거렸다. "저 여자가 대답했어요." "뭐라고 말했어요?" "어디에서 태어났대요?" "못 들었어요." "몇 살이래요?" "하나도 안 들리네."

여자는 검은색 옷을 입었고 연한 금발머리는 숱이 적었다. "정말 잘 어울리네." 어떤 여자가 나지막이 말하더니 마치 연극이라도 관람하는 듯 만족스러운 숨을 내쉬었다.

서 있는 방청객들은 기소장 낭독을 제대로 듣지 못했다. 피고의 모습과 범죄 내용이 1면에 실린 정오 신문이 방청객들의 손에서 손으로 넘겨졌다.

여자의 이름은 글라디스 아이제나흐였다. 글라디스는 애인인 스무 살 청년 베르나르 마르탱을 살해한 혐의로 기소되었다.

재판장이 심문을 시작했다. "피고인, 출생지가 어디입니까?"

"산타 팔로마입니다."

"산타 팔로마는 브라질과 우루과이 경계에 있는 지역입니다." 재판장이 배심원들에게 설명했다. "결혼 전 이름은 어떻게 됩니까?"

"글라디스 뷔르네라입니다."

"우리는 이 법정에서 피고인의 과거사는 다루지 않을 겁니다. 피고인이 유년기와 청소년기를 먼 타국에서 보냈지만, 대부분 사회적 격동기에 있던 국가들이기에 피고인에 대한 통상적인 조사를 진행하기 불가능하다고 전달받았습니다. 따라서 그 시절에 대해서는 주로 피고인의 진술을 토대로 할 예정입니다. 예심에서 부친은 몬테비데오의 선주이고, 모친인 소피 뷔르네라는 혼인한 지 2개월 만에 남편을 떠났으며, 피고인은 부친의 부재하에 태어나 한 번도 만난 적이 없다고 진술했습니다. 맞습니까?"

"맞습니다."

"피고인은 여러 나라에서 유년기를 보냈습니다. 고국의 관례에 따라 매우 어린 나이에 혼인했습니다. 리샤르 아이제나흐라는 재력가와 결혼했지만 1912년에 사별했습니다. 현재 피고인은 연고도 가족도 없이 국제적이고 급변하는 사회의 일원으로 살아가고 있습니다. 남편의 사망 이후의 거주지를 남미, 북미, 폴란드, 이탈리아, 스페인 등으로 기재했으며, 나머지 국가들은 생략하겠습니다. 1930년에 처분한 요트로 다닌 여러 여행지도 제외하겠습니다. 피고인은 남편과 모친으로부터 재산을 물려받아 상당히 부유합니다. 전쟁 발발 전 피고인은 프랑스에 여러 번 체류하다가 1928년부터 프랑스에서 정착해 살고 있습니다. 1914년부터 1915년까지 앙티브 근처에서 거주했는데 아마 피고인에게는 슬픈 추억을 떠올릴 장소와 시기일 겁니다. 그곳에서 1915년 외동딸이 사망했기 때문입니다. 이러한 불행을 겪은 후 피고인의 삶은 보다 불안정하고 종잡을 수 없게 변했습니다. 여러 연인을 만들기에 적합했던 전후 시기에 부적절한 관계들을 수도 없이 맺고 금세 끝내버렸습니다. 1930년 피고인은 유서 깊고 명예로운 이탈리아 가문의 알도 몬티 백작을 만나게 됩니다. 피고인과 몬티 백작이 함께 알던 지인의 집에서였죠. 이후 백작은 피고인에게 청혼했습니다. 결혼은 결정된 일이었죠?"

"네." 글라디스가 낮은 목소리로 대답했다.

"피고인과 백작의 약혼은 꽤나 공식적이었습니다. 그런데 갑자기 파혼했어요. 이유가 무엇이었습니까? 답변하고 싶지 않으십니까? 아마도 구속받지 않는 방탕한 생활과 이러한 자유가 가져다주는 이점을 포기하고 싶지 않아서였겠죠. 피고인의 약혼자는 애인으로 남게 되었습니다. 맞습니까?"

"맞습니다."

"1930년부터 1934년 10월까지는 어떠한 연애사도 확인된 바 없습니다. 4년 동안 피고인은 몬티 백작을 저버리지 않았습니다. 그러던 중 우연히 희생자가 될 남자를 만나게 됩니다. 베르나르 마르탱이라는 스무 살 청년이었습니다. 이 청년은 평민 출신이며 호텔 지배인의 사생아였습니다. 피고인의 자존심에 상처를 낸 이러한 배경이 피고인이 오랫동안 피해자와의 관계를 부인한 원인이었음에 의심의 여지가 없습니다. 베르나르 마르탱은 포세생자크 6번지에 거주했고 파리 문과 대학의 학생이었습니다. 이 청년은 사교계 여성이자 미모와 부를 겸비한 매력적인 피고인의 마음을 사로잡게 됩니다. 피고인, 말해보십시오. 피고인은 정말 이상하고 터무니없을 정도로 순식간에 베르나르 마르탱에게 빠져들었습니다. 그 청년을 타락시키고 그에게 돈을 주다가 결국 살해하기에 이르렀습니다. 오늘 피고인은 바로 이 범죄에 대해 대답해야 합니다.”

글라디스는 떨리는 두 손을 천천히 맞잡았다. 손톱이 새하얀 피부를 파고들었다. 창백해진 입술을 간신히 벌리긴 했으나 어떠한 말도, 소리도 나오지 않았다.

재판장은 질문을 계속했다. “그 청년을 만나게 된 경위를 배심원들에게 설명해주십시오. 진술을 원치 않으십니까?”

“어느 저녁에 그 사람이 저를 따라왔습니다.” 마침내 글라디스는 나지막하게 대답했다. “지난가을의 일이에요. 저는…. 날짜는 기억나지 않아요. 네, 기억나지 않습니다.” 글라디스는 횡설수설하며 같은 말을 여러 번 반복했다.

“예심에서는 10월 12일이라고 진술했습니다.”

“아마 그럴 겁니다.” 글라디스가 작은 목소리로 말했다. “잘 기억나지 않습니다.”

“피해자가 피고인에게 은밀히 접근했습니까? 자, 어서 대답하세요. 진술하기 힘들어 보이는군요. 같은 날 저녁에 피고인도 피해자를 따라갔습니다.”

“아뇨, 아닙니다. 사실이 아니에요. 제 말 좀 들어주세요.” 글라디스는 희미하게 외쳤다.

글라디스는 누구의 귀에도 들리지 않은 몇 단어를 내뱉고는 이내 입을 다물었다.

“말씀하십시오.” 재판장이 말했다.

글라디스는 배심원과 자신을 뚫어지게 쳐다보는 방청객

들 쪽으로 다시 한번 몸을 돌렸다.

피로와 절망이 역력한 기색으로 몸을 살짝 움직이더니 이내 한숨을 쉬고 말했다. "할 말 없습니다."

"그럼 질문에 답하십시오, 피고인. 그날 밤 피고인은 피해자의 요구를 거절했다고 했죠? 그리고 이튿날인 10월 13일 베르나르 마르탱을 만나러 포세생자크 가로 갔다는 사실이 조사를 통해 밝혀졌습니다. 맞습니까?"

"네." 글라디스가 대답했다. 대답하는 동안 두 뺨으로 올라왔던 피가 천천히 빠져나면서 글라디스는 몸을 떨고 얼굴이 창백해졌다.

"거리에서 다가오는 남자들을 이런 식으로 받아주는 게 피고인의 버릇이었습니까? 아니면 피해자가 특별히 매력적이라고 느꼈던 겁니까? 대답하고 싶지 않으십니까? 피고인은 그동안 감춰온 사생활의 베일을 이미 걷어냈습니다. 공적인 자리인 이곳 중죄 재판소 법정에서는 숨김없이 전부 밝혀야 합니다."

"알았습니다." 글라디스가 지친 모습으로 말했다.

"피고인은 피해자의 집으로 갔습니다. 그다음은요? 다시 그를 만났나요?"

"네."

"몇 번이나 만났습니까?"

"기억나지 않습니다."

"청년이 마음에 들었나요? 그를 사랑했습니까?"

"아니요."

"그렇다면 왜 그의 뜻에 따랐습니까? 단지 하룻밤을 보내고 싶어서였나요? 아니면 두려워서? 협박받을까 봐 두려웠습니까? 사망 당시 피해자의 집에서 피고인 이름의 편지는 단 한 장도 발견되지 않았습니다. 피해자에게 자주 편지를 썼습니까?"

"아니요."

"피해자가 피고인과의 관계를 폭로할까 봐 두려웠습니까? 몬티 백작이 피고인의 일탈과 부끄러운 행실을 알게 될까 봐 불안했던 겁니까? 그렇습니까? 베르나르 마르탱은 피고인을 사랑했습니까? 아니면 그저 이익을 얻으려고 피고인을 쫓아다닌 겁니까? 아는 바 없습니까? 이제 돈 이야기를 해보겠습니다. 피고인은 피해자에 대한 추억을 더럽히지 않고자 해당 이야기를 진술하지 않았고, 수사 중 우연히 이 내용이 밝혀졌는데요. 짧은 연애 기간 동안 피고인은 베르나르 마르탱에게 얼마를 줬습니까? 연애 기간은 정확히 1934년 10월 13일부터 같은 해 12월 24일까지였습니다. 이 불쌍한 청년은 1934년 12월 24일과 25일 사이에 살해당했습니다. 두 달 간 피해자는 피고인으로부터 얼마를 받은 겁니까?"

"돈을 준 적 없습니다."

"아니요, 있습니다. 1934년 11월 15일 날짜로 피고인이 서명한 5천 프랑짜리 수표가 발견됐습니다. 수표는 피해자의 이름으로 되어 있었고요. 수표는 다음 날 입금되었지만 수표의 용도는 밝혀지지 않았습니다. 피해자에게 또 돈을 준 적이 있습니까?"

"아니요."

"그렇지만 또 다른 5천 프랑짜리 수표도 발견되었습니다. 금액은 적당해 보입니다만, 이 수표는 입금된 적이 없습니다."

"네." 글라디스가 낮은 목소리로 대답했다.

"이제 범죄 사건으로 넘어가겠습니다. 괜찮으십니까? 범죄를 직접 행하는 것보다 말하는 게 덜 어려운 법이죠. 지난 성탄 전야에 피고인은 몬티 백작과 저녁 8시 30분에 호텔을 나섰습니다. 치로스 레스토랑에서 함께 식사를 했습니다. 그러고는 같이 알고 지내던 현 장관 앙리 페르시에 부부와 밤 시간을 보내기로 되어 있었죠. 피고인 일행은 춤을 추러 연회 장소로 자리를 옮겼고, 피고인은 새벽 3시까지 그곳에 머물렀습니다. 맞습니까?"

"네."

"피고인은 몬티 백작과 호텔 앞에서 헤어져 방으로 돌아왔습니다. 예심에서 피고인은 차가 호텔 앞에서 멈췄을 때 베르나르 마르탱이 건물 대문의 구석진 곳에 숨어 있는 것을 발견했다고 말했습니다. 그렇죠? 그날 밤 피해자를 만나기로 약속했나요?”

“아니요. 며칠 동안 베르나르를 만나지 않았습니다.”

“정확히 얼마 동안인가요?”

“열흘 정도요.”

“만나지 않은 이유는 무엇이었습니까? 관계를 끝내기로 했습니까? 대답 안 하실 겁니까? 그날 새벽, 길에서 만났을 때 피해자는 피고인에게 무슨 말을 했습니까?”

“안으로 들어오겠다고 했습니다.”

“그러고 나서요?”

“저는 안 된다고 했습니다. 베르나르는 눈에 띄게 취해 있었거든요. 저는 겁이 났어요. 문을 열었을 때 베르나르가 저를 따라오는 걸 알았습니다. 뒤따라와 제 방까지 들어왔습니다.”

“방에 들어온 피해자는 뭐라고 했습니까?”

“전부 밝히겠다고 저를 협박했습니다. 제가 사랑하는 알도 몬티에게요.”

“피고인은 참 이상한 방식으로 몬티 백작에 대한 사랑을 증명하시는군요.”

“저는 그 사람을 사랑했습니다.” 글라디스가 다시 말했다.

“그다음에는 어떻게 되었습니까?”

“덜컥 겁이 나서 베르나르에게 그러지 말라고 부탁했는

데, 그는 저를 비웃고 밀쳤어요. 그 순간 전화가 울렸어요. 그 시간에 전화할 사람은 몬티밖에 없었어요. 베르나르가 전화를 받으려 했어요. 저는…. 저는 침대 옆 테이블 서랍에서 권총을 꺼냈고, 쐈어요. 제가 무슨 짓을 저질렀는지 정말 모르겠어요.”

“정말입니까? 살인범들이 으레 하는 말이군요.”

“그렇지만 사실입니다.” 글라디스가 낮은 목소리로 말했다.

“그렇다고 칩시다. 다시 정신을 차렸을 때 상황은 어땠습니까?”

“제 앞에 베르나르가 의식을 잃고 누워 있었습니다. 깨워보려 했지만 아무 소용 없겠다고 생각했습니다.”

“그다음은요?”

“그러고 나서 제 하녀가 경찰을 불렀습니다. 그게 다예요.”

“정말입니까? 경찰이 도착해서 범죄 사실을 발견했을 때 피고인은 솔직하게 모두 진술한 것이 맞습니까?”

“아닙니다.”

“그럼 뭐라고 진술했습니까?”

“저는.” 글라디스가 목멘 소리로 말했다. “막 귀가해 옆 화장실에서 옷을 갈아입는데 무슨 소리가 들려서 문을 열어보니 모르는 사람이 있었다고 말했습니다.”

"옷을 갈아입으면서 화장대 위에 올려둔 보석을 그 사람이 훔치려 했다고 진술했죠?"

"네, 그렇습니다."

"그럴듯한 거짓말로 들리는군요." 재판장이 배심원단을 향해 몸을 돌리며 말했다. "피고인은 자신의 부와 사회적 지위 덕분에 의심에서 쉽게 벗어났으니까요. 하지만 수사관들이 도착했을 때 애석하게도 피고인은 흰담비 외투와 파티 의상, 보석 일체를 두른 상태였습니다. 다음 날이 되자마자 피고인은 능수능란하게 예심 판사의 조사를 받았습니다. 전형적인 진술이었다고 평가할 수밖에 없겠습니다. 피고인은 미모가 출중합니다. 잔혹한 짓을 저질렀지만 미모만큼은 부인할 수 없죠. 우리는 지금 이 여성이 어찌할 바를 몰라 속칭 자기 꾀에 넘어가 당황하고 거짓말하며 움츠러든 모습을 보고 있습니다. 피고인은 개연성과 논리는 신경 쓰지 않고 그저 베르나르 마르탱은 결코 자신의 애인이 아니었다고 아주 솔직하게 진술하고 주장했습니다. 눈물을 흘리고 간청하다가 끝내 피고인은 인정했습니다. 예심 판사가 날카롭고 정교하게 신문을 이어가며 질문으로 압박한 결과 피고인의 연애사를 재구성해냈습니다. 안타깝게도 큰 반전은 없었습니다. 늙어가는 피고인이 20대 청년의 젊음에 끌렸을 수도 있고, 낯선 남자와 그와의 연애가 선사하는 자극에 이끌렸던 걸지도 모릅니다. 어쩌면 젊은 애인의 별 볼 일 없는 조건에 끌렸을지도 모르고요. 누가 알겠습니까? 피고인은 아마도 자신과 같은 계급 안에서의 애정 관계에서 지루함을 느꼈을 겁니다. 피고인은 청년의 유혹에 넘어갔지만 다시 정신을 차리고 싶었습니다. 돈을 받은 젊은 애인이 그 보상에 만족하여 자신의 인생에서 사라져주리라 믿었습니다. 부유한 여성의 오만함으로 말이죠. 하지만 술집 여자나 어린 매춘부만 만나봤던 청년은 피고인의 미모와 명성을 떨쳐내기 힘들었습니다. 그래서 피고인을 뒤따라가 협박했고, 그러자 피고인은 무서워 그를 살해합니다. 이 진술은 마음을 움직이기에 충분합니다. 예심 판사의 질문마다 피고인은 처음에는 변명을 늘어놓다가 나중에는 인정하며 그렇다고 대답했습니다. '네, 네'라는 답이 한결같이 돌아옵니다. 피고인은 아무런 설명도 보태지 않았습니다. 부끄러움을 느꼈습니다. 배심원 여러분, 지금처럼 피고인은 수치심 때문에 실신할 지경이었습니다. 하지만 피고인이 저지른 범죄와 조사 중 밝혀낸 이야기가 너무나 사실적이고 명확하며 논리적이었으므로 피고인은 계속 부인할 수 없었습니다. 피고인은 '네'라고 다시 대답했고 계획적으로 피해자를 살해했냐는 다소 중대한 질문에도 '네'라고 답했습니다. 그런 다음 이 대답이 얼마나 무거운지 깨닫고는 진술을 번복했습니다. 피고인은 자신이 정신을 차리지 못한 상태에서 살해했다고 주장했습니다. 하지만 피고인, 피고인은 이제까지 살면서 단 한 번도 무기를 소지해본 적이 없습니다. 그러다가 베르나르 마르탱을 알게 된 지 3주가 좀 지났을 무렵 총포상을 찾아갔고, 그날 이후 항상 권총을 지니고 다녔습니다. 맞습니까?”

“권총은 침대 근처 서랍에 있었습니다.”

“권총을 왜 구매했습니까?”

“모르겠습니다.”

“독특한 답변이네요. 어서 진실을 말하십시오. 베르나르 마르탱을 죽일 생각이었습니까?”

“그렇지 않습니다. 맹세합니다.” 떨리는 목소리로 글라디스가 대답했다.

“그럼 누구를 위해 권총을 샀습니까? 피고 자신입니까? 몬티 백작입니까? 사람들이 말하길, 그는 질투가 심했다던데요. 아니면 몬티 백작의 연적 때문에 산 것입니까?”

“아니요, 아닙니다.” 글라디스는 두 손으로 얼굴을 가리며 작은 목소리로 말했다. “더 이상 묻지 말아주세요. 이제 아무 말도 안 하겠어요. 전부 다 자백했잖아요. 사람들이 원하는 모든 것을.”

“좋습니다. 이제 증인 신문을 진행하겠습니다. 경위, 첫 번째 증인을 데려오세요.”

첫 번째 증인으로 한 여자가 법정에 들어왔다. 까무잡잡한 여자의 얼굴에 눈물이 흘렀다. 당황한 눈동자는 반짝거렸고, 피고석에서 자주색 판사복을 향해 눈동자가 움직이는 모습이 보였다. 법원 밖에는 끊임없이 비가 내렸다. 빗소리는 단조로웠다. 기자 한 명이 지루해하며 자기 앞에 잔뜩 펼쳐 놓은 종이 위에 '센 강을 따라 심긴 금빛 잎사귀의 플라타너스 나무들이 바람이 불자 기나긴 신음을 내뱉었다'와 같은 소설 구절들을 끼적였다.

"증인, 이름을 말하세요."

"라리비에르 플로라 아델입니다."

"나이는요?"

"서른두 살입니다."

"직업은요?"

"아이제나흐 부인의 수석 하녀입니다."

"당신은 증인 선서를 할 수 없으니 재판장의 재량으로 묻겠습니다. 언제부터 피고인 곁에서 일하기 시작했습니까?"

"1월 19일에 만 7년이 됩니다."

"범행에 대해 알고 있는 사실을 말해주십시오. 증인이 모시는 부인이 몬티 백작과 함께 성탄 전야를 보내기로 했습니까?"

"네, 재판장님."

"피고인이 몇 시에 귀가하겠다고 했습니까?"

"꽤 늦게요." 플로라가 말했다. "기다리지 말라고 하셨습니다."

"종종 있던 일입니까? 아니면 평소에는 피고인을 기다렸습니까?"

"한 달 동안 제가 몸이 좋지 않아서 줄곧 피곤했습니다. 부인은 여느 주인과는 달리 아랫사람들을 배려해주셨습니다. '가엾은 우리 플로라, 너무 힘들지 않아요? 나 때문에 밤새지 마세요. 옷은 나 혼자서도 갈아입을 수 있으니까요'라고 친절하게 말씀해주셨죠."

"그날 저녁 피고인은 평소와 같은 모습이었습니까? 긴장돼 보이거나 예민해 보이지는 않았습니까?"

"그냥 슬퍼 보였습니다. 부인은 자주 슬퍼하셨어요. 우시는 모습도 여러 번 봤고요."

"피고가 왜 울었는지 짐작 가는 일이 있습니까?"

"부인은 몬티 백작을 좀 질투하셨어요."

"아까 하던 이야기를 마저 해보시죠."

"부인이 나가시고 저는 잠자리에 들었어요. 제 방은 위층에 있고, 부인의 방과는 복도 하나를 사이에 두고 있거든요. 저는 전화가 울려서 잠에서 깼어요. 커튼 사이로 어슴푸레하게 해가 들고 있었으니 새벽 4, 5시쯤이었을 거예요. 부인이 귀가하신 후 몬티 백작이 그렇게 종종 전화를 걸곤 했어요. 부인은 그가 헤어진 뒤 곧장 집에 들어갔는지 확인하고 싶으셨던 것 같아요. 실제로 부인은 종종 전화를 받고 나서 곧바로 다시 걸기도 하셨어요. 백작님 목소리를 한 번 더 들고 싶다면서요. 그날도 전화벨 소리를 들었는데 아무도 전화를 받지 않더라고요. 걱정이 되면서 뭔가 불길한 느낌이 들었어요. 침대에서 일어나 복도로 나가봤어요. 부인의 목소리와 남자 목소리가 들리더니, 이윽고 총소리가 들렸어요.”

“계속하세요.”

“저는 겁이 나서 죽는 줄 알았어요. 부인의 침실까지 달려갔지만 왜 그런지 들어갈 용기가 나지 않았어요. 문 앞에서서 귀를 기울였는데, 아무 소리도 들리지 않더라고요. 한숨 소리조차도요. 문을 열고 들어갔는데, 그 장면을 잊을 수 없을 거예요. 부인은 침대에 앉아 계셨어요. 옷을 모두 입은 상태였어요. 흰담비 망토와 파티 드레스, 보석까지도요. 화장대 위의 램프가 부인을 비추고 있었어요. 부인은 울지 않았어요. 얼굴은 창백했고, 겁에 질려 있었죠. ‘부인, 부인!’ 하고 제가 부르며 팔을 끌어당기고 소리를 질렀지만, 부인은 아무것도 들리지 않는 것 같더라고요. 겨우 저를 쳐다보더니 ‘플로라, 내가 저 남자를 죽였어요’라고 하셨어요. 그 순간 가장 먼저 든 생각은 ‘부인이 애인을 죽였구나’ 하는 거였어요. 몬티 백작과 말다툼하던 중 한순간 정신이 흐트러져 총을 쏜 게 아닐까 했죠. 방 구석구석을 살펴봤어요. 심장이 쿵쿵거렸어요. 방이 너무 어두워서 처음에는 바닥에 놓인 시커먼 덩어리만 보였어요. 옷 무더기를 바닥에 내

팽개친 것처럼요. 불을 켜보니 구석에 떨어진 전화기가 보이고 그 옆에 권총이 있었어요. 그리고 누워 있는 남자가 보였어요. 몸을 숙여 들여다보니, 세상에, 제 눈을 믿을 수 없었어요. 몬티 백작이 아닌, 한 번도 본 적 없는 젊은 남자였거든요."

"피고인의 방이나 밖에서 피해자를 본 적이 한 번도 없습니까?"

"한 번도 없습니다, 재판장님."

"피고인이 증인 앞에서 피해자의 이름을 말한 적도 없었나요?"

"전혀요, 재판장님. 이름도 들어본 적 없습니다."

"피해자의 시신을 발견했을 때 증인은 어떻게 했습니까?"

"아직 죽지 않았을 거라고 생각해 부인에게 그렇게 말씀드렸어요. 부인이 일어나서 제 옆에 무릎을 꿇고 앉았죠. 머리를, 그러니까 베르나르 마르탱 씨의 머리를 두 손으로 들어 받치고는 한동안 가만히 계셨어요. 아무 말 없이, 움직이지도 않고 바라보기만 하셨어요. 사실 딱히 할 수 있는 일이 없었어요. 남자의 입가에서 피가 조금 흘렀어요. 얼굴은 엄청 앳된데, 잘 먹지 못하고 다니는 것 같았어요. 몸이 말랐고 볼은 핼쑥했어요. 옷도 젖어 있었는데, 밖에서 오래 기다린 모양이에요. 그날 밤에 비가 내렸거든요. 부인에게 '할 수 있는 게 없어요. 죽었어요'라고 말했어요. 부인은 아무 대답도 하지 않았어요. 남자를 한없이 바라보는 듯했죠. 작은 가방을 집어 들 때도 눈은 베르나르 마르탱 씨를 떠나지 않았어요. 부인은 가방에서 손수건을 꺼내 죽은 남자의 입술과 입에서 흘러나오는 피와 거품을 닦았어요. 깊게 한숨을 쉬더니 마치 잠에서 깬 것마냥 저를 쳐다봤어요. 마침내 자리에서 일어나더니 '가엾은 플로라, 경찰을 불러줘'라고 말했어요. 저에게 말을 놓으셨는데, 그때 제가 어떤 감정이었는지 모르겠어요. 이제 부인 곁에 저 말고 아무도 없을 거라는 사실을 깨닫고 저를 친구처럼 생각하신 게 아닐까 해요. 제가 '이 사람은 강도죠?' 하고 부인에게 물어봤어요."

"정말 그렇게 생각했습니까, 증인?"

"아니요. 그렇게 생각하지 않았어요. 저는 이 자리에서 진실만을 말해야 하는 거겠죠? 하지만 온화하고 모두에게 친절한 부인이 아무 이유도 없이 이렇게 사람을 죽일 수 있다고는 생각되지 않았어요. 분명 그 사람이 부인을 힘들게 했거나 협박하는 사기꾼이 틀림없다고 생각했어요."

"주인에 대한 증인의 충성심은 높이 삽니다. 하지만 그 충성심 때문에 증인 스스로 피고인이 유치한 거짓말을 하도록 만들어서는 안 됐습니다. 결국 피고인의 상황만 악화시켰을 뿐이니까요. 그 말에 피고인은 뭐라고 답했나요?"

"아무 대답도 하지 않으셨어요. 부인은 방에서 나가 잠시 복도를 서성였어요. 지금처럼 두 손을 비틀면서요. 그리고 나서 제 방으로 들어가 침대에 풀썩 누우셨어요. 경찰이 도착했을 때까지 미동도 없이 가만히 누워 계셨어요. 날씨가 추웠어요. 담요로 부인의 다리를 덮어주고 싶었죠. 부인은 주무시고 계셨어요. 경찰들이 도착해서야 잠에서 깨셨죠. 이게 다예요.”

“배심원 여러분과 검사 측, 증인에게 질문 있으십니까?”

검사가 입을 열었다. “라리비에르 씨, 증인은 대단히 존경스러운 충성심으로 피고인을 온화하고 심성이 고우며 고용인들에게 사랑받는 여성으로 묘사하고자 애쓰셨습니다. 그 점을 부인하지는 않겠습니다만, 피고인의 도덕성에 대해서는 교묘히 피해 가셨군요. 저희가 밝혀낸 피고인의 연애사를 이 자리에서 일일이 언급하지는 않겠습니다. 특히 1916년 전선에서 전사한 영국 청년 조지 캐닝이나 피고인이 오랜 부재 이후 파리에 돌아와 1925년부터 만났던 허버트 레이시와의 관계에 대해서도요. 그전의 관계들에 대해서도 모두 생략하겠습니다. 증인은 1928년부터 피고인 곁에서 일했습니다. 피고인의 애인들에 대해 증인은 정말 아무것도 몰랐습니까?”

“몬티 백작에 대해서라면 알고 있습니다.”

“몬티 백작은 공식적인 애인이고요. 그 외에 다른 사람은요?”

“부인이 몬티 백작을 만난 이후로는 아무도 본 적 없습니다. 아마도 틀림없을 겁니다.”

“그러니까 단정할 수는 없다, 이 말입니까?”

“무슨 말씀이신지….”

“넘어가죠. 증인은 몬티 백작 이전에 피고인에게 다른 애인이 하나도 없었다고 장담할 수 있습니까?”

“부인은 저에게 속마음을 털어놓지 않으셨어요.”

“알겠습니다. 하지만 증인은 한 친구에게, 그대로 인용하자면, ‘부인이 방황을 멈춘 걸 보면 백작을 정말 깊이 사랑하시는 게 틀림없어’라고 말했습니다. 증인이 한 말이 맞죠?”

“네, 그 말은….”

“네, 아니요로 대답하세요.”

“네. 부인은 백작을 만나기 전까지 애인을 여러 명 사귀었지만, 어디까지나 자유로운 몸이시잖아요. 남편과는 사별했고 자녀도 없으세요.”

“그럴 수 있습니다. 하지만 여기에서 증인은 피고인을 오점 없는 여자나 불한당의 손아귀에 떨어진 여자로 옹호해서는 안 됩니다. 배심원 여러분도 이해하실 겁니다. 저는 피고 글라디스 아이제나흐가 이번이 처음이 아니었다는 점, 그리고 살인을 범할 정도로 이 청년이 피고인을 공포에 몰아넣었다고 보는 점이 얼마나 기이한지를 증명하고자 하는 마음으로 이 자리에 섰습니다. 피고인은 자신이 피해자라고 주장하고 있습니다. 하지만 베르나르 마르탱이 이 여자에게 두 번이나 희생당한 것이라고 봐야 하지 않을까요? 배심원 여러분, 지금 이 법정에서 피해자를 젊은 애인이나 저속한 기둥서방으로 묘사하며 낙인찍으려 들지만, 사실 그는 얌전하고 성실한 청년이었습니다. 이 청년을 향한 추잡한 추측은 무엇으로도 용인될 수 없습니다. 피해자는 대학에서 문학을 전공하던 학생으로, 라탱 지구에서 무척 검소하게 생활했습니다. 그는 허름한 여관의 작은 방에서 살았습니다. 사망 당시 그의 방에 있던 돈은 400프랑이 전부였습니다. 가진 것도 조촐한 옷가지뿐이고 보석도 없었습니다. 여기서 배심원 여러분께 묻겠습니다. 이를 부유한 여자에게 귀여움받는 젊은 애인이자 끊임없이 협박을 일삼는 사람의 생활이라고 볼 수 있을까요? 오히려 이 여성이, 배심원 여러분의 앞에 있는 이 여성이 자신의 미모와 재력, 사교계 명성을 등에 업고, 젊은 피해자를 유혹해 타락시킨 다음 죽이기까지 한 것이 아닐까요? 사교계의 귀부인들은 다른 여성들보다 위험한 존재일 수 있습니다. 더 아름답고 더 교묘하니까요. 우리는 이 귀부인들을 찬양하면서 매춘 여성들에게 경멸의 시선을 던지는 자들의 위선을 폭로해야 합니다. 제가 언급한 피고와 같은 부류의 여성들은 젊은 애인의 영혼과 활기를 절실히 필요로 합니다. 피고인은 몬티 백작을 기만했습니다. 이 정중한 신사의 감정을 농락했습니다. 알지도 못하는 젊은 남자를 만나며 망설임 없이 백작을 속였으니 말입니다. 게다가 베르나르 마르탱도 멋대로 휘두르며 재미를 봤습니다. 그러면서 더 위험한 놀이를 감행합니다. 권총을 구입해 냉정하고 무자비하게 이 어린 청년을 살해한 것입니다. 피고인이 없었다면 피해자는 성실한 학생의 삶을 이어갔을지도 모릅니다. 행복하게 살다가 우리 사회에 꼭 필요한 인재가 되었을지도 모릅니다.”

“라리비에르 씨.” 이번에는 피고 측 변호인이 말했다. “한 가지만 묻겠습니다. 피고인은 몬티 백작을 사랑했습니까? 여자의 눈으로 바라본 그대로 대답해주십시오.”

“부인은 몬티 백작을 많이 좋아했습니다.”

“감사합니다 증인. 이 한마디가 검사님의 훌륭한 주장에 대한 유일한 답변이 될 것입니다. 간결하지만 매우 진실된 말입니다. 피고인은 자신의 연인을 사랑했습니다. 사랑에 빠져 있으며 질투하던 피고인이 찰나의 일탈로 바람기 있는 연인의 질투심을 불러일으키려 했다? 피고인을 쫓아다니던 젊은 남자에게 결국 굴복했다? 그러고 나서 후회가 들고 추문이 두려워 한순간의 공황 상태에 빠져 평생 속죄할 살인을 저질렀다? 피고인은 죄를 저질렀으며, 그 일이 범죄라는 사실을 부정하지는 않겠습니다. 하지만 매력적이고 온화한 이 여성을 영화 속 흡혈귀 같은 요부 따위로 만들려 애쓰기보다 이러한 물음을 던지는 것이 훨씬 간단하고 인간적이며 논리적으로 보입니다.”

재판장이 증인에게 퇴장을 명했다. 글라디스는 몹시 지쳐 보였다. 때때로 얼굴에 지독한 권태가 떠오르기도 했다. 플로라는 자리를 떠나며 글라디스를 보고 마치 응원을 건네듯 수줍게 미소 지어 보였다. 글라디스는 울음을 터뜨렸다. 창백한 볼을 타고 눈물이 흘렀다. 글라디스는 손등으로 눈물을 훔치고 눈을 내리깐 채 가만히 있었다.

비는 멈추지 않고 내렸다. 하늘이 어두컴컴해졌다. 법정 안의 조명을 밝히니 글라디스의 얼굴이 노란 불빛 아래에서 돌연 비참해 보였고, 나이도 가늠되지 않았다. 표정은 미동조차 없었다. 두 눈은 아름답고도 깊었다. 무엇인가에 홀린 듯한 눈 속으로 생기가 빨려 들어가 사라져버린 모습이었다.

“경위.” 재판장이 말했다. “다음 증인을 들여보내세요.”

숨 막힐 듯한 더위였다. 젊은 변호사들이 재판정 바닥에까지 모여 앉아 있었고, 그 모습이 꼭 새카만 카펫처럼 보였다.

“이름이 어떻게 됩니까?” 재판장이 증인에게 물었다.

“몬티 백작 가문의 알도 데 피에스키입니다.”

알도 몬티는 키가 큰 40대 남성이었다. 아름답고 반듯한 얼굴은 면도가 되어 있었다. 입매는 굳건했고 긴 속눈썹 아래로 회색 눈동자가 창백하게 빛났다.

방청객 중 한 사람이 옆자리에 앉은 여자 쪽으로 몸을 기울이며 속삭였다. "참 안됐어요. 살인 사건 다음 날 알도가 저에게 뭐라고 했는지 알아요? 얼마나 큰 충격을 받았는지, 품위 있고 침착한 모습은 진작에 잃어버리고 '아, 왜 글라디스가 나를 죽이지 않았을까요?'라지 뭐예요. 알도는 자신이 받은 모멸감과 저 여자의 파렴치한 행동을 절대 용서하지 못할 거예요."

"그걸 어떻게 알아요? 남자들이 얼마나 이상한데요. 저 여자도 몬티 백작의 질투를 사려고 어린 베르나르 마르탱과 잤을 게 분명해요. 그러고는 백작이 알면 안 되니까 죽인 거죠. 남자 입장에선 영광이려나?"

"그건 피고 측 논지잖아요."

그사이 재판장이 몬티 백작에게 질문했다. "범행 전 증인은 피고인과 함께 밤 시간을 보냈습니까?"

"네, 재판장님."

"증인과 피고인은 1930년에 만났습니까?"

"맞습니다."

"피고인과 결혼하길 원했습니까?"

"네, 재판장님."

"피고인이 처음에는 청혼을 승낙했습니까? 이후 마음을 바꿨다는 것이 사실인가요?"

"네, 그렇습니다."

"무슨 이유에서였죠?"

"아이제나흐 부인은 자유를 내려놓길 망설였습니다."

"또 다른 이유는 밝히지 않았나요?"

"네, 다른 이유는 말하지 않았습니다."

"증인은 다시 청혼했습니까?"

"여러 번 했습니다."

"대답은 항상 거절이었고요?"

"네, 그렇습니다."

"증인은 요 근래 피고인이 몰래 다른 사람을 만나고 있다는 느낌을 받았습니까? 다른 연인이 있다는 의심이 든 적이 있나요?"

"아니요. 다른 사람이 있다고 의심하지 않았습니다."

"사건이 벌어지기 전, 증인과 피고인이 마지막으로 함께 보낸 저녁에 대해 말해주세요."

"8시 30분쯤에 아이제나흐 부인을 데리러 호텔로 갔습니다. 평소와 다르지 않았습니다. 들뜨거나 슬퍼 보이지도 않았고요. 치로스 레스토랑에서 저녁을 먹고 플로랑스 카바레에서 페르시에 부부와 함께 시간을 보내기로 되어 있었어요. 집에는 새벽 3시쯤에 돌아갔습니다. 그날 밤 제 자동차가 수리 중이어서 아이제나흐 부인의 차로 이동했습니다. 부인을 호텔 앞에 내려주고 저는 집으로 갔습니다."

"증인은 피고인이 호텔로 들어가는 걸 봤습니까?"

"평소처럼 호텔 문을 열어주기 위해 같이 내리려고 했습니다. 사실 저는 그날 하루 종일 몸이 좋지 않아서 약을 먹으며 버티고 있었습니다. 차를 타고 오는 동안 오한이 들기도 했고요. 아이제나흐 부인은 절 걱정하며 차에서 내리지 말라고 간곡하게 말했습니다. 그날 밤은 정말 추웠거든요. 비도 내리고 바람도 세게 불었던 걸로 기억합니다. 하지만 걱정하는 그 모습을 보면서 저는 웃기만 했습니다. 전쟁을 겪으며 이 정도의 고통이나 시련에 별다른 의미를 부여하지 않고 버티는 것에 익숙해졌으니까요. 우리는 장난치듯 가벼운 말다툼 같은 것을 벌이기까지 했습니다. 제가 차 문을 열고 내리려 하자 아이제나흐 부인이 저를 막았어요. 제 손을 붙잡고 몸을 슬쩍 피하더니 곧바로 차에서 내려 인도에 올라서더군요. 그러고는 기사를 향해 '백작님을 집으로 모시세요'라고 외쳤어요. 저는 부인의 손등에 짧게나마 입맞춤한 후 바로 떠났습니다."

"그럼 피고인은 자신을 기다리던 베르나르 마르탱을 확실히 봤겠군요?"

"틀림없이 봤을 겁니다." 몬티 백작이 무뚝뚝하게 말했다.

"증인은 다음 날까지 피고인의 소식을 전혀 듣지 못했습니까?"

"저는 집에 돌아와서 아이제나흐 부인에게 전화를 걸었습니다. 우리 둘만의 약속이었거든요. 그런데 아무도 전화를 받지 않아서 벌써 잠들었나 보다 생각했습니다. 아침 6시가 좀 넘었을 무렵, 아이제나흐 부인의 하녀 플로라가 저를 깨우더니 끔찍한 일이 벌어졌다고 알렸어요. 저에게 빨리 오라며 나쁜 일이 생겼다고 했습니다. 제가 무슨 상상을 했는지는 재판장님께 맡기겠습니다. 저는 급히 옷을 입고 밖으로 나갔어요. 아이제나흐 부인의 방에 도착하니 이미 경찰을 부른 뒤였습니다. 집 안은 사람들로 북적거렸고, 불쌍한 청년의 시신은 차게 식어 있었습니다.”

“증인은 피해자를 한 번도 만난 적이 없습니까?”

“없습니다.”

“베르나르 마르탱이라는 이름도 들어본 적 없고요?”

“전혀 모르는 이름입니다.”

“배심원 여러분, 증인에게 질문 있으십니까? 검사와 피고 측 변호인은요?”

“증인.” 피고 측 변호인이 물었다. “사람들의 주장에 따르면 가까운 여자 친구 한 명과 자주 함께하는 모습을 피고인이 보고 질투했다는데, 이 점이 사실인지 말씀해주시겠습니까? 피고인이 이 점에 대해 지적한 일은 없었습니까?”

“기억나지 않습니다.” 몬티 백작이 대답했다.

“기억을 더듬어보시죠.”

“아이제나흐 부인은….” 몬티가 마침내 입을 열었다. “최근 심하게 질투하거나 예민했던 적이 좀 있었습니다.”

“알았습니다.” 변호사가 의기양양한 어조를 애써 감추며 말했다. "베르나르 마르탱을 만나기 얼마 전에 그랬다는 겁니까? 이전 변론 때 제가 배심원단에게 설명하고자 한 피고인과는 어울리지 않는 모습이군요. 고립되고 이해받지 못했던 모습과 말이죠. 낯선 남자 곁에서 보잘것없는 위로와 최소한의 사랑을 찾다가 자신이 열렬히 좋아하는 사람에게 배신당하고 조롱받는 모습말입니다."

"저는 아이제나흐 부인을 항상 부족함 없이 사랑했습니다." 몬티 백작이 말했다. 그리고 크고 가느다란 손으로 증인대를 초조하게 문지르기 시작했다.

"항상요? 정말입니까?"

"저는⋯." 몬티 백작이 말했다. "아이제나흐 부인을 가장 사랑했습니다. 그녀와 결혼해 가정을 꾸리는 것이 저의 큰 소망이었습니다. 그렇지만 아이제나흐 부인은 이것을 원하지 않았습니다. 제가 어쩌다 별 뜻 없이 기분 전환을 했다 하더라도 비난받을 일은 아니라고 생각합니다. 하지만 변호사님께서는 저를 질책하시려는 것 같군요."

"맞습니다." 재판장이 피고인을 돌아보며 말했다. "명예로운 존재로 남느냐 마느냐는 오직 피고인에게 달려 있던 문제였습니다. 그럼에도 피고인 스스로 사랑이라는 불확실하고 위험한 자극을 선택한 게 아닙니까?"

글라디스는 아무 대답도 하지 않았다. 그녀의 몸이 눈에 띄게 떨렸다. 피고 측 변호사가 증인 신문을 이어갔다. "이 불쌍한 여자가 그토록 사랑하던 증인이 어떻게… 사랑에 빠진 약하고 가련한 한 여자를 미치고 타락한 존재로 만들어버리는 그 '소문'에 스스로 신빙성을 더해준단 말입니까? 과연 증인 말고 누가 피고인에게 관용을 베풀 수 있겠습니까? 피고인이 증인의 진실된 사랑을 느꼈더라면 그 사랑이 피고인을 구했을지도 모르죠." 성악가처럼 장엄한 목소리를 조금씩 높이며 변호사가 말을 이었다. "아아, 증인! 제가 증인에게 불리할 수도 있는 사실까지 자세히 말하게 만드시네요. 안타깝지만 어쩔 수 없죠. 이제부터 변론을 거칠게 이어가도 너그럽게 용서하시길 바랍니다. 몬티 백작님, 증인은 피고인을 알게 된 시기에 금전적인 문제를 겪고 있었죠?"

기자석에서 기자들이 속기하는 소리가 들렸다. '격렬한 논쟁. 재판장이 휴정을 선언. 재판 속행 후 증인이 진술.'

"사실 저희 가문은 돈보다 토지를 더 많이 소유하고 있지만, 가문의 지위에 걸맞은 수입을 한 번도 누려본 적이 없습니다. 그럼에도 제가 빚을 졌다거나 돈을 펑펑 쓰고 다녔다고 눈 하나 깜짝하지 않고 비난할 수 있는 사람은 이탈리아든 파리든 그 어디에도 없으리라 생각합니다. 아이제나흐 부인의 상당한 재산은 제게 그녀의 매력이나 개인적인 덕성보다 중요하지 않았습니다. 그 재산이 우리 결혼의 장애물이라고 생각하지도 않았고요. 저는 결혼을 해서 적당히,

나아가 번듯하게 자리를 잡고 싶었으니까요. 같은 성씨로 묶이면 아이제나흐 부인도 가난한, 상대적으로 부족한 저의 재정상태를 잊을 수 있을 테니까요. 이러한 금전적인 문제로 질책받는 지금의 상황이 참으로 기이하네요. 정말이지, 로마 귀족 가문에게 그런 곤궁은 아무렇지 않은 일인데 말이죠."

"증인의 품위 있는 언행에 고개 숙여 경의를 표합니다. 증인은 이제 퇴정해도 됩니다. 경위, 다음 증인을 들여보내세요." 재판장이 말했다.

여우 털 목도리를 두른 미모가 출중한 여자가 증인석에 나타났다. 몸은 호리호리했고, 하얀 피부에 얼굴이 갸름했다. 짧은 검은색 베일이 눈썹 위로 가볍게 내려와 있었다. 여자는 증인 선서를 하려고 긴 검은 장갑을 천천히 벗었다.

"성함을 말씀해주십시오."

"자닌 마리 쉬잔 페르시에입니다."

"나이는요?"

"스물다섯 살입니다."

"거주지는요?"

"페장드리 가 8번지입니다."

"직업을 말씀하세요."

"없습니다."

"부인은 사건이 벌어지기 전 있었던 저녁 식사의 네 번째

일행으로서 증인으로 채택됐습니다. 증인은 피고인의 절친한 친구였습니까?"

"글라디스 아이제나흐는 제게 정말 좋은 친구였습니다. 글라디스를 많이 좋아했어요. 당연히 지금도 애정과 동정심을 마음 깊이 느끼고 있습니다."

자닌은 부드럽게 미소 지으며 글라디스 쪽으로 고개를 돌렸다. 글라디스가 자신의 선의를 알아보고 미소로 화답해주길 바라는 듯했다. 글라디스는 힘겹게 고개를 들어 자닌을 똑바로 쳐다봤다. 씁쓸함이 묻어난 글라디스의 입술이 살짝 주름지며 경직되었다. 잠시 서로를 가만히 쳐다보다가 글라디스는 추운 듯 옷깃을 올려 얼굴을 가렸다.

"친구의 연애사에 대해 알고 있었습니까?"

"그럴 리가요, 재판장님. 여자들의 우정이 어떤지 아시잖아요. 저희는 같이 수다를 떨 뿐이에요. 재봉사의 주소를 공유하고 같이 외출도 하지만, 속마음을 털어놓는 일은 거의 없습니다. 물론 저 역시 다른 사람들처럼 글라디스가 몬티 백작을 만나고 있다는 사실을 알고 있었어요. 하지만 몬티 백작 외에는 자세히 아는 바가 없습니다."

"증인은 피고인이 꾸준히 몬티 백작의 청혼을 거절해온 이유를 알고 있습니까?"

"제 생각에는요." 자닌은 살짝 어깨를 으쓱하더니 대답했다. "글라디스는 자유를 지키고 싶어했던 것 같아요. 평소 행동을 두고 말씀드리자면, 자유로운 삶은 글라디스에게 매우 소중했던 것이 분명해요.”

“더 자세히 말씀해주시겠습니까?”

“나쁘게 말하고 싶지는 않아요. 신이시여, 저를 지켜주소서. 다들 알고 있는 사실을 말씀드릴 뿐입니다. 글라디스는 지나치게 외모를 꾸몄어요. 가벼운 추파나 남자들의 칭찬을 지나치게 좋아하긴 했지만, 그게 죄는 아니잖아요.”

“그뿐이라면 죄는 아니죠.”

“저희 부부는 몬티 백작과 진솔한 우정을 나누는 사이였어요. 백작에게 조심하라고 자주 경고했습니다. 개인적인 의견이지만, 백작과 글라디스가 결혼하면 두 사람 모두 불행해질 거라고 생각했습니다.”

“두 사람의 관계가 행복해 보이긴 했습니까?”

“적어도 겉으로는 그렇게 보였습니다. 하지만 안타깝게도 글라디스의 질투는 상식을 벗어날 정도로 심했어요. 더없이 온순한 모습 뒤로 폭력적인 모습을 보일 때도 있었습니다. 저는 그 끔찍한 사건을 듣고도 놀라지 않았어요. 제 눈에 글라디스는 늘 마음속에 비극을 품고 있는 것 같았거든요. 비밀스러운 구석도 많았고요. 터무니없이 까다롭기도 했고요. 정말이지, 요즘 시대에 통하지도 않을 헌신을 남자들에게 요구했으니까요. 물론 자신의 미모로 그 같은 헌신이 정당화되리라 기대했겠지만, 나이를 생각해야죠. 글라디스는 이 모든 것을 받아들이려 하지 않았어요. 몬티 백작의 사랑이 이미 식었다는 사실도, 물론 몬티 백작이 글라디스를 향해 흔들림 없는 애정을 계속 간직하고 있다는 사실도, 그리고 어쩌면 보다 너그럽고 관대해져야 할 시점이 왔다는 사실도… 도무지 인정하려 들지 않았어요. 게다가 그녀 자신의 연애사가 워낙 복잡했기 때문에 이 점이 성격에 영향을 끼쳐서 글라디스는 어둡고 예민해졌습니다.”

“사건이 일어나기 전의 밤, 그러니까 비극적으로 끝나버린 성탄 전야에 대해 말씀해주시겠습니까?”

“저와 남편은 레스토랑에서 저녁을 먹었고 그곳에서 글라디스와 몬티 백작을 만났어요. 그런 다음 플로랑스에서 같이 시간을 보내기로 했습니다. 평범한 밤이었어요. 샴페인을 마시고 춤도 추다가 새벽에 귀가했습니다. 그게 다예요.”

“피고인이 긴장하거나 흥분된 모습이었습니까?”

“그날 밤 글라디스는 극도로 긴장되고 들떠 보였습니다, 재판장님. 몬티 백작이 다른 여자를 쳐다볼 때마다요. 오, 몬티 백작은 당연히 아무 의미 없이 가끔 눈길을 준 것뿐입니다. 옆에 앉은 여자에게 평범한 칭찬만 건네도 글라디스는 얼굴이 창백해지면서 몸을 떨었어요. 확실히 말씀드리자면, 정말이지 보기 안타까울 정도였답니다. 저는 글라디스를 안심시키고 싶었던 것 같아요. 하지만 어떻게요? 헤어질 때 제가 글라디스를 꽉 안아준 기억이 납니다. 글라디스가 제 연민을 알아주길 바랐어요. 그 뒤로 글라디스가 겪은 일들을 생각하니, 그날 본능적으로 저의 애정을 솔직하게 표현한 게 정말 다행이라고 생각해요.”

“피고인의 집에서 베르나르 마르탱을 본 적은 없습니까?”

“전혀요, 재판장님.”

“이름도 들어본 적 없습니까?”

“네, 없습니다.”

“피고인에게서 직접, 혹은 제삼자에게서 이와 유사한 연애사에 대해 들은 적이 있습니까? 진술을 망설이시는군요? 증인은 이 자리에서 진실만을 말해야 한다는 사실을 잊지 마십시오.”

“정말로.” 자닌은 긴 장갑을 초조하게 쥐어짜며 대답했다. “제가 할 수 있는 말이라고는 그저….”

“진실만 말하면 됩니다, 증인. 제가 증인을 신문하는 게 더 낫겠습니까? 수사 과정에서 증인은 ‘이 사건이 놀랍지 않다, 언젠가는 일어날 일이었다, 머지않아 글라디스가 사기꾼 손에 놀아날 수밖에 없었다’라고 진술했습니다. 증인이 한 말을 그대로 인용한 겁니다.”

“제가 그렇게 말했다면, 모두 진실이라서 말한 겁니다.”

“자세히 말씀해주십시오, 증인. 증인은 정의를 밝히기 위해 이 자리에 섰습니다.”

“지금 솔직히 말씀드리자면, 그렇게 진술했을 때 제 불쌍한 친구가 자주 드나들던 발자크 가의 한 집을 떠올리고 있었습니다.”

“매춘업소를 말하는 겁니까?”

“네. 저는 정의 앞에서 친구의 이상하고도 비상식적인 교제를 숨겨서는 안된다고 생각합니다. 가엾은 제 친구의 병든 심리 상태를 파악할 실마리가 될지도 모르니까요.”

재판장이 글라디스를 쳐다보며 물었다. “증인의 말이 사실입니까?”

“네.” 글라디스는 낙담한 듯 대답했다.

재판장은 붉은 법복의 통 넓은 소매를 천천히 추켜올렸다. “피고인은 어떤 낯부끄러운 쾌락을 찾으려 그곳에 갔던 겁니까? 여전히 출중한 미모를 간직한 데다 정중한 신사가 연인으로 곁에 있는데 무슨 바람이 불어서 매춘의 장소까지 이끌리게 된 겁니까? 재력이 상당하니 돈이 필요해서라고 변명할 순 없겠죠. 애석하게도 돈 때문에 여성들이 타락하는 일은 종종 벌어지니까요. 대답하고 싶지 않습니까?”

“부정하지 않겠습니다.” 글라디스가 낮은 목소리로 말했다.

“증인, 진술을 마쳤습니까?”

“네, 재판장님. 가엾은 제 친구를 위해 관용을 베풀어달라고 배심원단에게 간곡히 부탁드려도 될까요?”

“그건 증인이 아닌 변호인의 소관입니다.” 재판장은 보일락 말락하게 미소를 띠며 말했다. “증인은 이만 퇴정하셔도 됩니다.”

　자닌이 증인석을 떠나고 증인들의 행렬이 다시 이어졌다. 이번 증인들은 하층민들이었다. 글라디스가 살던 호텔의 관리인과 그녀의 운전사 같은 사람들. 그들은 우스꽝스럽고 서툴지만, 가능한 한 글라디스에게 유리하게 증언하려 애썼다. 이어서 의사들이 증인으로 들어왔다. 그들은 피고인의 정신 상태에 대해 ‘예민하고 쉽게 흥분하지만 정신적인 문제는 없으며 본인의 행동에 책임질 수 있는 상태’라고 진술했고, 또 다른 의사들은 피해자의 시신 상태를 설명했다.

　피로에 지친 방청객들이 들릴 듯 말 듯하게 웅성거렸다. 증인들의 말이나 몸짓, 단어 하나, 행동 하나, 어조 하나에 법정 안에 낮고 신경질적인 웃음이 번져갔다.

　“다음 증인을 들여보내세요.”

　연로한 남자가 증인석으로 들어왔다. 백발의 남자는 낯빛이 창백하다 못해 투명할 정도였다. 길고 가는 입매의 양쪽 입가가 피로로 주름져 있어서 남자의 몸이 매우 쇠약한 상태임을 짐작할 수 있었다. 글라디스는 남자를 보고 괴로운 듯 한숨을 작게 내뱉더니 앞으로 몸을 내밀어 그 노령의 남자를 뚫어지게 바라봤다.

　글라디스는 울고 있었다. 늙고 지친 듯한 그녀는 이제 더 수치스러울 일도 남아 있지 않다는 듯 무너져 내린 모습이었다.

"이름이 어떻게 되십니까?"

"클로드 파트리스 보상입니다."

"나이는요?"

"일흔한 살입니다."

"사는 곳은요?"

"스위스 브베의 메일 대로 28번지입니다. 파리에서는 말라케 강변로 12번지에 살고 있습니다."

"직업은 어떻게 되십니까?"

"없습니다."

"배심원들이 들을 수 있게 좀 더 크게 말씀해주셔야 할 것 같습니다. 가능하시겠습니까?"

클로드는 고개를 살짝 숙여 최대한 또박또박 말하려 애쓰며 천천히 대답했다. "네, 재판장님. 죄송합니다. 제가 나이가 든 데다 건강이 좋지 않습니다."

"자리에 앉으시겠습니까?"

클로드는 괜찮다며 사양했다.

"증인은 피고인의 가까운 친척으로, 현재 생존해 있는 유일한 친지이죠?"

"글라디스 아이제나흐의 결혼 전 성은 뷔르네라입니다. 제 아내인 테레자 뷔르네라의 아버지와 글라디스의 아버지는 형제였고, 몬테비데오의 부유한 선주 집안 출신입니다.

글라디스의 아버지 살바도르 뷔르네라는 매우 영특하고 교양이 넘치는 사람이었습니다. 안타깝게도 글라디스의 부모는 일찌감치 헤어졌고, 글라디스의 모친이 딸을 키웠습니다. 제가 보기에 글라디스의 어머니는 성격이 상당히 불안정하고 까다로운 사람이었습니다. 친척들과 모두 연락을 끊고 살았어요. 제 아내는 엑스레뱅을 여행하던 중 어린 글라디스를 처음 만났습니다. 당시 저희는 런던에 살고 있었는데, 아내가 글라디스를 집에 초대해서 한 계절을 같이 보내기도 했습니다.”

“그때가 언제쯤이었나요?”

하지만 클로드는 질문에 입을 다물고 애처로운 눈빛으로 글라디스를 바라봤다. 노란 조명을 받은 글라디스의 얼굴이 초췌하고 창백해 보였다. 글라디스는 슬프게 시선을 떨궜다. 클로드가 한숨을 내쉬고 말했다. “오래전 일이라 이제 기억이 잘 나지 않습니다.”

“그 당시 피고인은 어떤 사람이었는지 배심원단에게 말씀해 주시겠습니까?”

“글라디스는 온화하고 유쾌했습니다. 칭찬을 들으려 노력했고 무엇보다도 사람들의 마음에 들고 싶어했어요.”

“증인과 피고인은 꾸준히 만났습니까?”

“가끔씩요. 글라디스는 리샤르 아이제나흐와 결혼한 후 꾸준히 여행을 다녔어요. 글라디스가 파리에 들를 때면 저는 잊지 않고 안부를 물으러 찾아갔습니다. 하지만 파리에 자주 가지는 못했습니다. 아내의 건강이 좋지 않아 해마다 몇 달씩 스위스에서 보냈거든요. 대신 저희 아들 올리비에가 아이제나흐 부부 집에 자주 초대받았습니다. 1914년 글라디스의 딸 마리테레즈가 죽기 몇 달 전에 제가 앙티브에 들러 만났고, 그러고 나서 다시 브베로 돌아왔습니다. 저희 아들은 전장에서 전사했습니다. 그 이후로 저는 브베에 자리 잡고 살고 있습니다. 그곳 기후가 저에게 잘 맞아서요. 그날 이후 글라디스를 다시 만난 적은 없습니다."

"그럼 오늘 20년 만에 처음 만나는 겁니까?"

"그렇습니다, 재판장님."

"이 재판에 증인이 소환된 이유는 피고인의 자택에서 증인에게 쓴 편지가 발견되었기 때문입니다. 그 편지는 저희가 갖고 있습니다. 배심원 여러분께 편지를 읽어드리겠습니다."

글라디스는 얼굴을 떨군 채 재판장이 낭독하는 편지 내용을 들었다. "저를 도우러 와주세요. 형부에게 도움을 부탁한다고 놀라지 마세요. 아마 저를 잊으셨을 거예요. 하지만 이제 제 곁에는 아무도 없어요. 제 곁에 있던 사람들은 모두 세상을 떠났어요. 저는 혼자예요. 종종 숨이 붙어 있는 채로 저 아래 우물 바닥으로, 끝없는 고독의 심연으로 가라앉는 기분이 들어요. 제가 어떤 여자였는지 여전히 기억하는 사람은 형부밖에 없어요. 죽을 만큼 부끄럽지만 형부에게, 오직 형부에게 도움을 청하고자 용기를 내봐요. 저를 아껴준 형부에게요.”

“편지 봉투에 증인의 이름과 스위스 주소까지 적혀 있었지만 발송되지는 않았습니다.”

“매우 유감스럽게 생각합니다.” 클로드가 낮은 목소리로 말했다.

“피고인, 피고인은 사촌 형부에게 솔직하게 털어놓을 생각이었습니까?”

글라디스는 힘겹게 일어나 고개를 숙이며 말했다. “네.”

“베르나르 마르텡에 대해 말하려 했나요? 그 청년과의 관계로 인한 고민을 털어놓고 조언을 구하려 한 것입니까? 그 결심을 실천에 옮기지 않은 사실이 참 안타깝군요.”

“아마도요.” 글라디스는 힘없이 어깨를 으쓱해 보이며 말했다.

“증인, 근래에 피고인에게서 편지를 받은 일이 한 번도 없습니까?”

“없습니다. 딸의 죽음을 알리는 부고 편지가 마지막이었습니다.”

“피고인이 폭력 행위를 할 수 있는 사람이라고 보십니까?”

“아닙니다, 재판장님.”

“알았습니다. 감사합니다.”

클로드가 자리를 떠났다. 다른 증인들의 진술이 이어졌다. 글라디스는 이따금 눈을 들어 친근한 얼굴을 찾는 것처럼 보였다. 불과 몇 시간 전만 해도 호기심 가득한 표정으로 글라디스를 난처하게 만들던 얼굴들은 이제 글라디스에게 눈길조차 주지 않았다. 하나같이 무관심하고 싫증 났으며 지루하다는 표정을 감추지 않았다. 재판이 끝을 향해 가자 방청객들은 더위와 피로를 느끼기 시작했다. 이따금 복도의 웅성거림이 덜 닫힌 문틈으로 법정 안까지 뚫고 들어오기도 했다. 바다가 작은 섬을 두드리는 소리 같았다. 방청객들은 싸늘하게 글라디스의 넋 나간 얼굴을 찬찬히 뜯어봤다. 그녀의 창백한 얼굴이 덜덜 떨렸다. 그들은 포획되어 철창에 갇힌 맹수를 쳐다볼 때의 눈빛으로 글라디스를 바라봤다. 발톱과 이빨이 모두 빠진, 숨을 헐떡거리며 목숨이 반쯤 끊어진 짐승을 보듯이.

방청석에서 중얼거리는 소리가 들렸다. 사람들은 콧방귀를 뀌고 어깨를 으쓱거리며 숨죽여 탄식하기도 했다. "미모가 엄청 화려하다던데, 정말 실망스럽네요. 그냥 나이 든 여자에 불과하잖아요." "그렇게 말하지 말아요. 구치소에서 화장도 못 하고 몇 달을 후회하며 보내면 당신도 저 여자와 별반 다르지 않을 거예요." "그렇게 말해주니 참 고맙네요." "저 여자는 기품 있어요. 그건 부인할 순 없죠. 그리고 세련됐어요. 저 손 좀 봐요. 정말 곱네요. 저 손으로 사람을 죽였다니 믿기지 않아요.” “세금을 그렇게 많이 내는 사람이 쉽게 사람을 죽이겠어요?” “증거가 있잖아요.”

방청석 뒷줄에 서 있는 사람들 사이에서 한 여성이 한숨을 쉬며 말했다. “몬티 백작 같은 연인을 두고 바람을 피우다니.”

이제 베르나르와 알고 지냈던 사람들이 증인으로 나오기 시작했지만, 이미 흥미를 잃은 방청객들은 듣는 둥 마는 둥 했다. 이 재판에서 오직 피고만이 법정 안 사람들의 관심을 끌었고, 피해자는 한낱 투명한 그림자였다. 사람들의 무관심 속에서 베르나르 마르탱이 1915년 4월 13일 베 지방에서 부모가 확인되지 않은 채 태어났다는 사실이 밝혀졌다. 나중에 전 호텔 지배인인 막시알 마르탱이 베르나르 마르탱을 자식으로 인정했는데, 막시알 마르탱은 요리사였던 베르트 수프로스와 사실혼 관계로 살고 있었다. 두 사람 모두 주의 공작 가문에서 일했고 사망하기 전까지 연금을 받았다. 막시알 마르탱은 1919년에, 베르트 수프로스는 1932년에 돌연 세상을 떠났다. 베르트는 어린 베르나르를 많이 아끼고 사랑했던 것으로 보인다. 그들의 형편 이상으로 베르나르를 정성껏 키웠다. 베르나르는 명문인 루이르그랑 고등학교에서 장학금을 받기도 했다. 베르나르를 가르친 교사의 증언이 재판 중에 낭독되었다.

“‘조용하고 우울하며 어두운 성격. 영재의 몇 가지 특징

이 보이며 지능이 뛰어남. 적어도 대상만 제대로 주어진다면 천재성을 발휘할 만한 끈기와 예리하고 진득한 인내심을 지님. 이 내용은 끔찍한 범죄에 희생된 베르나르가 청소년기에 접어들었을 당시 제가 개인적으로 적어둔 오래된 기록에서 가져온 것입니다. 기억을 더듬어보건대, 그 인내와 통찰이 시시한 오락에 쓰이곤 했다고 덧붙일 수 있겠습니다. 베르나르는 눈앞의 난관을 이겨내는 일에만 열정을 보였습니다. 종류를 막론하고 한번 원하는 것을 이루고 나면 학업이든 놀이든 금세 흥미를 잃었습니다. 한번은 동급생 하나와 내기를 하고는 어린 나이에 사전만 가지고 석 달 만에 혼자 영어를 깨쳤습니다. 어느 정도 영어를 이해하게 되자 뒤도 돌아보지 않고 손을 떼더니 그 후로 영어는 한마디도 하지 않았습니다. 타고난 수학자에 반에서 손꼽히는 우등생이었지만, 그럼에도 그는 문과대학에 들어갔습니다. 틀림없이, 내가 열두 살의 그에게서 발견했던 바로 그 일그러진 호기심과 불안한 야망에 이끌려서였을 겁니다. 베르나르는 외부의 영향에 쉽게 흔들리는 학생은 결코 아니었습니다. 좋은 교우관계로 개선되거나 나쁜 교우관계로 인해 엇나가지 않는 부류의 남학생 중 한 명이었습니다. 자신이 스스로 정한 규칙에 따라 살고, 자신의 행동 규범에만 복종하는 것 같았습니다.

베르나르의 취향은 소박했고 금욕주의에 가까운 성향을

보이기도 했습니다. 야망이 매우 컸던 그에게 부유한 여성의 귀여운 애인 역할은 도무지 어울리지 않습니다. 베르나르는 자신의 미천한 출신 때문에 힘들어했고 사회에서 출세하기를 원했습니다. 따라서 사교계라는 매력적인 세계에 현혹되었던 것이 아닐까 하는 의문이 듭니다.

저는 늘 베르나르에게 밝은 미래가 약속되어 있다고 믿어 왔습니다. 그렇기에 더더욱 이 젊은 학생의 목숨을 앗아간 범행에 깊은 유감을 표합니다.' 다음 증인을 들여보내세요."

재판장이 낭독을 마치고 말했다.

다음 증인은 레반트 출신의 스무 살 청년이었다. 검은 머리카락은 삐뚤빼뚤하고 마른 얼굴에는 열정이 가득했다. 자신의 외국어 억양이 부끄러워서인지 청년은 조금 더듬거리면서 서둘러 말했다.

"이름이 어떻게 됩니까?"

"콘스탄틴 슬로티스입니다."

"나이는요?"

"스무 살입니다."

"거주지는요?"

"포세생자크 가 6번지입니다."

"직업은요?"

"의과대학에 다니고 있습니다."

"증인은 피고인의 친척이나 지인이 아닙니다. 피고인을

위해 일하지 않고, 피고인도 증인을 위해 일하지 않습니다. 증인은 어떠한 악의도 두려움도 없이 진술할 것이며 진실을, 모든 진실을, 오직 진실만을 말할 것을 맹세합니까? 손을 들고 '맹세합니다'라고 선서하면 됩니다. …증인은 베르나르 마르탱과 가까운 사이였습니까?"

"저희는 같은 건물에 살았습니다."

"베르나르 마르탱이 증인에게 속내를 털어놓은 적이 있습니까?"

"전혀요. 베르나르는 그런 종류의 사람이 아니었습니다. 말수가 적었어요."

"증인이 생각하기에 베르나르 마르탱은 어떤 사람이었습니까?"

"냉소적인 사람이었습니다. 과격했고 사교성이 부족했어요. 저희가 공통으로 알고 지내는 남녀 동급생이 몇 있는데, 모두 똑같이 이야기할 거예요."

"금전적으로 궁핍했습니까?"

"다른 사람들과 마찬가지였죠. 제 말은요, 재판장님, 라탱 지구에 사는 사람이라면 누구나 1일부터 5일까지는 썩 괜찮게 지내고, 그다음에는 빈털터리가 된다는 겁니다."

"증인은 베르나르 마르탱에게 돈을 빌려준 적이 있습니까?"

"아니요, 하지만 돈을 빌려달라고 했어도 제가 큰 도움이 되지는 못했을 거예요. '메마른 강에 물 찾으러 가지 않는다'라는 속담이 있지요."

"사망하기 얼마 전에 피해자의 형편이 나아졌다는 인상을 받은 적이 있습니까?"

"아니요, 재판장님."

"증인은 피해자를 만나러 집에 온 피고인을 마주친 적이 있습니까?"

"1934년 10월 13일에 딱 한 번 본 적이 있습니다."

"아주 정확히 기억하시는군요."

"그다음 날에 시험이 있었어요. 저 여성분이 제 방문 앞을 지날 때 향수 냄새가 워낙 달콤해서 공부하기 힘들었어요. 그래서 시험에서 최악의 점수를 받고 말았죠. 이런 사정 때문에 정확히 기억하고 있습니다."

법정 안에서 웃음이 터졌다. 슬로티스가 말을 계속했다.

"그 여성분이 떠날 때, 솔직히 어떤 사람인지 얼굴이라도 한번 보고 싶어서 방문을 열어봤어요. 저 여자분을 확실히 알아봤습니다. 엄청 아름다웠거든요."

"피고인이 그 방에 오래 머물렀습니까?"

"30분 정도요."

"피고인이 방문한 일에 대해 베르나르 마르탱과 이야기해봤습니까?"

"네. 그날 저녁 바뱅 가에 있는 술집에서 베르나르를 만났습니다. 저희 둘 다 조금 취했던 걸로 기억합니다. 제가 베르나르에게 '이야, 베르나르, 너 잘나간다' 하고 말했어요. 이런 경우라면 누구나 할 법한 말이었죠. 그러자 베르나르가 웃더라고요. 베르나르는 웃을 때면 표정이 엄청 딱딱하게 굳었어요. 그 표정을 보고 '언젠가 여자 하나가 크게 당하겠어'라고 생각하기도 했습니다."

"증인의 말을 빌리자면 '당한' 사람은 베르나르 마르탱이네요. 그러자 베르나르가 뭐라고 대답했나요?"

"베르나르가 저에게 〈아탈리의 꿈〉을 읊어줬습니다, 재판장님."

"뭐를 읊었다고요?"

"어머니 제자벨, 내 앞에 모습을 드러내⋯.'*

"참으로 무서운 형벌이군요." 재판장은 글라디스를 쳐다보며 말했다.

글라디스는 슬로티스의 진술에 완전히 빠져들었다. 작은 콧구멍이 벌렁거리고, 또렷한 두 눈에는 흔들림이 없었다.

---

* 17세기 프랑스의 희곡작가 장 라신(Jean Racine)의 비극 『아탈리(Athalie, 1691년)』의 2막에 등장하는 '아탈리의 꿈(Le songe d'Athalie)' 장면의 한 대목. '제자벨(Jézabel)'은 구약성경에 등장하는 '이세벨'의 프랑스식 표기로, 우상숭배를 조장하고 유일신인 야훼의 예언자들을 박해한 왕비이다. 이후 신의 심판으로 비참한 최후를 맞이한다. 이 같은 까닭에 서양 문학에서 악녀의 전형으로 자주 사용되었다. 『아탈리』에서는 주인공 아탈리의 어머니로 언급되며, 2막의 '아탈리의 꿈' 장면에서 아탈리의 비극적 미래를 예언하는 상징적 역할을 한다.

초췌하지만 아름다운 얼굴에 비로소 범죄자의 모습과 들어맞는 교활하고 잔혹한 표정이 떠올랐다. 배심원단은 그들 자신과 그들의 당위성에 보다 확신을 품게 되었다.

"증인, 증인은 사건 전날 피해자를 따로 만난 적이 있습니까?"

"네. 그날 베르나르는 완전히 취해 있었습니다."

"피해자가 평소 술을 자주 마셨습니까?"

"아주 가끔요. 평소에는 술이 약한 편이 아니었는데, 그날 밤은 많이 취했습니다. 예전에 만나던 애인 중에 로레트라는 여자가 죽은 이후로 베르나르는 몹시 힘들어했어요. 정확한 이름은 로르 펠레그랭이고, 지난 11월까지 베르나르와 같이 살았습니다. 결핵을 앓고 있었어요. 스위스에서 사망했죠."

"로르 펠레그랭을 알고 있었습니까, 피고인?" 재판장이 글라디스에게 물었다.

"네." 글라디스가 힘겹게 대답했다.

"피고인이 준 돈이 이 여성에게 흘러가지는 않았습니까?"

"그럴 수도 있습니다."

"저기 좀 봐요." 법정 안의 한 남자가 옆자리에 앉은 여자에게 몸을 기울이더니 조용히 속삭였다. "피고인 좀 보세요. 베르나르 마르탱 때문에 엄청 힘들었나 봐요. 가끔 그 남자 이야기를 할 때면 저렇게 증오 어린 표정이 나타난다니까요. 그래도 사람을 죽였을 여자 같지는 않은데 말이죠.”

　금발에 피부가 우윳빛인 한 여자가 증인석에 들어왔다. 검은 모자에서 금색 머리칼이 흘러내렸다. 여자는 크고 붉은 두 손을 몸 앞에 가지런히 모았다. 외제니 폴랑팡이라고 이름을 밝히자 방청석에서 웃음소리가 들렸다. 여자도 천진난만한 모습으로 방청객의 웃음소리를 들었다. 재판장이 들고 있던 봉투칼로 책상을 두드리며 말했다. “웃지 마십시오. 여기는 공연장이 아닙니다.”

　“저는 긴장이 돼서 웃은 거예요.”

　“그렇다면 이제 진정하고 대답하세요. 증인은 피해자가 거주했던 포세생자크 가의 건물 소유자인 뒤몽 부인을 위해 일하고 있습니다. 저기 앉아 있는 피고인이 베르나르 마르탱을 보러 여러 번 왔던 사람과 동일인입니까?”

　“네, 재판장님.” 외제니가 말했다. “맞는 것 같습니다.”

　“피고인을 자주 봤나요?”

　“재판장님께서는 학생들이 사는 여관에서 누가 오고 가는지 일일이 다 기억할 거라고 생각하시나요? 하지만 저 여자는 멋들어진 옷에 여우 목도리를 두른 모습이 보통 사람과는 달라서 눈에 띄었어요. 그런데 서너 번 왔는지 대여섯 번 왔는지까지는 기억나지 않습니다. 정확한 횟수는 잘 모르겠습니다.”

　“베르나르 마르탱이 증인에게 속 이야기를 꺼낸 적은 없었나요?”

“그 학생이요? 그럴 리가요!”

“그 학생에 대한 기억이 좋지는 않으셨나 보군요.”

“독특한 학생이었어요. 못되지는 않았는데, 다른 학생들과는 달랐습니다. 밤새 공부하고 낮에는 잠만 자기도 했고요. 하루 종일 로르 양이 가져다주는 오렌지만 까먹으면서 방에 있는 것도 봤어요. 로르 양과 있을 때는 다정했어요. 그 여자를 좋아했거든요.”

“로르 양이 피고인을 질투하지는 않았습니까? 다투는 소리를 들은 적은 없습니까?”

“전혀요. 베르나르는 로르 양의 건강을 많이 걱정했어요. 폐병을 앓고 있었거든요. 로르 양이 떠난 지 한 달 만에 스위스에서 병으로 세상을 떠났으니 그 마음이 오죽했겠어요.”

“그럼 베르나르 마르탱과 피고인 사이에서 오간 대화나 밀담, 혹은 금전적인 요구 등을 듣고 놀란 적은 없습니까?”

“없습니다. 저 여자는 그리 오래 머물지 않았어요. 기억나는 일은 하나 있습니다. 여자가 가고 나서 방에 들어갔을 때 침대가 흐트러지지 않은 걸 여러 번 봤거든요. 어쩌면 다른 방식으로 만났을 수도 있겠죠?”

“잘 들었습니다. 자세한 내용은 말하지 않으셔도 됩니다.”
재판장이 말하는 사이 방청석에서 웃음이 터져 나왔다.

하지만 자리에서 몸을 숙이고 있던 글라디스는 정신적으

로 큰 충격을 받아 몸을 심하게 떨고 있었다. 처절한 목소리로 오열하며 같은 말을 반복했다. "저를 불쌍히 여겨주세요. 그냥 내버려두시라고요. 제가 죽였어요! 저를 감옥에 가두든 죽이든 기꺼이 받아들일게요. 천 번이라도 받아들이고 죽음과 불행도 마다하지 않겠다는 저를 왜 이토록 수치스럽게 만드시나요? 네, 제가 죽였으니 벌을 달게 받을게요. 제발, 제발, 이제 끝내주세요."

재판은 중단되었고 다음 날로 연기되었다. 방청객들이 천천히 법정을 빠져나갔다. 시간이 늦었다. 밤이 내리고 있었다.

다음 날 구두변론이 진행되었다.

이제 아무도 글라디스에게 관심이 없었다. 하룻밤 사이에 모든 아름다움이 글라디스를 영원히 떠나버리기라도 한 것 같았다. 영락없이 지쳐버린 늙은 여자였다. 피고석에 가려져 그 모습조차 제대로 보이지 않았다. 글라디스는 모자를 눈까지 푹 눌러써서 얼굴을 가리고 있었다. 방청객들은 글라디스의 변호사에게만 눈길을 줬다. 아직 젊은 변호사의 두툼한 아랫입술은 건방져 보였고, 아름답게 빗어 넘긴 검은 머리는 사자 갈기 같았다. 오늘의 주인공은 바로 이 변호사였다.

글라디스는 손으로 얼굴을 가린 채 검사의 구형을 들었다. "배심원 여러분, 여러분 앞에 앉아 있는 피고인은 1934

년 12월 24일 밤까지 인생의 온갖 특권을 누리던 사람이었습니다. 미모와 건강, 막대한 재산을 향유하며 속박받지 않는 삶을 살았습니다. 하지만 유년 시절부터 피고인의 곁에는 가족도, 가정도, 도덕적 본보기도 없었습니다. 아아! 차라리 피고인이 훌륭한 부르주아 가정에서 태어나는 행운을 가졌더라면 어떻게 되었을까요?"

글라디스는 천천히 두 손을 무릎에 올렸다. 잠시 고개를 들기도 했는데, 그 얼굴은 창백하고 경직되어 있었다. 검사가 말을 이었다. "가엾고 무지하며 학대당한 여자라면, 어쩌면 관용을 기대할 수 있었을지도 모릅니다. 하지만 배심원 여러분, 여러분의 손으로 정의의 불꽃을 꺼버리지 마십시오. 정의는 모두에게 평등하다는 사실을, 피고인의 매력과 미모, 교양을 정의의 저울에 올린다 하더라도 저울은 올바른 처벌 쪽으로 기울어질 수밖에 없음을 바로 여러분이 증명할 겁니다. 피고인은 자발적으로 살인을 저질렀고, 범행을 미리 계획했습니다. 자신의 범죄에 상응한 형벌을 받아 마땅합니다."

이어서 피고 측 변호사가 화려하게 변론을 시작했다. 변호인의 목소리는 매섭다가 이따금 부드럽고 여성스럽게 변하기도 했다. 변호인은 글라디스를 사랑만을 위해 살고, 세상에서 사랑에만 관심을 가졌으며, 사랑이라는 이름으로 잊히고 용서받을 자격이 있는 여자로 묘사했다. 그는 또한,

늙어가는 여자들을 호시탐탐 노리다가 그들을 죄와 수치로 몰아넣는, 쾌락이라는 악마에 대해서도 말했다. 방청석의 여성들 중에는 눈물을 흘리는 이도 있었다.

그다음 재판장이 글라디스를 향해 형식적인 질문을 던졌다. "피고인, 덧붙일 말이 있습니까?"

글라디스는 오랫동안 침묵을 지켰다. 마침내 고개를 저으며 나지막이 대답했다. "아니요, 없습니다."

이어서 더 낮은 목소리로 말했다. "용서를 구하지 않겠습니다. 저는 끔찍한 범죄를 저질렀습니다."

후덥지근하고 비가 한바탕 쏟아질 듯한 저녁이었다. 석양의 햇살이 반짝이며 하늘을 가로질렀다. 법정의 분위기는 숨이 막혔고 방청객들은 초조함과 흥분으로 들떠 있었다. 그들은 조용히 웅성거리며 판결을 예언하고 예측했다. 배심원단이 퇴정하고 글라디스도 법정 밖으로 호송되었다.

저녁 9시쯤이 되어서야 배심원단의 심의가 종결되었음을 알리는 종소리가 울렸다. 그 소리는 너무도 희미해서 겨우 들릴 정도였다. 밤이 내렸다. 법정은 사람들로 발 디딜 틈 없었고 사람들 사이에서 뿜어져 나온 열기로 닫힌 창문에 습기가 차오르는 듯했다. 숨 막히는 더위였다.

안색이 창백한 배심원장이 손을 떨며 질의에 대한 답문을 읽어 내려갔다. 판결이 선고됐다. 기자석에서 웅성거리는 소리가 돌고 돌아 서 있는 방청객에게 다다랐다.

"징역 5년을…."

고풍스러운 법원의 문이 열리고 방청객들이 하나둘 밖으로 나왔다. 출입문을 나서며 문턱에 멈춰 서서 기분 좋게 바람을 들이마셨다. 굵은 빗방울이 듬성듬성 떨어지며 다시 내리기 시작했다.

"내일까지 비가 오겠네요." 누군가 하늘을 가리키며 말했다.

"술이나 한잔하러 갑시다." 다른 사람의 목소리가 들렸다.

두 여자가 자신들의 남편 이야기를 했다. 대화가 바람을 타고 어둠이 깔린 고요한 센 강으로 실려갔다.

연극이 끝나면 배우를 잊어버리듯 아무도 글라디스 아이제나흐를 기억하지 못했다. 이제 그녀의 역할은 끝났다. 결국 흔하디흔한 역할이었던 것이다. 치정 범죄와 적당한 형벌. 글라디스는 어떻게 되었을까? 글라디스의 미래와 과거를 궁금해하는 사람은 그 누구도 없었다.

1

　나이가 들고 쇠약해졌음에도 글라디스는 여전히 아름다웠다. 세월의 부드럽고 섬세한 손길이 마지못해 그녀를 스친 정도였다. 세월이 흐르며 얼굴 윤곽이 조금 변하긴 했지만, 글라디스의 이목구비는 사랑으로 다듬고 어루만진 듯 정교했다. 하얗고 긴 목은 주름 하나 없었다. 단지 눈빛만이 전처럼 반짝이지 않을 뿐이었다. 무엇으로도 그녀의 두 눈에 젊음을 다시 심을 수 없었다. 연륜에서 비롯된 불안하고 지친 지혜가 눈빛에 그대로 비쳐도 글라디스가 아리따운 눈꺼풀을 내리깔면 사람들은 그녀의 젊은 시절 모습을 알아볼 수 있었다. 아주 오래전, 런던의 6월 어느 아름다운 저녁, 멜버른 가의 무도회에서 난생처음으로 춤추던 소녀의 모습을.

작고 마른 소녀의 검게 빛나는 눈과 하얀 이마를 덮은 짧은 금발 머리칼이 멜버른 가의 응접실 곳곳에 박힌 좁다란 거울에 비쳤다. 응접실은 하얀 목재로 장식되어 있고, 붉은 다마스크 천을 덮은 긴 의자가 있었다. 누구도 눈길을 주지 않던 거칠고 가냘픈 소녀의 이름은 글라디스 뷔르네라였다.

글라디스는 흰 드레스 차림이었고 손에는 긴 장갑을 꼈다. 드레스에는 시폰 프릴이, 가슴에는 장미 장식이 달려 있었다. 높이 올라온 새틴 허리띠로 허리를 단단히 조였다. 춤을 출 때면 글라디스는 행복에 겨워 몸이 둥실 뜨고 숨결에 실려 가볍게 나는 듯 보였다. 묶어 놓은 머리를 왕관처럼 둘렀는데, 머리칼이 말 그대로 금빛으로 빛났다. 글라디스가 이렇게 머리를 매만진 건 난생처음이었을 것이다. 거울을 볼 때마다 글라디스는 이마를 살짝 숙여 가느다란 금 목걸이나 보석 따위를 두르지 않은 목덜미를 살폈다. 목은 희고 가늘었다. 작은 장미 다발이 허리띠에 끼워져 있었다. 검붉은 장미꽃은 향기로웠다. 글라디스는 장미를 가장 좋아했다. 가끔씩 글라디스는 눈을 감고 장미 향을 한껏 들이마시며 무도회의 열기 속에서 맡은 이 은은한 꽃향기를 절대 잊지 않겠노라고 다짐했다. 어깨를 스치고 가는 밤바람도, 반짝이는 조명도, 귓가에 울리는 왈츠도 아닌 바로 이 향기를 잊지 않겠노라고. 글라디스는 얼마나 행복했던지. 아니, 이것은 아직 행복이라기보다 기대감에 가까웠다. 글라디스의 가슴에 변화의 불씨를 지핀 신성한 불안이자 열렬한 갈증이었다.

어제까지만 해도 글라디스는 엄마와 함께 사는 수줍고 연약한 여자아이였다. 글라디스는 자기 어머니를 싫어했다. 하지만 지금 글라디스는 여성스럽고 아름다웠다. 감탄 어린 눈길을 받고, 머지않아 사람들에게 사랑받을 모습이었다. '사랑받는다'는 생각이 들자 불현듯 짙은 불안이 글라디스를 엄습했다. 스스로 못생기고 옷차림은 엉망이며 제대로 교육받지 못한 아이처럼 느껴졌다. 그러자 글라디스의 행동이 급작스럽고 서툴러지기 시작했다. 글라디스는 두려운 시선으로 사촌 언니인 테레자 보상을 찾았다. 테레자는 어머니뻘 여자들 사이에 앉아 있었다. 하지만 시간이 흐르면서 글라디스는 조금씩 춤에 빠져들었다. 글라디스의 혈관 속에서 피가 더 빠르고 뜨겁게 흘렀다. 고개를 돌려 큰 정원의 나무와 밤하늘, 무도회장 안의 흰 기둥을 바라봤다. 축축한 밤하늘은 노란 불빛을 받아 부드럽게 빛났다. 흰 기둥은 젊은 여자처럼 우아하고 늘씬했다. 글라디스는 자신을 둘러싼 모든 것에 매료되었다. 전부 아름답고 진귀하며 매력적으로 보였다. 달콤쌉싸름한, 단 한 번도 맛본 적 없는 새로운 삶이었다.

글라디스는 열여덟 살까지 어머니와 한 지붕 아래에서

살았다. 글라디스의 어머니는 냉엄하고 정신이 온전치 않
은 여자로, 분칠한 늙은 인형을 닮았다. 주기적으로 변덕과
공포를 오가던 글라디스의 어머니는 스스로의 근심 걱정과
함께 자신의 딸과 페르시안 고양이를 데리고 세상 곳곳을
떠돌았다.

그날 저녁 멜버른 가에서 춤을 추는 동안 어머니의 모습
이 글라디스를 떠나지 않았다. 어머니는 초록색 눈동자에
체구가 작았으며 냉담하고 쌀쌀했다. 런던에 사는 사촌의
집에서 보내기로 한 두 달이 이렇게 빨리 흘러가버렸다. 글
라디스는 고개를 가로저었다. 어머니의 모습과 흘러간 시
간을 머릿속에서 쫓아내고, 더 가볍고 더 빠르게 춤을 췄다.
그럴 때마다 드레스의 프릴 장식이 나풀거리고 망사가 하
늘거리며 불러일으키는 현기증이 감미로웠다.

글라디스는 짧게 스쳐 간 이 여름을 결코 잊지 못할 것이
었다. 자신이 맛본 기쁨과 정확히 일치하는 이 감각을 절대
되찾지 못할 터였다. 사람의 마음 깊은 곳에는 자신이 꽃처
럼 만개했던 한순간, 어떤 여름, 찰나에 대한 아쉬움이 늘
남아 있다. 매우 아리따우며 젊은 여자의 평범한 삶은 몇
주, 혹은 몇 달을 채 가지 못한다. 그 이상의 시간을 영위하
는 경우는 아주 드물다. 글라디스는 도취되어 있었다. 시간
과 자신의 규칙을 벗어나 지난하게 이어지는 나날을 잊어
버렸다. 오직 절망스러울 정도로 날카로운 기쁨의 순간을

맛볼 때의 감각과 하나가 되었다. 글라디스는 춤을 추거나 새벽녘에 보샹 부부 집의 정원을 내달리기도 했다. 그러다가 갑자기 꿈속에 있다가 반쯤 깨어나 꿈이 벌써 끝났다는 느낌에 사로잡히곤 했다.

사촌 언니인 테레자 보샹은 글라디스의 열정과 기쁨을 이해할 길이 없었다. 글라디스의 열정은 때때로 깊은 슬픔으로 바뀌기도 했다. 테레자는 늘 다른 사람들보다 몸이 약했고, 성격이 냉철했다. 글라디스보다 나이가 조금 더 많았지만, 열다섯 살 아이처럼 체구가 왜소하고 작았다. 조그마한 얼굴은 우아했으며 양쪽 관자놀이는 약간 눌린 듯 납작했다. 낯빛은 누랬지만 검은 눈은 아름다웠다. 테레자의 부드러운 목소리에서는 바람 새는 소리가 났다. 그 목소리는 예전에 앓았던 폐병이 남긴, 첫 병마의 흔적이기도 했다.

테레자는 프랑스 남자와 결혼했지만, 자신이 나고 자란 영국을 꾸준히 왕래했다. 그곳에 멋진 저택을 소유하고 있었다. 그녀의 유년시절은 행복했고 젊은 시절은 무탈했다. 글라디스가 급작스럽게 사교계에 뛰어든 것과 달리 테레자는 차례차례 단계를 밟으며 사교계에 발을 들여 익숙해졌다. 테레자는 글라디스처럼 아름다웠던 적이 없다. 저 때 묻지 않은 어린 사촌을 쳐다보는 것처럼 테레자를 바라본 남자는 지금껏 아무도 없었다.

멜버른 가에 입장할 때만 해도 글라디스는 겁먹은 아이

처럼 테레자의 손을 꼭 붙들고 놓지 않았다. 이제 글라디스는 춤을 추고 있었다. 아름다운 입술을 살짝 벌려 달콤한 승리의 미소를 머금은 채 테레자를 보지 못하고 그 앞을 지나쳤다. 왈츠를 한 번 추고 나서 지쳐버린 테레자는 부러운 눈으로 글라디스를 바라봤다. 날카로운 긴장을 누르고 즐거움을 만끽하는 글라디스의 우아한 모습이 감탄을 자아냈다. 누군가가 "테레자 씨 사촌 동생은 예쁘게 생겼나요?"라고 묻기라도 하면 테레자는 병약한 새처럼 품위 있지만 놀라고 지친 고갯짓을 하며 "자라면서 더 아름다워지겠죠"라고 조리 있게 대꾸했다. 글라디스에게서 보이는 덧없고 두렵기까지 한 젊음의 빛이 자신들과 비슷한 부류의 여자들의 얼굴 위에서 활짝 꽃피는 것을 본 적이 없기 때문이다.

"사촌 동생이 즐거운 시간을 보내게 해줘야죠." 테레자가 영어로 말했다.

테레자는 소파의 딱딱한 방석 위에서 한층 더 자세를 곧추세웠다. 등받이에 몸을 기대거나 초조한 기색을 내비친 적도 없었다. 피로 때문에 일그러진 미소를 지으며 천천히 부채질을 했다. 양쪽 광대가 붉게 달아올라도 생기 있어 보이지 않았다. 밤이 깊었다. 테레자는 슬픔에 사무쳤다. 처음에만 해도 기쁜 마음과 연장자로서의 너그럽고 따뜻한 마음으로 사촌 동생을 바라봤지만, 이제 글라디스의 아름답고 지칠 줄 모르는 모습을 보면 이유를 알 길 없이 고통스러워졌다. 어느 순간 글라디스의 팔을 붙잡고 소리 지르고 싶은 마음이 불쑥 들었다. '이제 그만해. 그만하라고. 너는 지금 너무 해맑고 행복해 보인단 말이야.'

글라디스가 지금 자신이 느끼는 이 질투 어린 슬픔을 여자들의 마음에 불러일으키게 될 것이라는 사실을, 테레자는 꽤 오랫동안 알지 못했다.

부끄러움을 느끼자 테레자는 더 세차게 부채질했다. 그녀의 오래된 구리색 새틴 드레스는 꽃무늬 주름 장식이 달린 레이스 겹치마에 상의에는 나뭇잎 자수와 작은 청동색 구슬이 달려 있었다. 거울에 비친 자신의 모습이 추해 보였다. 글라디스의 수수한 흰 드레스와 금빛 머리카락이 처절하게 부러웠다. 테레자는 자신이 결혼하여 행복한 삶을 살고 슬하에 아들도 있다는 사실을, 자신 앞의 어린 글라디스는 불확실한 인생의 문턱에 막 첫발을 들였다는 사실을 떠올렸다. 그러자 쓸쓸한 생각에 잠겼다. '글라디스, 두고 봐. 너도 변할 거야. 그 건방진 태도와 천진무구한 모습은 금세 사라지고, 사람들을 향해 던지는 그 의기양양한 시선도 사그라들 테니까. 너도 아이가 생기면 늙게 될 거야. 가엾은 글라디스, 네 앞에 무슨 일이 기다리고 있는지 아직 모르는구나.'

그 순간 테레자는 갑자기 자리에서 일어나 글라디스에게 걸어갔다. 글라디스는 붉은 커튼이 드리운 창가 근처에서 춤을 멈추고 잠시 서 있었다. 글라디스의 팔을 부채로 살짝 건드리며 테레자가 말했다. "사랑하는 글라디스. 이제 집에 갈 시간이에요."

글라디스가 테레자를 향해 몸을 돌렸다. 테레자는 순종적이고 조용한 소녀가 한 시간의 즐거움만으로 이렇게나 변한 모습에 적잖이 충격을 받았다. 글라디스의 움직임 하나하나가 여유롭고 능숙했다. 시선은 의기양양했고 웃음에는 기쁨과 조롱이 섞여 있었다. 글라디스는 테레자의 말을 건성으로 넘기듯 급하게 고개를 젓고 말했다. "오, 테스, 안 돼요. 제발요, 테스."

"가야 해요, 우리 착한 글라디스."

"한 시간만 더 있다 가요."

"안 돼요, 글라디스. 지금 나이에 밤새 있기에는 시간이 늦었어요."

"한 번만요. 딱 한 번만 더 추고 가요."

테레자가 한숨을 쉬었다. 피로하고 화가 날 때면 호흡이 가빠지고 약해졌다. 입술 사이로 거칠어진 숨소리가 작게 새어 나왔다. "글라디스, 나도 열여덟 살이었던 적이 있어요. 그리 오래전 일도 아니에요. 무도회란 참 재미있죠. 나도 이해하지만 즐거움이 사라지기 전에 떠날 줄도 알아야 해요. 시간이 늦었어요. 충분히 즐기지 않았나요?"

"맞아요. 그렇지만 그건 옛날 얘기잖아요." 글라디스가 테레자의 반대에 중얼거리며 대꾸했다.

"더 늦게 집에 돌아가면 내일 얼굴도 상하고 많이 피곤할 거예요. 이 무도회가 마지막이 아니에요. 여름이 아직 끝나지도 않았는 걸요."

"그렇지만 곧 끝나잖아요." 글라디스가 말했다. 글라디스의 크고 검은 두 눈이 간절함과 절망으로 빛났다.

"많이 슬프겠지만 그래도 모든 것에는 끝이 있다는 사실을 잘 알잖아요. 포기하는 법도 배워야죠."

글라디스는 고개를 푹 숙였지만 테레자의 말에 귀를 기울이지는 않았다. 마음속에서 내면의 목소리가 고개를 들기 시작했다. 거칠고 들뜬 목소리가 테레자가 내뱉는 무의미한 말을 뒤덮으며 외쳤다. 그 외침은 크고 냉혹했다. '내버려둬요. 난 즐기고 싶다고요. 내가 누려야 할 즐거움 중 단 하나라도 방해한다면 언니를 증오할 거예요. 신이 허락해준 숭배의 순간을 한 번이라도 멈춘다면 언니가 죽기를 바랄 거예요.'

글라디스는 마음속에서 터져 나오는 젊음의 목소리에만 귀를 기울였다. 이토록 아름답고 완벽한 밤이 아무 의미 없는 시간이 되어 과거 속으로 사라질 수 있을까? 다른 이들에게는 이것이 여름날 런던에서 열린 수많은 무도회 중 하나일 뿐이며, 테레자가 말했듯 금세 잊히는 몇 시간짜리 '지루한 일'에 불과한 것일까?

"어서. 이제 집에 가야 해요." 테레자가 다소 엄격한 목소리로 말했다.

글라디스는 놀란 눈으로 테레자를 쳐다봤다. 테레자는 한숨을 쉬었다. "몸도 좋지 않고 피곤해요. 집에 가야겠어요."

"잘못했어요." 글라디스가 테레자의 손을 잡으며 작게 읊조렸다.

글라디스의 표정이 달라졌다. 다시금 순진무구한 얼굴로 돌아왔고 눈에서 이글거리던 잔혹한 불빛도 사그라들었다.

"자, 가요." 테레자가 애써 미소를 지으며 말했다. "우리 글라디스는 착하고 얌전한 아이잖아요. 빨리 와요."

글라디스는 아무 말 없이 테레자를 따라갔다.

2

　여름의 마지막 무도회에서 몇 시간 동안 춤과 소리, 색의 향연에 사로잡혀 이끌려 다니던 글라디스는 한순간에 내쳐진 기분이 들었다. 반짝이던 환상이 깨지고 피로가 몰려왔다. 내일은 글라디스가 런던을 떠나는 날이다.

　글라디스는 보샹 부부와 함께 이른 아침에 집으로 돌아왔다. 안개 낀 런던은 우윳빛으로 빛났다. 거리는 환했지만 창백하고 텅 비었다. 아침 바람이 서늘하게 불어와 비와 축축한 석탄의 맛을 입술에 남겼지만, 숨을 들이쉴 때마다 공원에 피어 있는 장미꽃 향기를 바람결에 맡을 수 있었다.

　글라디스는 손을 천천히 얼굴에 가져다 댔다. 두 뺨이 불처럼 뜨거웠다. 마지막에 춘 왈츠의 리듬에 맞추어 빠르고 매섭게 쿵쾅거리던 심장이 느껴졌다. 글라디스는 자신도 모르게 왈츠 곡을 흥얼거리며 부드럽게 머리를 쓸어 넘겼다. 테레자 쪽으로 몸을 기울여 미소 지었지만, 글라디스는 슬펐다. 항상 이런 식이었다. 즐거움이 순식간에 사라지면 글라디스는 씁쓸하고 깊이를 가늠할 수 없는 우울에 빠졌다. 같이 춤을 췄던 파트너가 어렴풋이 생각났다. 글라디스의 마음에 들었던 잘생긴 남자였다. 이번 무도회 철에 젊은 여자들이 모두 사랑에 빠진 그 청년은 타르노브스키 백작이었다. 폴란드 출신인 타르노브스키 백작은 러시아 대사관에서 근무하고 있었다. 글라디스는 무도회에서 본 여자들을 떠올렸다. 너무나도 아름답고 태어날 때부터 인생이 결정된 행복한 여자들이었다. 그에 비해 글라디스는 반쯤 낙오된 여자였다. 이혼 가정의 자녀이자 테레자의 영어 표현에 따르면 '불행한 여자이자 교활한 여자(an unhappy woman, a wicked woman)'인 소피 뷔르네라의 딸. 옆에 있는 테레자를 보자 글라디스는 동정심을 느꼈다. 테레자는 무척 가녀렸고 피로와 병세가 떠나지 않아 보였다. 이따금 힘겹게 기침을 하기도 했다. 남편인 클로드가 차창을 내리고 두 여자를 돌아봤다. 글라디스는 클로드를 보고 수줍게 미소 지었지만 그는 보지 못한 것 같았다.

클로드의 얼굴은 길고 가늘었다. 광대 아래 볼은 안으로 빨려든 것처럼 홀쭉했다. 입매는 예쁘장했으나 직선에 가까운 선 하나를 얼굴에 새기기라도 하듯 얇은 입술에는 미동도 없었다. 클로드는 키가 상당히 컸지만 몸은 허약했다. 평소에 머리가 앞으로 살짝 기울어져 있어서 서 있는 모습이 약간 구부정했다. 정중했지만 무뚝뚝했으며, 거리를 두는 성격이었고 말수가 적었다. 젊은 나이임에도 글라디스 눈에는 노인에 가까워 보였다. 글라디스는 클로드를 높이 평가했지만, 그의 마음에 들겠다는 희망을 품고 바라본 적은 없었다.

그사이 차가 보샹 부부의 집 앞에 멈춰 섰다. 아래층 클로드의 서재에 음료가 마련되어 있었다. 집이 추워서 테레자가 늦게 귀가할 때면 불을 피워두곤 했다. 난로 속 장작이 계속 타며 키 크고 오래된 구식 가구를 밝혔다. 고풍스러운 검은 목제 가구는 흑단처럼 반질반질 광이 났다.

글라디스가 창문을 열고 유리창에 기대섰다.

테레자가 한숨을 내쉬었다. "감기 걸리겠어요, 내 사랑."

"괜찮아요." 글라디스가 나직이 말했다.

"어깨에 외투라도 걸쳐요."

"괜찮아요, 달링. 추위는 하나도 무섭지 않아요. 저는 아무것도 두렵지 않아요."

글라디스와 테레자는 빅토리아 시대의 영국 사람들처럼 애정 어린 표현을 주고받곤 했다. 서로를 부를 때면 반드시 달링이나 자기, 내 사랑(darling, my sweetheart, my love) 따위의 애칭을 썼다. 이처럼 서로를 사랑스럽게 부르며 미소하는 얼굴로 쳐다볼 때도 두 여자의 눈은 웃지 않았다.

글라디스는 허리띠에 끼워져 있던 꽃 장식을 꺼내 향기를 맡았다. 테레자가 신경질적으로 팔을 흔들며 말했다. "꽃 내려놔요. 다 시들었잖아요."

"상관없어요. 적당한 때에 시드는 법은 이 작고 빨간 장미꽃만이 아는 거예요. 장미는 말라 죽는 게 아니라 온 생명을 다 바친 다음 소멸해요. 보세요." 글라디스가 손안에 든 꽃을 보여주며 말했다. "맡아봐요. 얼마나 향기로운데요."

글라디스는 장미꽃을 조심스럽게 테레자의 코로 가져갔다. 테레자는 고개를 돌려 난처한 목소리로 말했다. "꽃향기는 내 몸에 안 좋아요."

글라디스가 미소 지었다. 민망했다. 자신 때문에 테레자가 화가 났다는 것을 깨달았다. '가엾고 연약한 테레자.' 글라디스는 생각했다. 테레자에게 안쓰러운 마음이 드는 동시에 불안하면서도 잔혹한 기분이 스쳤다. 그것은 여자로서 자신의 힘을 처음으로 인지하고 어디까지 그 힘을 뻗칠 수 있는지 확인해보고 싶은 욕망이었다. 바로 전날 밤 무도회의 여파로 창백해진 글라디스의 주먹만 한 얼굴이 경직되고 떨렸다. '어째서? 왜 이런 생각이 들지?' 불현듯 글라디스는 생각했다.

위층에서 잠에서 깬 아이 목소리가 들렸다. 보상 부부의 아들인 올리비에의 방에서 들리는 소리였다. 테레자가 곧장 자리에서 일어났다. "벌써 6시네. 올리비에가 일어났나 봐요."

"올리비에는 두고 이제 방에 들어가서 좀 쉬어요."

테레자는 의자에 올려둔 부채를 챙겨 서재를 나갔다. 이제 클로드와 글라디스만 남았다. 글라디스가 발코니의 문을 열며 말했다. "날이 밝았어요."

클로드가 램프를 껐다. 두 사람은 집을 빙 두르고 있는 석재 발코니로 나갔다. 참으로 화창하고 조용한 아침이었다. 이웃집 정원에서 날카로운 새소리가 들렸다. 아침 햇살을 찬양하는 즐겁고도 도취된 노랫소리였다.

"안 졸려요?"

"전혀요." 기다렸다는 듯 글라디스가 대답했다. "형부도 쉬고 자는 이야기만 하네요. 밤을 하얗게 지새우면 몸이 더 가벼워진다고 생각해본 적은 없어요? 몸이 완전히 사라져서 바람만 불어도 날아갈 것 같은 기분이 들거든요."

"바람에 흔들리는 저 나무처럼 말이죠. 봐요."

"네. 아름답네요."

글라디스가 몸을 앞으로 숙였다. 눈을 반쯤 감고 아침 바람에 얼굴을 맡겼다. "하루 중 가장 멋진 시간이에요."

"맞아요. 가치가 있다고 여길 만한(worth considering) 순간이 있다면…." 클로드가 글라디스를 바라보며 말했다.

"바로 탄생과 종말처럼 모든 것이 시작하고 끝나는 순간뿐이죠."

"이해가 안 돼요." 돌연 글라디스가 입을 열었다. 저음이었지만 열정이 깃든 목소리였다. "형부가 정말 좋아하는 책에서 늙은 남자가 이렇게 말하잖아요. 살면서 어떤 순간에도 '멈춰!'라는 말을 한 적이 전혀 없다고. 그렇게 단언한 이유를 모르겠어요."

"아, 그 사람은 어리석은 노인네니까 그런 거겠죠."

글라디스가 방긋 웃더니 바람을 들이마시고 작은 머리를 숙여 자신의 맨 팔을 쳐다봤다. "얼음! 멈춰!" 글라디스가 부드럽게 말했다.

"그래요." 클로드가 낮게 중얼거렸다.

글라디스가 웃음을 터뜨렸지만 클로드는 글라디스를 지그시 바라볼 뿐이었다. 표정은 강렬하면서도 냉정함을 유지했다. 글라디스를 애틋하게 바라본다기보다 두려워하거나 거의 증오하는 듯한 모습이었다. 마침내 클로드가 입을 열었다. "글라디스."

클로드는 놀란 듯한 목소리로 글라디스의 이름을 반복해 부르다가 몸을 숙여 치맛주름 사이에 늘어뜨려져 있던 글라디스의 손을 잡았다. 반지를 끼지 않은 손은 여전히 앳되고 가느다랬다. 클로드는 떨리는 몸으로 글라디스의 손에 입을 맞췄다. 멍 자국과 상처가 남아 있는 가녀린 팔에도 입을 맞췄다. 한때 글라디스는 사내아이 같은 시절을 보내기도 했다. 장애물과 위험한 모험을 좋아했고 다루기 힘든 말을 즐겨 타며 거칠게 살았다. 클로드는 글라디스 앞에 몸을 숙인 채 아이처럼 공손하게 가만히 있었다. 시간이 흘러 글라디스는 이 순간을, 오만에 황홀히 취한 몸짓과 자신의 마음을 휩쓴 달콤한 평화를 결코 잊지 못할 것이었다.

'이거야. 이게 바로 행복이지.' 글라디스는 생각했다.

글라디스는 손을 거두지 않았다. 작은 콧구멍만 살짝 벌렁거릴 뿐, 몹시 순진했던 얼굴은 교활하고 탐욕스러우며 잔인한 여자의 얼굴로 돌변했다. 자신의 발밑에 남자를 두고 내려다보는 일이 이리도 달콤하다니. 여자의 힘을 갖게 되는 것보다 더 좋은 일이 세상에 또 있을까? 글라디스는 바로 이 힘을 기다려왔고 아주 오래전부터 꿰뚫어 봤다. 춤추고 즐기고 출세하는 일은 지금 느끼는 이 강렬한 느낌과 전혀 견줄 수 없었다. 물린 상처처럼 내면에서 뜨겁게 전해지는 이 감각 앞에서는 모조리 색을 잃었다.

'이게 사랑일까?' 글라디스는 생각했다. '오, 그렇지 않아. 사랑받는 즐거움이라니. 불경스러울 정도야.'

"저는 아직 어리고 형부는 테스 언니의 남편이에요." 글라디스가 말했다.

클로드는 눈을 들어 미소 짓는 글라디스를 쳐다봤다. 그들은 잠시 서로에게서 눈을 떼지 않았다. 클로드가 간신히 입을 열었다. "아직 어리긴 하죠. 하지만 이미 세상에 흥미를 잃고 치명적인 새침데기가 되어버린 걸요."

클로드의 표정은 냉정함을 되찾았지만, 손가락만은 끊임없이 떨렸다. 글라디스를 두고 방을 나서려는 참에 글라디스가 조심스럽게 물었다. "그럼 저를 사랑하시나요?"

클로드는 대답이 없었다. 굳게 다문 입술은 핏기가 사라졌고 일자로 꾹 닫혀 있었다. 글라디스도 익히 아는 입술이었다.

'넘어올 거야.' 글라디스가 생각했다. 글라디스는 손으로 만져질 것 같은 격렬하고도 기이한 그 느낌을 되찾길 원했다. 클로드의 손을 건드리며 말했다. "대답해보세요. 사랑한다고 말해주세요. 진실이 아니어도 괜찮아요. 저는 그런 말을 들어본 적이 없어요. 듣고 싶어요. 형부의 입에서 들어보고 싶어요. 대답해주세요."

"사랑해요." 클로드가 대답했다.

글라디스가 클로드에게서 한발 물러섰다. 행복과 권태가 뒤섞인 미소가 글라디스의 얼굴에 옅게 드리웠다. 쾌감으로 가슴을 조여오던 강렬한 경련이 잦아들었다. 기쁨에 겨운 수치심과 비슷한 감정을 느꼈다. 자신을 붙잡으려는 클로드의 떨리는 팔을 글라디스는 그림으로 그린 듯한 눈꺼풀을 살포시 내리깔며 피했다. 그리고 웃는 얼굴로 말했다. "안 돼요. 이게 다 무슨 소용이 있겠어요? 저는 형부를 사랑하지 않아요."

클로드는 글라디스의 손을 놓고 눈길을 거두며 자리를 떴다.

3

시간이 흘러 글라디스는 여행 중에 우연히 타르노브스키 백작을 다시 만났다. 타르노브스키 백작은 어느 저녁 런던의 무도회에서 글라디스의 마음에 들어온 젊은 폴란드 남자였다. 재회한 두 사람은 결혼하여 2년을 함께 살았다. 백작은 미남이었다. 여자처럼 자신의 외모를 자랑하며 허세를 부리는 사람이기도 했다. 변덕스러운 거짓말쟁이였으며 다정하고 여렸다. 두 사람의 결혼생활은 견디기 힘들 정도로 끔찍했다. 서로가 서로에게 여성 고유의 영역인 거짓말, 속임수, 변덕이라는 동일한 무기를 사용했기 때문이다. 차차 글라디스는 타르노브스키 때문에 마음 졸인 일을 용서하기 힘들었다. 글라디스는 고통받고 싶지 않았다. 아이처럼 행복을 끈질기게 바라고 기다렸다.

타르노브스키 백작과 이혼한 후 글라디스는 리샤르 아이제나흐를 만났다. 리샤르는 출신 미상의 유명한 재력가이자 멕시코 석유 회사의 회장이었다. 냉정하고 날카로운, 지능이 대단한 인물이었다. 리샤르의 얼굴은 못생겼다. 두꺼운 팔에 몸통은 크고 육중했으며, 검은 머리가 내려와 굵고 낮은 이마를 반쯤 가렸다. 라이벌을 내려다볼 때면 두꺼운 눈썹 아래로 초록색 눈동자가 날카롭게 번뜩였다. 그러고는 재미있다는 듯 경멸 섞인 관용의 시선으로 라이벌을 훑어봤다. 그의 마음에 들려면 여자들은 미모가 출중해야 했으며, 순종적이고 입을 여는 법이 없어야 했다. 리샤르는 글라디스를 자신에게 복종하도록 길들였다. 자신의 손짓 하나에 글라디스가 기쁘고 행복해하는 모습을 오가며 세상의 아름다움과 즐거움에만 관심을 갖도록 만들었다. 글라디스가 옷을 갈아입는 모습을 봐도 리샤르는 지루해하지 않았다. 그녀가 오랜 고민 끝에 두 가지 장신구 중 하나를 고르거나 거울 속 얼굴을 감상할 때에도 마찬가지였다. 오히려 그는 글라디스를 아이처럼 다루며 관능적인 기쁨을 강하게 느꼈다. 글라디스가 그의 품에 안겨 '리샤르, 당신 옆에 있으니 나는 너무 작고 연약해요'라고 속삭이며 장난기 어린 순진한 얼굴을 들어 쳐다볼 때면 리샤르의 냉정하고 엄격한 얼굴에 욕망과 광기에 가까운 광채가 스쳤다. 그러면 그는 "내 소중한 여인, 내 아이, 귀여운 내 아이"라고 부르며 글라디스에게 몸을 던져 격정적으로 입을 맞췄다.

서로 속고 속이며 벌이는 이 비밀스런 악취미는 두 사람의 기쁨의 원천이자 글라디스 자신에게는 남편과 다른 이들에게 행사하는 힘의 비결이기도 했다. 글라디스는 리샤르의 투박하고 거친 애정 표현이 좋았다. 훗날 글라디스의 마음에 드는 남자들에게는 어딘가 리샤르를 닮은 구석이 반드시 있었다. 글라디스 곁에는 마크 포브스 경이라는 꽤 오래된 애인이 있었다. 영국 정치가였던 그는 전쟁 발발 전 한때 명성을 누리던 남자로, 냉혹한 야심가였다. 몸에 밴 습관과 권력에 대한 애착으로 만들어졌다고 해도 무방한 남자였지만, 글라디스 앞에만 서면 완전히 무장해제가 되어버렸다. 이러한 점이 글라디스의 마음에 들었다. 하지만 동시에 이 점이 그녀의 분노에 불을 붙이기도 했다. 이처럼 글라디스는 남자들에 대한 자신의 지배력을 꾸준히 확인하고 싶어했다.

전쟁이 터지기 전 몇 년 동안 글라디스의 미모는 전성기를 맞았다. 온갖 욕구가 충족되었을 때 얻게 되는 행복이 비로소 여자에게 선사해준다는 미의 절정기였다. 1907년 글라디스가 파리에 들렀을 때 클로드와 테레자의 아들인 올리비에를 집으로 초대한 적이 있었다. 당시 올리비에는 아직 청소년 티를 벗지 못한 소년이었다. 그날 올리비에는 한 여자를 마주했다. 여전히 스무 살 때의 얼굴과 몸을 간직한 아름다운 여자였고, 자신에게 빠진 남자들에게 둘러싸여 자신감과 행복에서 비롯된 평화를 발산하는 여자였다. 술꾼이 포도주에 길들여지듯 글라디스도 사랑의 서약과 간청, 눈물에 익숙해져 있었다. 글라디스는 이것으로 만족하지 않았지만, 남자들이 선사하는 달콤한 독약이 반드시 필요했다. 이 독약은 삶을 영위할 유일한 양식과도 같았다. 글라디스는 이런 마음을 감추지 않았다. 여자는 절대 만족하는 법이 없다고 글라디스는 생각했다. 지칠 줄 모르는 작은 동물이 바로 여자라는 동물이다. 야망가는 명예에, 구두쇠는 금은보화에 싫증을 느낄 수 있지만, 여자는 여자로서의 직무를 절대 포기하지 않는 법이었다. 글라디스에게 노년은 여전히 아득한 먼일처럼 보였기에 마음의 동요 없이 마주할 수 있었고 현재의 기쁨이 끝나기 전 죽음이 찾아올 것이라고 믿었다.

하지만 글라디스 곁에는 딸 마리테레즈가 있었다. 마리테레즈는 작고 고운 여자아이였다. 투명한 피부는 생기 넘쳤고 머리는 길고 곧은 금발이었다. 아직 언행까지 깃들지는 않은 아름다움이 이목구비의 윤곽이며 피부에 난 점에서 드러나는 나이였다. 눈빛과 반쯤 벌어진 입술 주변에서 감정 그 자체보다 그 감정의 탄생과 기운이 요동치는 나이이기도 했다. 마리테레즈는 그 나이 특유의 감동적인 우아함을 지녔다. 사람들은 글라디스의 딸을 보고 "커서도 엄마와 전혀 닮지 않을 것 같아. 엄마 미모에 견줄 수는 없겠네"라고 평가하곤 했다. 마리테레즈는 이토록 아름다운 엄마의 그늘 아래에 살고 있었다. 글라디스 주위를 맴도는 사람들처럼 마리테레즈도 엄마의 마음에 들기만을 소망했다. 엄마를 위해 살고 엄마를 사랑하는 일만 원했다.

4

1914년 글라디스는 앙티브 근처에서 살고 있었다. 이탈리아식 저택에 거주했는데, 아름답지만 실용성은 딱히 없는 집이었다. 돌체부오네 백작 가문 소유인 이 저택의 이름은 상수시*였다. "오직 이름 때문에 이 집을 빌렸어요. 인생의 모든 지혜가 담겨있는 이름이거든요." 글라디스는 방긋 웃으며 사람들에게 말하곤 했다.

저택의 방은 하나같이 춥고 넓었다. 가구 위에는 낡은 붉은색 다마스크 천이 씌워져 있었다. 벽은 어두운색이었지만 남프랑스의 강한 햇빛을 누그러뜨려서 글라디스의 마음

---

* Sans-souci, 프랑스어로 아무 걱정 없는 낙천적인 사람, 혹은 낙천적인 기질을 뜻한다.

에 들었다. 매일 아침 눈을 뜨면 글라디스는 거울을 들고 자신의 모습을 들여다봤다. 얼굴에 부드럽게 드리운 강렬하면서도 은은한 그림자를 반갑게 바라봤다.

봄이 막 시작된 참이었다. 공기는 따뜻했지만 고지대에서 살을 에는 듯한 칼바람이 불어왔다.

3월의 어느 아침, 글라디스는 늦게 잠에서 깼다. 늘 그랬듯 눈을 뜨기도 전에 손이 먼저 거울을 찾았다. 이는 성인이 된 이후부터 글라디스가 아침에 가장 먼저 하는 일과이자 가장 먼저 머릿속에 떠오르는 생각이었다. 글라디스는 거울 속에 비친 자신의 얼굴을 애정 어린 눈길로 오랫동안 바라봤다. 아름다운 금빛 머리칼의 색이 그새 연해졌다. 당시 사람들이 잿빛이라고 부르던 연하고 창백한 색을 띠고 있었다. 글라디스는 헝클어진 머리를 한 손으로 쓸어 올린 다음 길고 하얀 목을 숙여보았다. 감탄 어린 눈길로 자신을 바라보는 사람들을 향해 몰래 유흥을 즐기듯, 글라디스의 크고 까만 눈은 늘 미소 짓는 것처럼 보였다. 하지만 혼자 있을 때면 두 눈에 슬픔이 조금씩 차올라 우수에 젖어 다른 곳으로 시선을 돌리기 일쑤였다. 팽창된 눈동자가 요동치며 낯설고 불안한 생기를 두 눈에 불어넣었다.

글라디스는 늘 자신의 미모를 깊이 자각하고 있었다. 나날이 매 순간 자신의 아름다움을 내면의 평화처럼 느꼈다. 글라디스의 삶은 단순했다. 옷을 차려입고 찬사를 즐기고 자신에게 빠진 남자를 만나고, 다시 옷을 갈아입고 찬사를 즐기는 일의 반복. '나는 마흔 살이야.' 이따금 글라디스는 자신의 나이를 떠올렸다. 전쟁이 터지기 전까지만 해도 마흔 살은 끔찍한 나이, 즉 '한계의 나이'로 인식되었다. 글라디스처럼 마흔 살에도 미모가 변하지 않는 여자는 드물었다.

하지만 곧 글라디스는 미간을 찌푸리며 나이를 잊기 위해 애썼다. 글라디스는 여전히 아름다웠다. 잊는 일 정도는 쉬웠다.

글라디스는 창문 덧창을 열도록 했다. 바람이 불자 장미꽃이 살랑거렸다. 글라디스는 옷을 갈아입고 시간을 들여 정성껏 얼굴을 가꾸기 시작했다.

여자 손님들이 글라디스의 집에 다녀갔다. 글라디스는 늘 여자들에게 둘러싸여 지냈다. 이들은 모두 글라디스를 따라다니는 흐릿한 그림자일 뿐이었다. 글라디스가 입은 드레스, 수시로 변하는 기분, 입술에 띤 미소까지 그대로 따라 했다. 글라디스는 자신을 향해 짙게 화장한 얼굴을 열심히 들이미는 여자들의 무리가 좋았다. 걸음을 뗄 때마다 들려오는 보석 찰랑거리는 소리도, 부러움과 증오가 들끓어 교활하게 빛나는 시선도 좋았다. 글라디스는 자신에게 푹 빠진 남자들의 시선보다 오히려 여자들 사이에서 더 큰 찬사를 읽어내곤 했다. 여자들은 글라디스의 행동을 염탐했다. 글라디스의 무심하리만치 우아한 모습을 흉내 내며 코르셋으로 꽉 조여 빳빳해진 자신들의 허리를 숙이려고 안간힘을 썼다. 글라디스와 여자들은 함께 무리 지어 칸에서 몬테카를로까지 떠나거나 미미 마이엔도르프의 집에 들르고, 이어서 클라라 매카이, 나탈리 에슬렌코의 집을 방문하기도 했다. 여자들은 서로에게서 남자를 빼앗을 궁리만 했는데, 그중에서도 가장 부유하고 행복한 글라디스의 남자를 차지할 생각으로 가득 차 있었다. 그녀들은 재잘거리며 웃고 지저귀듯 수다를 떨다가 몸을 숙여 글라디스의 볼에 가볍게 입을 맞췄다.

"친애하는 글라디스, 어젯밤에는 정말 아름다웠어요."

금핀으로 장미 장식을 고정한 커다란 모자 무리가 글라디스 주위에서 그 말에 동의하듯 연신 아래위로 끄덕거렸다. 당시 한창 유행하던 루이 15세풍 장식 지팡이가 상수시 저택 돌바닥을 끊임없이 두드렸다.

글라디스는 아리따운 눈을 반쯤 감은 채 미소 띤 얼굴로 친구들을 바라봤다. 가끔은 그들 곁에 있을 때 느끼는 다소 천박한 즐거움이 부끄러워지기도 했다.

'아무렴 어때. 날 즐겁게 해주잖아.' 글라디스는 생각했다.

그날도 글라디스가 준비를 마치자마자 릴리 페레르가 들어왔다. 바이에른 출신인 릴리는 키가 크고 몸집이 우람했다. 얼굴은 두껍게 화장했고 입을 열면 거칠고 불쾌한 억양이 쏟아졌다. 글라디스는 다른 여자들보다 릴리를 훨씬 좋아했다. 자신보다 나이 많은 여자들을 볼 때면 놀라울 정도로 자비심과 너그러운 동정심이 들었다.

글라디스와 릴리는 서로 볼에 입을 맞추며 인사했다. 두 친구는 종종 여자들만의 방식으로 변덕스러우면서도 가볍게 마음속 이야기를 나누곤 했다. 가장 은밀한 생각을 본능적으로 감춘 다음 농담이나 한숨 속에서 어쩔 수 없이 드러나게 하거나 사소한 이야깃거리 밑에 쓰디쓴 경험을 숨겨 향료 알갱이나 소금 한 톨처럼 자신들의 무의미한 이야기에 향을 더했다.

릴리와 글라디스는 전날 열렸던 무도회 이야기를 하기 시작했다. 글라디스가 웃으며 말했다. "나탈리가 지난주부터 제가 어떤 드레스를 입는지, 무슨 보석을 착용하는지 알아내려고 저를 귀찮게 하고 있어요. 그 모습이 마치 얼떨결에 결혼해 중부 유럽을 떠도는 귀여운 모험가 같더라고요. 제가 답을 안 해주니까 엄청 화려한 보석이나 골콘다 보석을 착용한다고 생각했는지 어제 무도회 때 자기가 갖고 있는 보석이란 보석은 죄다 보란 듯이 걸고 왔더라고요. 성당의 성물함처럼 아주 번쩍번쩍 빛나더라니까요." 글라디스는 자신의 흰 드레스와 아무런 장신구도 두르지 않은 맨팔, 그리고 결혼반지 하나만 낀 손을 떠올렸다. 자신을 죽일 듯 노려보던 나탈리의 시선과 다이아몬드로 도배된 그녀의 모

습을 생각하자 입가에 미소가 떠올랐다. "릴리, 이번 무도
회철은 화려했던 것 같아요?"

"따분하기 짝이 없었어요. 그나저나 글라디스, 오늘은 어
디 가려고요?"

"모르겠어요. 그냥 훌쩍 떠나고 싶어요. 며칠 전부터 우
울하고 기력도 안 나요. 너무 지루해서 죽을 것 같아요." 글
라디스가 가볍게 툭 던지듯 말했다. 그러고는 알맞은 말을
곰곰이 고르다가 이내 천천히 어깨를 으쓱했다. "맞아요.
그냥 지루해요."

"아니, 왜요?" 릴리가 눈을 가늘게 뜨며 물었다. "애인 생
겼어요?"

"어머, 세상에, 아니에요. 저에게는 마크뿐이라고요."

릴리가 고개를 숙였다. "스무 살 때 당신을 좋아했던 남
자들 있잖아요. 지금 모습에서 그 시절의 당신 얼굴을 계속
찾는 남자들은 다른 사람으로 대체할 수 없잖아요."

"그건 그래요." 글라디스가 말했다.

글라디스는 절대 리샤르를 잊지도, 대체할 남자를 찾지
도 않겠다고 생각했다. 2년 전 리샤르가 죽은 그날 이후 글
라디스의 삶은 완전히 변했다. 왜일까? 아, 그건 어떤 말로
도 정의 내리기 어려웠다. 먼저 글라디스는 자신이 겪은 상
실과 불행이 과연 어디까지 다다를 지 알 수 없었다. '마크.'
글라디스는 마크를 상상해본 적도 있었다. 하지만 불가능

했다. 리샤르를 대체할 수 있는 남자는 없었다. 글라디스와 리샤르는 대형 여객선과 호텔 방에서 결혼생활 전부를 보냈다. 그들이 막 뉴욕에 도착했을 때 리샤르는 뉴욕의 피아자 호텔 방에서 숨을 거뒀다. 글라디스가 자고 있던 방으로 한밤중에 리샤르가 불쑥 들어오더니 침대 위로 고꾸라졌다. 소스라쳐 잠에서 깬 글라디스가 자신 쪽으로 쓰러진 남편의 창백한 얼굴을 봤다. 그의 눈에서 처음으로 나약하고 부드러운 감정을 읽었다. 창 너머로 들려오던 뉴욕의 소음과 커튼 사이로 새어 든, 등댓불처럼 강하고 간헐적인 불빛을 글라디스는 기억했다. "아무도 부르지 마요. 다 끝났어요" 하고 리샤르는 말했다.

글라디스가 남편을 품에 안고 마지막 입맞춤을 나누려 할 때 그가 낮은 목소리로 다시금 속삭였다. "불쌍해…. 불쌍해…."

글라디스는 그 속삭임이 무슨 뜻인지 이해하지 못했다. 리샤르의 손을 붙잡고 있었지만, 그의 몸은 뻣뻣했고 이미 숨을 거둔 상태였다. 행복이란 얼마나 잔인한 선물인가. 세상 만물에 끝이 있듯 너무나 완벽하고 대단한 행복에도 끝이 있기 마련이다. 그날 이후 글라디스는 자신을 밝게 비추던 빛이 흔들리고 꺼져버릴 것 같은 느낌을 미미한 징조들 속에서도 감지해내기 시작했다.

몇 달 후 글라디스는 리샤르가 어느 나이 든 여자 배우와 결혼생활 내내 내연 관계에 있었으며, 모든 재정적, 정치적 업무를 그녀와 공유해왔다는 사실을 알게 되었다. 충격적이었다. 리샤르는 유언장에서 그 배우에게 정기적으로 연금을 지급해줄 것을 글라디스에게 부탁했고, 글라디스는 그의 뜻을 성실히 이행했다. 물론 리샤르는 글라디스를 속였고, 글라디스 또한 충실한 아내는 아니었다. 하지만 글라디스는 리샤르와 함께여서 행복했다. 어느 누구와 있어도 그만큼 행복할 수는 없었다.

글라디스는 한숨을 쉬며 슬픈 눈으로 정원을 쳐다봤다. 창문 아래에 작고 붉은 장미가 피어 있었다. 글라디스는 장미꽃을 보며 미소 지었다. 그녀는 장미를 좋아했다.

릴리가 물었다. "이 염색 가발, 마음에 들어요?"

"아뇨, 너무 못생겼어요. 어젯밤 로르가 쓴 가지색 가발 봤죠? 그나저나 빌리빈 부부는 왜 자리를 뜬 거예요?"

"노름에서 돈을 잃었거든요."

"노름에 빠진 여자들은 행복할 것 같아요." 글라디스가 말했다.

"행복하다고요? 행복이 뭐라고 생각하는데요? 글라디스 당신이야말로 행복하잖아요." 릴리가 한숨을 푹 내쉬며 말했다. "행복이 무엇인지 아직 당신은 모르겠죠. 내 나이쯤 먹어보면 알게 될 거예요. 결국 세상에는 하나의 현실, 하나의 행복만 존재해요. 바로 젊음이죠. 당신 나이가 어떻게 돼요? 기껏해야 서른 살? 그럼 행복은 앞으로 딱 10년 남았네요. 마흔 살은 이미 끔찍한 나이예요. 그래도 그때부터는 나이에 익숙해지고 덜 예민해지긴 하죠. 소소한 즐거움을 맛보는 걸로 만족하게 되거든요." 릴리는 자신의 애인을 떠올리며 한숨 쉬었다. "하지만 마흔 살에는 자신이 늙었다는 걸 깨닫지 못해요. 자신은 스무 살이고 영원히 스무 살일 거라는 착각 속에 살다가 갑자기 머리를 한 대 얻어맞은 것처럼 충격을 받죠. 어느 순간 갑자기, 어떤 말 한마디나 남자의 시선 때문에, 때로는 결혼하고 싶다는 자녀 때문에. 아아, 정말 끔찍해요."

글라디스는 몸에 소름이 돋아서 억지로 웃으며 놀란 기색을 감췄다. "저처럼 하세요. 몇 해가 지났는지 세지 말아요. 그럼 한 손으로도 나이를 셀 수 있을 거예요."

"진짜요?" 릴리가 미심쩍다는 듯 중얼거렸다.

"로마에 가고 싶어요. 우리 같이 가요." 글라디스가 불쑥 제안했다.

"마크 경은 어쩌고요? 이제 막 도착한 마크 경을 두고 어떻게 떠나겠다는 거예요?"

"그가 따라올 거예요."

"글라디스, 어떻게 하면 돼요? 강아지처럼 남자들 목에 목줄을 채우고 사는 비결이 도대체 뭐예요? 물론 내게도 젊고 아름다웠던 적이 있었어요." 릴리가 고개를 돌려 큰 거울을 쳐다보며 말했다. "그럼에도 내 연애는 힘들고 불행하기만 했어요. 하지만 세상에 사랑 말고 또 뭐가 있겠어요?"

"저는 사랑이라는 감정을 그다지 좋아하지 않아요." 글라디스가 낮은 목소리로 말했다.

"그럼요?"

"그럼…이라뇨? 왜 마크 경을 만나냐고요?"

"마크 경도 그렇고 다른 사람들도 있잖아요."

"다른 사람은 없어요." 글라디스가 말했다.

"그러지 말고 말 좀 해봐요." 릴리가 낮게 중얼거렸다. 자기들에게는 끝나가는 사랑을 두고 이야기할 때 여자들이 저도 모르게 띠는 따뜻하고 은밀한, 관능적이면서도 부끄러워하는 말투였다.

"안 돼요." 글라디스가 방긋 웃으며 답했다.

글라디스는 아무것도 걸치지 않은 팔에 천천히 분을 발랐다. "결국 인생은 슬픈 거 아니겠어요. 다만 취기 오르고 열정 넘치는 몇몇 순간이 존재할 뿐이죠. 밤에 테라스로 나가 경쾌하고 조금은 황홀한 음악을 들을 때처럼, 아니면 춤출 때처럼… 아, 말로 설명은 못 하겠지만 그런 게 바로 행복이에요. 우리는 그런 행복을 찾는 거고요."

한 여자가 검은담비 모피 다발을 거칠게 흔들며 들어왔다. 카르멘 곤살레스였다. 카르멘은 글라디스의 오랜 지인으로, 화장품 장사를 했다. 글라디스가 나타나는 곳이면 어

디든 마사지사며 미용사, 화장품 장사꾼 무리가 곧장 모여
들어 주위를 에워싸곤 했다.

카르멘은 키 작고 뚱뚱하고 나이 든 여자로, 얼굴은 무뚝
뚝하고 침울했다. 몸에 걸친 낡은 검정 새틴 드레스는 굵은
허리춤 위에서 팽팽하게 당겨져 아래로 떨어졌고 머리 위
에는 검정 밀짚모자가 비스듬히 얹혀 있었다.

글라디스는 카르멘을 상냥하게 맞이했다. 사람들은 항상
온화하고 다정한 글라디스에게 기꺼이 도움의 손길을 청했
다. 하지만 카르멘은 글라디스와 있을 때에도 특유의 딱딱
하고 경계하는 표정을 풀지 않았다. 카르멘의 얼굴 앞에서
손님들은 경외심을 느끼기도 했다. 카르멘은 용감한 여자
였다. 피곤하고 불행하다고 생각될 때 더더욱 이를 악물고
더 많이 일하는 평민 여자들의 억센 용기를 지녔다. 카르멘
은 마사지사이자 산파인 동시에 화장품 판매상이었다. 드
물게 말문이 트여 자기 이야기를 하는 날이면 카르멘은 마
사지 도중 한숨을 쉬며 상체를 고쳐 세웠다. 빨래하는 여자
처럼 이마에 흐르는 땀을 맨팔로 닦아내며, 얼굴에 미소를
옅게 띤 채 이렇게 말하기도 했다. "사모님들이 뭘 아시겠
어요. 저는 그런 일은 숱하게 봤답니다."

카르멘 곤살레스는 풀과 녹나무 냄새가 나는 방 세 칸짜
리 작은 집에 살았다. 그녀의 집은 아침부터 밤까지 베일 쓴
여자들로 붐볐다. 자신의 차례를 기다리는 여자 손님들은

서로를 모른 척했다. 카르멘은 반지가 살에 파묻힐 정도로 두툼한 손을 재빠르게 놀려 여자들의 찌든 얼굴을 다듬어 새롭게 창조했다. 그 손으로 주름을 없애고 노화로 축 늘어진 피부를 이어 붙여 환상적인 가면을 조각해낼 줄 알았다.

카르멘은 노름판에서 파산한 정부들의 드레스나 보석, 모피를 사들여 단골에게 되파는 일도 했다.

글라디스는 검은담비 모피가 눈에 들어오자 고개를 내젓고 부드럽게 카르멘을 밀어냈다. "아니요, 됐어요. 아무것도 사고 싶지 않아요."

"그래도 이것 좀 보세요." 나이 든 카르멘이 말했다.

글라디스는 걸음을 돌려 릴리에게 돌아가 이야기를 나눴다. 릴리는 글라디스에게 작은 목소리로 애원했다. "조지에게 말 좀 전해줘요. 그 남자 때문에 제가 죽어가고 있다고요. 여자의 인내심에는 한계가 있어요. 조지가 나쁜 사람은 아닌데, 너무 가볍고 잔인해요. 마주치는 여자마다 어떻게든 그 남자를 유혹하려 안달이라고요."

"자, 생각해봐요." 글라디스가 선이 고운 어깨를 천천히 으쓱하며 조용한 목소리로 말했다. "릴리, 좀 더 신중하게 생각해보세요. 이렇게 고통받은들 무슨 소용이에요?"

"하지만 이건 사랑이라고요." 릴리가 한숨을 쉬며 말했다. 화장한 볼 위로 눈물이 흘렀다.

"조지는 당신을 좋아해요."

릴리의 손을 잡으며 글라디스가 말했다. "사랑하는 릴리, 제 말을 들어봐요."

글라디스는 사랑을 말하고 마음속에 감춰둔 사랑 이야기에 귀 기울이며 흐르는 눈물을 닦아주기를 즐겼다. 위로를 건네고 마음을 가라앉히며 기분 전환을 시켜줄 방법을 글라디스는 알고 있었다. 오직 사랑만이 글라디스의 관심을 끌었다. 사랑 이외의 것에는 우아하게 무심할 뿐이었다.

마침내 릴리는 진정된 것 같았다. 글라디스는 릴리를 혼자 두고 옆방에서 기다리고 있는 카르멘을 보러 갔다.

"드디어 관심이 생기셨어요?" 검은담비 모피를 가리키며 카르멘이 물었다.

글라디스는 부드러운 모피를 쓰다듬으며 말했다. "아니요, 새 모피는 필요하지 않아요. 그래도 예쁘긴 하네요."

"셀리나 멜레르의 모피예요." 카르멘은 한때 유명했던 나이 든 화류계 여성의 이름을 대며 모피에 대해 설명하기 시작했다. "오래전에 셀리나의 애인이 러시아에서 가져다준 모피 다발이에요. 이 모피로 정말 멋들어진 무도회 의상을 만들었는데, 그 옷은 6개월 전에 이미 팔렸어요. 이건 남아 있던 모피 원단인데, 셀리나는 이걸로 예비용 장식을 만들고 싶어했던 것 같아요. 이제 이 모피도 다른 물건들과 같이 전부 팔릴 테지만요. 갖고 계신 흰 벨벳 망토에 아름다운 것을 만들어 달면 잘 어울릴 거예요."

"셀리나 멜레르라고요?" 글라디스가 속삭였다. "그렇게 가난해졌어요?"

"오, 네. 이제 빈털털이예요."

"10년 전만 해도 그렇게 아름다웠는데."

"그 나이쯤 되면 시간이 빨리 흐르는 법이죠."

"너무 안됐네요." 글라디스가 말했다.

글라디스의 상상력은 생생하고도 섬세했지만, 어디까지나 자기 자신을 향해 있을 뿐이었다. 하지만 그 순간만큼은 머릿속에 자글자글한 주름이 추억을 퇴색시키는 늙은 여자를 떠올려보았다. 글라디스가 카르멘에게 물었다. "셀리나가 이 모피를 얼마에 내놨나요?"

"4천요. 헐값이죠. 하지만 달리 선택지가 없어요. 돈이 급하다는 걸 아는 사람들이 다들 반값만 부르거든요."

"알았어요. 그건 여기 두세요. 불쌍한 셀리나를 돕기 위해 그걸 살게요."

"좋아요." 카르멘이 특유의 음울한 목소리로 말했다. "손해 보는 장사는 아니에요. 제 전문이잖아요."

릴리가 두 사람을 보러 방으로 건너와 말했다. "같이 점심 먹으러 가요 글라디스." 그러고는 목소리를 낮춰 마지막 말을 덧붙였다. "가면 조지를 만날 수 있을 거예요."

"오, 안 돼요, 릴리. 딸과 함께 점심을 먹기로 약속했거든요. 아이가 엄마 얼굴 한번 제대로 못 본다고 불평하는데,

사실 틀린 말도 아니잖아요.”

“딸이 있어서 참 행복하겠어요.” 릴리가 한숨을 폭 쉬며 말했다.

그러고는 탁자 위에 놓인 금 테두리 액자 속 아이 초상화를 바라봤다.

“예쁘겠어요. 하지만 몸매까지 당신처럼 아름답지는 못할 거예요.”

“저보다 훨씬 나을 거예요” 글라디스가 다정하게 말했다.

글라디스는 액자 속에서 자신을 빤히 보는 듯한 어린 딸의 얼굴을 향해 미소 지었다. 딸의 얼굴에서 은은한 경탄과 젊음 특유의 기묘하고도 마음을 뒤흔드는 진지함이 엿보였다. 그것은 열세 살 마리테레즈의 초상화였다. 작고 가는 얼굴은 각진 곳 없이 동그랗고, 밝은색의 길고 곧은 머리칼은 검은 리본으로 정수리에 올려 묶었다.

릴리와 카르멘은 고개를 저었다. “아니요. 절대 당신처럼 매력적일 수는 없어요.”

“아직 어린애인 걸요. 사춘기 여자아이예요.” 글라디스가 말했다.

글라디스는 한숨을 내쉬고 싱긋 웃었다. 글라디스는 자기 자신에게조차 마리테레즈의 실제 나이를 마음 깊은 곳에 비밀로 묻어두고 밝히지 않았다. 마리테레즈는 열여덟 살, 벌써 여자가 되었다. ‘열다섯 살. 마리테레즈는 곧 열다섯 살이 되는 거야.’ 글라디스는 차라리 이렇게 읊조리며 상상하는 편을 택했다.

주위의 여자들도 마찬가지였다. 자식들의 존재를 감출 수는 없으니 자식들의 나이에서 두어 살 내려 말하며 여자들 스스로도 실제 나이를 잊어갔다. 이렇게 여자로서, 그리고 엄마로서 이중적인 환상을 충족시켰다. 글라디스는 딸이 크는 것을 알아차리지 못했다. 딸에게 말을 걸고 딸을 바라보면서 이제는 글라디스 자신에게만 존재하는 열다섯 살 여자아이의 모습을 머릿속으로 다시 만들어냈다.

“저녁에 쓰실 볼 연지를 가져왔어요.” 카르멘이 낡은 가방에서 화장품 상자를 꺼내며 말했다.

“아!” 그 말을 듣자 글라디스의 아름다운 얼굴이 사뭇 진지해졌다.

글라디스는 거울로 다가가 볼에 연지를 바른 다음 분을 덧칠해 덮었다.

“이렇게 하니까 더 낫네요. 그렇죠? 지난번에 가져온 연지는 색이 너무 밝았어요. 조명 아래에서는 좀 더 진한 색이 필요하더라고요.”

글라디스는 들뜨고도 진지한 표정으로 거울에서 눈을 떼지 못한 채 천천히 몸을 돌려봤다. 그러고 나서 입술을 살짝 벌려 온화하지만 자신감 넘치는 미소를 지었다. “좋아요. 네, 좋네요.”

그사이 카르멘은 이미 떠나고 있었다. 뒤이어 릴리와 드디어 준비를 마친 글라디스가 천천히 정원을 가로질러 집을 나섰다. 길가로 나가자 장미 향기와 휘발유 냄새, 고지대에서 불어오는 차갑고 맑은 바람 내음이 났다. 두 여자는 차에 올라탔고 자동차는 니스를 향해 달리기 시작했다.

5

　글라디스에게 세월은 꿈처럼 쏜살같이 지나갔다. 나이를 먹을수록 한 해 한 해 더 가볍고 빠르게 날아가버리는 느낌이었지만, 정작 하루하루는 더디게 흘러갔다. 울적하고 씁쓸한 시간도 있었다. 글라디스는 혼자 있는 시간이 싫었다. 주위에서 여자들의 수다가 잦아들거나 사랑을 속삭이는 말이 멈추면 곧바로 가슴속에 막연한 불안이 솟았다.

　얼마 전부터 글라디스는 모든 것에 권태를 느끼고 화가 났다. 거리에서 몇몇 여자들의 얼굴이 언뜻 보이기라도 하면 발길을 돌렸다. 맨발로 흙먼지 속을 달리며 미모사 가지를 권하는 예쁘장한 소녀들의 다듬어지지 않은 싱그러움도 눈에 거슬렸다. 글라디스는 스스로도 놀랄 정도로 거칠게 미모사 가지를 밀쳐내고 나서 문득 부끄러워졌다. 가끔은 소녀들을 다시 불러 돈을 쥐여주기도 했다. 그러고는 생각에 잠겼다. '여기는 너무 더워. 공기도 무겁고. 지루해.'

그럴 때마다 글라디스는 그토록 증오했던 어머니 생각을 했다. 기억 속에서 커튼이 닫힌 어머니의 침대가 다시 보였다. 글라디스의 어머니인 소피 뷔르네라는 모르핀에 취해 침대에서 잠들곤 했다. 글라디스는 기묘한 수치심을 느꼈다. 무엇으로도 이 수치심을 잠재울 수 없었다. 글라디스 아이제나흐는 아름답고 흠모와 사랑을 받고 있지만, 종종 마음 밑바닥에서 청소년 시절에 겪었던 슬픔과 외로움을 마주했다. 리샤르가 살아 있다면 그에게 모두 털어놓았을 텐데. 하지만 리샤르는 죽었다.

글라디스는 여자 친구들의 집을 번갈아 방문했다. 그곳에서 시간을 보내도 집으로 돌아갈 순간이 반드시 다가왔다. 집에 돌아와도 밖은 여전히 밝았다. 할 일이라고는 드레스를 구경하고 입어보거나 바닷바람이 부는 공원 근처, 경사진 작은 길에 위치한 보석상에 들르는 일뿐이었다. 드디어 밤이 내리면 글라디스는 다시 살아나는 기분이 들었다. 상수시 저택으로 돌아와 옷을 차려입고 자신의 모습에 스스로 매료되었다. 이 모든 것을 얼마나 좋아했는지. 세상에 이보다 더 기분 좋은 일이 있을까? 세상 어떤 기쁨을 사랑받는 기쁨에 비할 수 있단 말인가? 여자라면 누구나 사랑받고 누군가의 마음에 들고 싶은 욕망이 있다. 이렇게 평범한 기쁨이 글라디스에게는 열정이 되었다. 남자들이 권력이나 재물에 품는 열정과 비슷했다. 글라디스는 해가 갈수록 더 목이 말랐고, 무엇으로도 완벽하게 그 갈증을 채울 수 없었다.

마침내 글라디스가 준비를 마쳤다. 마리테레즈의 방에 들어가서 딸의 예쁘고 반들반들한 볼에 다정하게 입을 맞췄다. 붉은 피가 도는 것이 눈에 보일 정도로 딸의 피부는 투명했다. 글라디스는 애정 어린 눈길로 딸을 바라봤다. 적어도 엄마인 글라디스의 눈에는 여전히 사랑스러운 아이였다. 글라디스는 딸을 사춘기 시절의 상징 그 자체로 차려입혔다. 굽 낮은 신발, 길고 일자로 떨어지는 무늬 없는 치마, 묶지 않고 풀어 어깨에서 찰랑거리는 머리카락, 목에 걸린 가느다란 금목걸이. 소녀의 서투름과 그럼에도 깃들어 있는 우아함.

'마리테레즈가 좋아하는 일이라고는 책을 읽고 강아지와 시간을 보내며 공원에서 뛰어노는 것뿐이야. 아직 순수하고 수줍음 많은 아이야.'

글라디스는 생각에 잠겼다. '2, 3년 후에는 마리테레즈만 돌볼 거야. 마리테레즈는 춤도 추고 즐거운 시간을 보내겠지. 오, 나는 냉정하고 엄격한 엄마가 되지 않겠어. 친구가 되어주면 마리테레즈가 내게 모든 걸 시시콜콜 이야기해줄 테니. 우리 딸은 행복할 거야. 하지만 아직은 일러. 아직 너무 어린걸. 부끄러움도 많고 감수성이 예민한 아이야. 나처럼 변덕스럽고 하찮은 사람으로 커서는 안 돼.'

글라디스는 혼잣말하듯 딸에게 말을 건넸다. "만약 내 딸이 담배를 피우고 몸치장이나 하며 어른들을 따라 하는 못 봐줄 정도로 끔찍한 아이였다면 이 엄마는 어떻게 살았을지 상상할 수 없구나. 하지만 너는 사춘기가 와도 달라진 게 없구나. 여전히 정말 사랑스러운 아이야."

마리테레즈는 글라디스의 말을 굳이 막지 않았다. 마리테레즈는 젊음 특유의 깊은 아량을 지녔는데, 이 점은 꽤나 자주, 그리고 묘하게 그녀의 냉혹감과 조화를 이뤘다. 마리테레즈는 나이 들어가는 엄마의 불안을 이해했다. 글라디스 스스로 눈치채기도 전에 그녀는 이미 엄마의 불안을 알아채고 꿰뚫어 봤다. 마리테레즈는 엄마가 안쓰러웠다. 특히 스스로 너무 어리다고 느꼈고, 자신 앞에 놓인 길이 너무나도 길어 보여서 하루빨리 삶을 맛보고 싶다는 조급함이 들지 않았다.

마리테레즈는 글라디스의 볼에 입맞춤으로 화답하며 말했다. "이렇게 아름다운 엄마라니 놀라워요. 드레스가 정말 예뻐요, 사랑하는 엄마. 요정처럼 아름다우세요."

그러고 나서 글라디스는 무도회에 가려고 집을 나섰다. 예전처럼 화려하고 행복해 보였다. 무도회라면 지겨울 만큼 다녔고 런던과 파리의 더 멋진 무도회에도 가봤다. 하지만 글라디스는 무엇보다도 고인 물처럼 변하지 않는 영국과 프랑스의 사교계가 가장 두려웠다. 그곳에서 사람들은 15년이 지나고 20년이 지나도 밤마다 죄다 같은 얼굴을 마주하고 똑같은 이야기를 주야장천 반복했다.

적어도 여기에서는 철마다 사람들이 바뀌었다.

그날 저녁, 글라디스는 칸에 사는 미들턴 가에 초대를 받았다. 무도회장에 입장한 글라디스가 부러운 시선으로 자신을 쳐다보는 여자들에게 미소 지었다. 그런 다음 흠잡을 데 없는 작은 잿빛 머리를 우아하게 숙여 인사했다. 글라디스의 폐부에 평화의 기운이 가득 찼다. 사랑이 충족된 평화로운 순간이었고 어떤 종류의 독을 들이마셔도 부드럽게 몸 안에 퍼져 어루만져줄 순간이었다. 파르카이 여신들*처럼 한곳에 모여 있는 나이 든 여자들이 보이면 글라디스는 애처롭게 눈을 내리깔았다. 벨벳 드레스를 입은 이 여자들은 굵은 목을 무거운 다이아몬드 목걸이로 꽉 죄었고 입술을 삐죽거리며 글라디스를 쳐다봤다. 글라디스는 마크 포브스 경을 발견했다. 그와 멀지 않은 곳에 그의 아내가 앉아 있었다.

포브스 부인은 헤리퍼드 공작부인의 딸이었다. 마크 경

---

* 로마 신화에 등장하는 운명의 세 여신. 생명의 실을 잣고 재고 끊는다.

이 정치적 경력을 쌓는 데에는 아내 집안의 막대한 부와 명성 덕이 컸다. 하지만 포브스 부인이 남편의 내연 관계를 알게 되었고, 그로 인해 마음고생을 심하게 했다. 그녀는 배신당한 아내가 동원할 수 있는 모든 방식으로 자신을 보호했다. 그중 가장 위협적인 방식은 끊임없는 이혼 협박이었는데, 이혼으로 마크 경을 파멸시킬 수 있었기 때문이다. 아내와 글라디스 사이에 끼인 마크 경의 삶은 행복과는 거리가 멀었다. 여러 달 전부터 글라디스는 마크 경이 자신의 욕구를 미묘하게 밀어내는 느낌을 받았다. 냉정한 태도로 자신의 화를 돋우고 불안을 심는다고 생각했다.

‘토라졌구나.’ 자신에게 서둘러 인사하러 오지 않는 마크 경을 보며 글라디스가 생각했다. ‘당신 편한 대로 하세요, 친구.’

남자들이 글라디스를 에워싸며 같이 한 곡 추자고 청했다. 그중에는 올리비에 보상도 있었다. 사실 글라디스는 전에도 올리비에를 자주 마주쳤다. 얼마 전 테레자는 세상을 떠났고, 클로드는 스위스에서 살고 있었다. 무도회에서 글라디스는 올리비에를 저녁 식사에 초대하며 우아하게 툭 덧붙였다. “마리테레즈가 올리비에 군을 참 좋아해요. 그러니 더 자주 와야 해요.”

“오랜만에 만나게 될 사람이 있을 테니 기대하셔도 좋아요.” 올리비에가 말했다.

"누구인데요?"

"저희 아버지요."

"정말요? 드디어 브베를 떠나시는 건가요?"

"오, 아니요. 아버지께서는 그곳에 평생 계실 것 같아요. 다른 곳에서는 못 살 것 같다고 우기세요. 이번에 일 때문에 파리에 오시는 거라 하루 정도 들르실 거예요."

"좋은 소식이네요."

올리비에가 글라디스에게 정중히 물었다. "저와 한 곡 추시겠어요?"

글라디스는 올리비에와 왈츠를 췄다. 그 후 무도회장이 숨 막힐 정도로 더워서 글라디스는 테라스에 나가 앉아 있었다. 발코니의 돌난간에 팔꿈치를 괴었는데, 한낮에 내리쬔 햇살이 아직 식지 않아 난간은 미지근했다. 마침내 마크 경이 다가오는 것을 봤을 때는 시간이 한참 지난 후였다.

"부인은 떠났나요?" 글라디스가 물었다.

"막 배웅하고 당신을 보러 온 거요. 여기에 더 있을 거요?"

글라디스는 매혹적이면서도 고단한 우아함을 풍기며 눈을 반쯤 감았다. "오, 그럴 리가요. 피곤해요."

"그럼 같이 나갑시다."

글라디스와 마크 경은 함께 자리를 떠났다. 밤이 끝나가고 있었다. 마크 경이 먼저 입을 열었다. "글라디스, 당신에게 할 말이 있소."

"지금요? 저는 집에 갈 거예요, 마크. 5시예요."

"꼭 할 말이 있소." 마크 경이 낮게 읊조렸다.

마크 경은 글라디스를 따라 차에 올라탔다. 차는 해안 도로를 타고 천천히 앙티브 방향으로 달렸다.

"글라디스." 마크 경이 입을 열었다. "내 말을 들어봐요. 당신은 나를 사랑한 적이 단 한 번도 없으니, 만일 내게 조금이라도 우정을 느낀다면 나를 불쌍히 여길 거요. 나는 지금 너무나도 불행하오."

"오, 마크." 글라디스가 살짝 어깨를 으쓱거렸다.

"내 아내가…."

"그럼요 마크. 알아요."

글라디스는 그가 불안과 두려움 때문에 힘들어한다는 사실을 알고 있었다. 마크 경은 평민 유대인 출신으로, 매사 아내의 가문에 의지해왔다. 그의 아내가 글라디스와의 관계를 정리하고 이때까지 그랬듯 글라디스를 따라 유럽 전역을 돌아다니지 말라고 끊임없이 요구하고 있었다.

마크 경이 힘겹게 속삭였다. "나는 이혼과 이혼했다는 추문을 견디며 영국에서 살 수 없소. 어쩌면 좋겠소, 글라디스? 당신이 정해주시오. 이제 난 젊은 나이도 아니오."

"그게 무슨 어리석은 말이에요." 글라디스가 부드럽게 말했다.

글라디스는 마크의 손을 잡고 자신의 몸 가까이 붙였다.

하지만 마크는 몸을 뒤로 빼지도 않고 당황한 기색을 내비치며 떨지도 않았다. 무력하고 병든 모습이었다. 실망한 글라디스는 그를 그대로 두고 살짝 거리를 뒀다. 자존심에 상처를 받은 나머지 눈물이 차올랐다. 수치심 비슷한 감정이 들어 글라디스는 얼굴을 돌렸다. 그 모습에 마크는 충격을 받았다. 여자들에게는 슬픔을 감추는 일이 드물다고 생각했다. 그리고 다시 같은 질문을 던졌다. "어쩌면 좋겠소, 글라디스?"

"이런 상황은 우리가 만났을 때부터 있었어요."

"하지만 견딜 수 없게 되었잖소. 나는 당신을 사랑하오."

글라디스는 갑자기 손을 들어 마크의 말을 끊었다. 글라디스의 떨리는 손이 보였다. "그런 말 말아요."

"오, 글라디스! 나는 당신을 정말 많이 사랑했다오."

"네. 맞아요. 당신은 거짓말하는 사람이 아니죠. 날 사랑하긴 했지만, 내가 1년 전부터 당신을 제대로 만날 수나 있었나요? 당신은 냉정했어요. 피해 다니느라 얼굴도 볼 수 없었죠. 틀렸어요. 당신은 이제 날 사랑하지 않아요."

"글라디스, 우리 사이의 가장 치열했던 사랑의 불씨는 언젠가 세월에 식어 사그라들 터였소. 난 지쳤소. 자, 이게 바로 진실이오. 질투하는 여자와 싸울 힘도, 그 여자의 질책과 의심을 받아낼 힘도 내게는 없다오. 자식들은 엄마 편에 서서 가차없이 등을 돌리더군. 당신은 몰라요. 어린 딸이 사랑해주지 않소. 사랑하는 자식들이 얼마나 잔혹하고 무자비한 심판관으로 변해버리는지 당신은 모를 거요.”

글라디스는 고개를 숙이고 마크의 말에 귀 기울이지 않았다. “내 말을 듣지 않고 있소?” 마크가 조용히 물었다.

“아니요, 듣고 있어요.”

“글라디스.” 마크의 모습이 한순간 진솔해졌다. “당신과 헤어지기 전에 죽어야겠다고 생각했지만, 신은 내게 그런 자비를 베풀어주지 않았소.”

“당신 아내가 이겼네요.” 글라디스가 낮은 목소리로 말했다.

“그게 무슨 상관이란 말이오? 아내는 단지 상징적인 존재일 뿐인데. 내가 충분히 누릴 자격이 있는 어떤 평화의 상징.”

“당신은 당신 자신의 행복만 생각하네요.”

“글라디스, 나는 오랜 세월 동안 당신만 생각했소. 그 대가로 당신은 내게 무엇을 주었소? 당신을 사랑하도록 그저 내버려뒀을 뿐이잖소.”

글라디스는 뺨을 타고 흐르는 눈물을 보여주려고 몸을 다시 돌렸지만, 마크는 슬픈 표정으로 글라디스를 바라볼 뿐이었다. “오, 글라디스! 당신이라는 여자는 정말…. 드디어 끊어낼 용기를 얻자 그제야 내가 당신에게 소중한 사람이 된 거요? 날 놓친 일을 곧 후회하게 될 거요.”

“저는 당신을 많이 아꼈어요.”

“나는 당신을 숭배했소. 하지만 당신은 숭배받는 일에 매우 익숙했지. 이토록 의기양양하게 무정하고 달콤할 정도로 오만한… 당신을 내가 얼마나 사랑했는지.”

“오! 그렇게 말하지 말아요.” 글라디스는 돌연 화를 냈다. “마치 내가 죽어서 내 무덤에 찾아와 한탄을 쏟아내는 꼴이네요. 왜 니스에 왔죠? 오지 말지 그랬어요. 사랑하는 마크, 당신은 정치를 할 때처럼 사랑에서도 보수적이네요. 당신은 발레를 추듯 사랑을 해요. 규칙에 맞춰 정해진 대로 스텝을 밟다가 유혹의 스텝으로 다가와요. 또 정열적인 왈츠 리듬에 맞춰 추다가 숄을 들어 결별의 스텝을 밟기도 하고요. 우리는 지금 결별의 춤을 추고 있어요. 당신은 아무 말도 하지 말았어야 해요. 편지도 보내지 말고요. 그러면 모든 게 자연스럽게 해결되었을 텐데. 나는 거의 알아차리지도 못했을 텐데.”

“날 그리워할 거요, 글라디스?”

“왜 나를 떠나려 하죠?” 글라디스는 마크의 질문에 답하지 않고 재차 물었다. “왜 나와 헤어지려 하죠? 내게 할 말이 또 있을 텐데요. 사랑하는 다른 여자가 생긴 건가요? 말해봐요. 제가 질투와 거리가 먼 사람이라는 건 알잖아요. 이유를 말해주면 끔찍한 생각에서 벗어날 수 있을 텐데.”

“무슨 생각 말이오?”

"마크, 내가 늙었나요?" 글라디스가 느닷없이 질문을 던졌다. 그러다가 이내 불안과 공포로 몸이 반응하는 것을 애써 억눌렀다.

'왜 이런 말을 꺼냈지?' 글라디스는 생각했다. '말도 안 돼. 난 젊어. 젊다고!'

마크가 고개를 저었다. "모르겠소. 사람들이 사랑하는 여자의 얼굴을 샅샅이 살펴본다고 생각하오? 이목구비가 아닌 그 너머의 깊은 곳을 보지 않겠소? 그리고 이렇게 생각할 거요. '그녀가 오늘 내 마음을 더 아프게 할까? 드디어 나에게 상처 주는 일에 싫증을 느끼려나? 날 사랑해줄까?' 알고 있소? 사랑의 한가운데에서도 우리는 끊임없이 자기 자신만을 생각할 뿐이라는 걸 말이오."

그들은 목적지에 도착했다. 아침 해가 집을 밝게 비췄다. 마크는 글라디스와 함께 얼마 동안 길을 걸었다. 글라디스는 살면서 경험해본 적 없는 고통을 느꼈다. 하지만 착각하지는 않았다. 이것은 사랑이 아니다. 글라디스는 사랑받고 싶은 불타는 갈증과 충족된 자존심에서 흘러나오는 달콤한 평온 외에 다른 감정은 느껴본 적이 없었다. 마크를 바라보며 속으로 생각했다. '마크에게 입을 맞추면, 그를 꽉 끌어안으면 어떻게 될까. 아니. 그건 나답지 않아. 마크가 날 떠나더라도 나는 젊고 아름다우니 다른 사람이 찾아올 거야.'

글라디스가 마크에게 손을 내밀며 말했다. "잘 가요, 마크.”

마크의 몸이 떨렸다. 잠시 동안 글라디스는 우위를 점한 자신의 힘과 남자의 패배를 가늠할 수 있었다. 처음에 마크는 글라디스의 손을 잡을까 망설였고, 손을 잡은 후에도 입을 맞출 엄두를 내지 못한 채 가만히 오래 붙잡고만 있었기 때문이다. 하지만 마침내 글라디스의 손가락에 입을 맞추고 고개를 다시 들었을 때 그는 침착했다. 그리고 부드럽게 말했다. “잘 가시오.”

그리고 마크는 떠났다.

6

"아직 멀쩡할 때부터 아름다움을 돌보기 시작했으니 부인은 절대 늙을 일이 없겠어요."

글라디스의 흠잡을 데 없는 긴 옆구리를 마사지하며 카르멘 곤살레스는 말하곤 했다.

하지만 이런 말로는 글라디스의 성에 차지 않았다. 글라디스가 원하는 것은 나약하고 병든 아름다움이 아니었다. 나이가 들어도 의연한 아름다움을 원했다. 진정한 젊음의 광채와 그 젊음이 선사하는 뻔뻔스러울 만큼 당당한 승리가 필요했다. 가장 허름한 행색의 행인조차 가던 길을 돌아볼 때 글라디스는 마음의 안정을 느꼈다. 3월의 어느 저녁 니스, 저 너머 돌풍과 함께 쏟아지는 달빛 속에서 은은하게 비가 내릴 때 아케이드 아래의 키 작은 꽃집 상인이 "아아, 아름다운 아가씨! 오, 이렇게 아름다울 수가!"라고 말하는 소리가 들리면 글라디스는 사랑이 동반된 평온과 비슷한 행복을 느꼈다. 두 손에 만져질 듯 생생한 행복이었다.

이제 글라디스는 릴리 페레르와 함께 있는 것이 힘들었다. 릴리의 얼굴에 새겨진 주름을 보면 두려울 정도였다. '릴리는 쉰 살밖에 되지 않았어. 고작 나보다 열 살 더 먹었을 뿐인데. 10년은 너무 짧아.' 글라디스는 생각했다.

글라디스는 공포에 떨며 이 생각을 떨쳐냈다. '언제까지나 젊은 채로 있고 싶어. 다른 사람들처럼 되고 싶지 않아. 사람들이 나를 두고 글라디스 아이제나흐는 늘 아름다웠지, 하고 말하지 않았으면 좋겠어.'

하지만 사람들이 왜 그렇게 말하겠는가? 누구도 글라디스의 진짜 나이를 알지 못했다. 글라디스는 여전히 젊었다. 기껏해야 서른 살 정도로 보였다. 앞으로 수년 동안은 계속 서른 살로 보일 터였다. 서른 살이라…. 글라디스에게는 서른 살도 너무 많았다. 글라디스는 런던과 클로드를, 자신의 20대 시절을 떠올렸다. 다시 한번 보내고 싶은 시절이었다. 마음속에서 빈정대는 목소리가 들려왔고, 글라디스는 조롱을 멈추지 않는 이 위협적인 목소리를 잠재우려 애썼다. '끝났어. 다 끝났다고. 글라디스, 너는 앞으로 몇 년 동안 여전히 아름답고 사랑받을 수 있겠지만 예전과는 다를 거야. 이

렇게 강렬한 행복과 승리의 기쁨은 살면서 딱 한 번만 느낄 수 있어. 그러니 감수해야 해.'

'하지만 왜?' 글라디스가 생각했다. '달라질 게 뭐가 있어? 마크가 날 떠났어도 또 다른 남자들이 찾아올 텐데.'

그러나 마크가 글라디스를 떠난 사실을 부정할 수는 없었다. 인생에서 처음으로 남자가 글라디스를 떠난 것이다. 얼음장처럼 차디찬 패배의 바람이 글라디스의 영혼을 스치고 지나갔다. '아냐, 그럴 리 없어. 다른 남자가 또 나타날 거야.' 글라디스는 클로드를 떠올렸다. 클로드는 글라디스를 사랑했다. 아직도 사랑하고 있지 않을까? 어쩌면 클로드는 글라디스를 보고, 그 얼굴을 알아보자마자 그녀의 남자가 될지도 모른다. 글라디스는 한 남자의 사랑과 욕망에 싫증 나는 법이 결코 없을 터였다. 두 손을 벌벌 떨고 사랑에 빠져 질투로 들끓는 눈빛을 띠며 자신에게 헌신하는 남자의 모습이 질리는 순간은 절대로 없을 것이다.

5월이 되었고 클로드가 니스에 왔다. 글라디스는 클로드를 기다렸다. 스스로 인정하지는 않았지만 글라디스는 고통스럽고 초조했다. 초조해하는 자신의 모습이 창피했지만 그래도 꾹 참고 견뎠다. '단지 재미를 좀 보려는 거야.' 글라디스는 생각했다. '클로드가 아직 나를 사랑하고 나에게 다시 빠질 수 있는지 알아보는 것도 재미있잖아. 참 안됐어, 클로드.'

그러고 나서 글라디스는 들뜬 모습으로 몸과 얼굴을 치장하는 데 심혈을 기울였다. 클로드는 상수시에서 글라디스와 단둘이 저녁 식사를 할 예정이었다. 아침 7시에 글라디스는 화장을 하느라 이미 거울 앞에 앉아 있었다. 맑게 갠 봄날의 이른 아침이었다. 하늘은 초록빛 크리스털 같았다. 글라디스는 런던과 코번트 가든에 만개했던 장미꽃을 떠올렸다. 무도회가 끝나고 돌아가던 새벽녘의 귀갓길도 다시 그려봤다. 글라디스는 여전히 때 묻지 않은 아이였다. 흰 드레스를 입고 가슴에 장미꽃 장식을 단 금발의 여자아이를 기억 속에서 다시 만났다. 그 여자아이는 테레자에게 말을 건네고 있었다. "이해 못 할 거예요 테스. 언니는 달라요. 조용하고 차분하게 살아왔죠. 하지만 저는 불같이 살다가 스러지고 싶어요."

'지금의 내가 훨씬 더 아름다운걸.' 글라디스는 여전히 생각에 잠겨 있었다. '클로드가 내게서 어린 시절의 그림자를 찾지 않았으면… 그저 지금의 나라는 여자를 사랑해줬으면 좋겠어.' 그러고는 혼잣말로 읊조렸다. "내가 내 젊음을 질투하다니."

그러다가 앞에 서 있는 하녀를 발견하고 소스라치게 놀랐다. 하녀가 물었다. "부인, 어떤 드레스를 입으시겠어요?"

글라디스는 대답 없이 하녀를 바라보다가 이내 한숨을 내쉬며 입을 열었다. "분홍색 드레스와 진주로 할게요."

글라디스는 하녀를 시켜 보석을 가져오게 했다. 클로드가 원했던 어린 소녀가 아닌, 활짝 핀 미모와 광채 속에서 가장 여자다운 모습으로 보이고 싶었다. 글라디스는 하녀의 뒤를 따라 옷방에 들어갔다. 마리테레즈가 '푸른 수염 부인의 방'이라고 부르던 방이다. 긴 전선에 연결된 전구를 들고 옷장을 비췄다. 모피에서 희미하게 나프탈렌 냄새가 배어났다. 극심한 슬픔이 글라디스를 덮쳐왔다. 그러고는 불쑥 말했다. "아니야. 흰 드레스로, 아무거나 입을래요."

마침내 클로드 보상이 도착했다. 클로드는 머리만 하얗게 셌을 뿐 거의 그대로였다. 두 사람은 테라스 앞에서 저녁을 먹었다. 상수시 저택은 연극 무대처럼 어딘가 작위적이었지만, 밤이 내리면 또 다른 매력을 풍겼다. 한층 소박해지면서 시골집 같은 우아함을 띠었다. 악기 모양으로 가지치기한 대로변의 주목은 어둠에 묻혀 보이지 않은 지 오래였다. 개구리 울음소리가 들렸고, 희미한 건초 냄새가 공기를 가로질러 장미 향과 뒤섞여 떠다녔다.

글라디스가 클로드에게 물었다. "브베로 정말 다시 돌아가세요?"

"네, 그리고 거기에 쭉 있으려고요."

"쭉요?" 글라디스가 클로드의 말을 되뇌었다.

"놀랐어요?"

"네. 가엾은 테스 언니가 세상을 떠났기도 했고, 올리비에도 파리에 살고 있으니까요.”

“그 나라에 정이 많이 들었어요.”

글라디스가 빙그레 미소 지었다. “형부는 이상한 남자예요. 사촌이자 가장 가까운 친척이지만 저는 형부를 길거리의 행인만큼도 몰라요. 어떻게 외딴 작은 마을에서 혼자, 아무도 없이 혼자서 여생을 보내고 싶을 수가 있어요?”

보이지 않는 공포가 글라디스를 휘감았다. 글라디스는 같은 말을 되뇌었다. “혼자 남는 건 너무 끔찍하잖아요.”

“고독이 무서워요? 처제는 변한 게 없네요.” 클로드가 의아한 눈빛으로 글라디스를 바라봤다.

“왜 변해야 하죠? 여자는 변하지 않아요.”

클로드는 아무 말도 하지 않았다. 글라디스는 그의 앞에 앉아 고개를 숙여 희고 연약한 목에 걸린 진주 목걸이를 느리지만 한껏 우아한 손놀림으로 만지작거렸다. 글라디스는 여전히 아름답고 가녀렸으며, 불안하고 애처로워 보였다. 하지만 클로드가 사랑했던 여자의 유령이자 흐릿한 그림자일 뿐이었다. 클로드는 지난 몇 해 동안 여러 번 글라디스와 마주쳤다. 하지만 글라디스는 단 한 번도 클로드를 생각하지 않았다. 마주칠 때마다 글라디스는 새로운 드레스와 연애사에만 정신이 팔려 자신에게는 눈길조차 주지 않는다고 클로드는 생각했다. 물론 오늘 글라디스는 예전 같지 않았다. 그의 마음에 들려고 애쓰는 기색이었지만, 클로드는 그렇지 않았다. 오랫동안 가슴속에 감춰두고 묻어둔 사랑은 세월이 흐르면서 쓰라린 사랑으로 변했다. 부패해서 고통이 사무친 원한으로 모습을 바꿨다. 클로드는 생각했다. '나는 거리낄 게 없어. 자유로운 몸이야. 이제 글라디스를 사랑하지 않아.'

"마리테레즈를 보고 싶네요." 클로드가 말했다.

"저녁 인사를 하러 올 거예요."

"마리테레즈가 이제 몇 살이죠?"

"어머, 저에게 딸의 나이를 묻지 마세요. 나이를 잊으려 노력하고 있다고만 말씀드리죠." 글라디스가 낮은 목소리로 말했다.

글라디스의 손이 떨렸다. 글라디스 또한 이를 눈치채서 떨리는 두 손을 오랫동안 온 힘을 다해 꼭 맞잡았다.

"딸과 친한가요?"

"네, 그럼요." 글라디스가 말했다.

그리고 애써 웃는 얼굴로 말을 이었다. "저에게 참 다정한 아이예요. 가엾기도 하지. 혼란스러운 시기를 보내고 있지만, 진지하고 지혜로운 아이로 잘 자라고 있어요. 이성적으로 생각하고 행동하는 아이거든요. 마리테레즈가 저를 어떻게 대하는지 상상도 못 하실 거예요. 무도회에 가기 전에 늘 딸에게 먼저 제 모습을 보여줘야 돼요. 제가 고른 드레스와 보석을 얼마나 깐깐하게 나무라는지 보면 놀라실 거예요.”

“마리테레즈가 꼭 엄마 같네요.” 클로드가 냉정하게 말했다.

글라디스가 어깨를 살짝 으쓱했다. 어깨선이 아름다웠다. “지금 절 놀리시는거죠? 마리테레즈가 저를 사랑하는 마음에 모성애와 닮은 구석이 있는 것도 맞아요. 저를 온 마음으로 사랑해주거든요. 사랑스러운 말도 해주고요. 왜 그렇게 말했는지는 기억이 안 나는데, 언젠가 딸이 해준 말에 눈물이 난 적이 있어요. ‘내 작고 가엾은 엄마, 엄마는 인생을 몰라요’라고 하더라고요.”

“그래요? 재밌네요.” 클로드가 말했다.

두 사람은 다시 입을 다물었다. 글라디스가 한숨을 내쉬며 정적을 깼다. “형부를 만나서 행복해요. 형부는 어때요? 한때는 형부가 저를 피한다고 생각했어요. 왜 그러셨어요?”

“지독하게 여성적이네요.”

“왜 그렇게 말씀하시죠?”

“정답을 맞히는 걸로는 절대 만족하는 법이 없으니까요. 전부 다 알고 싶어하잖아요.”

“20년이나 지났는걸요.” 글라디스가 웃으며 말했다. “그동안 아무것도 묻지 않았잖아요.”

“말하면 실망할 텐데요.” 클로드가 낮은 목소리로 말했다. “내가 처제에게 푹 빠져 있었다고 말하길 바라겠죠. 맞아요. 하지만 여전히 처제를 사랑하는지 알고 싶은 거라면, 아니요. 다 지난 일이에요. 무슨 말을 듣고 싶어요? 영원한 건 없어요.”

“진심이에요 형부?” 날카로운 고통이 심장을 관통했지만, 글라디스는 미소를 유지했다.

“처제는 여전히 아름다워요. 하지만 이제 처제를 보면 어떤 사람인지 도무지 모르겠어요. 다른 사람들 눈에는 여전히 아름답고 매력적으로 보이겠지만, 내게 처제는 과거의 환영일 뿐이에요. 난 이제 무엇에도 얽매이지 않아요. 드디어 행복하고 자유로운 몸이 되었어요. 이제 처제를 사랑하지 않으니까. 내가 좋아했던 사람은 무도회 드레스를 입고 6월 어느 밤 런던 집의 발코니에 서 있던 젊은 여자였어요. 그날 밤, 그 여자는 날 농락했죠.”

“그냥 조금 장난친 거예요. 그래서 지금 복수하시는 거군요.”

“전혀요.”

“잔인하네요.”

“아주 조금요.”

그들은 서로를 말없이 바라봤다. 글라디스가 턱을 괸 채 말했다. “저에게 화가 나셨네요. 생각하신 것보다 형부가 제 인생에서 더 크고 중요한 역할을 했다는 사실을 알면 기분이 좀 나아지실까요? 형부를 사랑한 적은 없지만 잊은 적

도 없어요. 저는 순진무구한 아이였죠. 처음으로 제 힘을 알
게 해준 사람이 바로 형부예요. 저를 미워하시겠지만, 형부
는 형부 자신도 모르는 사이 제 인생에 독을 풀어놓았어요.
자존심에 도취되었던 그때의 그 감정을 단 한 번도 다시 느
껴보지 못했어요. 단 한 번도. 그때와 똑같은 기쁨을 한 번
도 되찾지 못했다고요. 오히려 제가 형부를 죽을 만큼 미워
해야 할지도 몰라요.”

클로드가 몸을 살짝 움찔거렸다. “농담이죠?”

“그냥 한 말이에요. 너무 신경 쓰지 마세요.” 글라디스가
교활하고 쓰라린 감정에 몸을 떨며 말했다. 목소리가 감미
로웠다. “다 지난 일이에요. 그나저나 오래전 그날 형부는
저에게 입을 맞추고 싶었죠? 그렇게 하기에는 너무 겁이 났
던 거고요. 지금 하세요. 그러면 다 잊히고 용서될 거예요.”

“아니요.” 클로드가 고개를 저으며 말했다. “그 입맞춤이
아무리 달콤하다 해도 내가 오래도록 바랐던 것과 같을 수
는 없어요.”

두 사람은 마치 원수처럼 서로를 뚫어지게 응시했다. 그
러다가 글라디스가 천천히 고개를 돌리고 살짝 웃음을 터
뜨렸다. 씁쓸하면서도 광기 어린 은은한 웃음이었다.

“마리테레즈를 만나볼래요?”

“네, 좋아요.”

글라디스는 종을 울려 딸을 데려오도록 했다. 마리테레

즈를 기다리는 동안 글라디스는 아무 말 없이 가만히 있었다. 표정은 평온했지만 종종 가벼운 경련 비슷한 떨림이 입술에 스쳤다.

마리테레즈와 클로드는 이야기를 나눴다. 글라디스는 그들이 질문을 던지면 대답했지만, 자신의 부드럽고 낮은 목소리가 너무도 낯설게 들렸다.

'너무 고통스러워.' 글라디스는 생각했다. '고통받고 싶지 않은데. 나는 고통받는 법을 몰라.'

7

클로드가 떠났다. 글라디스는 멀어져가는 자동차 바퀴 소리를 듣고 노란색의 작은 정자로 나갔다. 정자의 조명을 막 끈 참이었다. 밤은 더웠고 물푸레나무와 바다 냄새가 풍겼다. 글라디스는 정자에 앉아 열기가 가시지 않은 돌기둥에 이마를 살짝 기댔다.

마리테레즈가 글라디스를 따라 나왔다. 두 모녀는 말이 없었다. 마리테레즈가 침묵을 깼다. "불 켜도 돼요?"

글라디스가 고개를 뒤로 젖히며 대답했다. "켜지 마. 이제 자러 가렴, 우리 딸. 어서. 좀 피곤하구나."

"오, 엄마. 여기 있을래요. 엄마 얼굴을 본 지 얼마 안 됐어요."

"나도 알고 있단다." 글라디스가 말했다. "불쌍한 우리 아가, 정말 못된 엄마와 사는구나. 참 변덕스럽고 무심한 엄마야. 하지만 아주 조금만 더 기다리렴. 나는 누가 봐도 늙고 못생긴 사람이 될 테지만 너는 아름답게 성장할 거니까." 글라디스가 메마른 목소리로 중얼거렸다. "네가 춤추고 즐길 때 나는 벽난로 구석에서 널 기다려야 하겠지. 내가 느낄 기쁨이라고는 널 기다리고, 감탄의 눈으로 바라보며 '좋은 시간 보냈니, 우리 딸?' 하고 묻는 것 말고는 없을 거야. 혹은 음울하고 나이 든 여자가 되어 '어떻게 사람들이 무도회를 좋아할 수 있지? 연애는 또 어떻고? 어떻게 인생을 사랑할 수 있어?' 하고 물을 수도 있겠지."

글라디스의 너무나도 감미로운 목소리와 어울리지 않게 힘없는 웃음이 살짝 뒤섞여 들렸다. "오, 마리테레즈. 네 눈에 내가 늙어 보이는 날이 온다면. 정말로 늙어 보이는 날이 오면 부디 내가 잠든 사이에 죽여주겠다고 약속해주겠니."

글라디스는 딸의 손을 잡고 고개를 숙여 이마를 그 손에 가져다 대고 가볍게 흔들었다. '나에게 필요한 건 바로 이거야.' 글라디스가 생각했다. '나를 달래주고 안심시켜주는 사람. 나도 릴리처럼 사랑만으로 만족할 수 있다면 얼마나 좋을까. 여전히 사랑할 수 있는 나이라는 걸 잘 알지만, 나는 사랑을 베풀지 않고 받고만 싶어. 내가 조그맣고 연약해서

누군가 꽉 나를 안아주면 좋겠어.'

글라디스가 무의식적으로 마리테레즈에게 물었다. "날 사랑하니, 마리테레즈?"

"네, 엄마. 나이 드는 걸 두려워하지 않으셔도 돼요. 제 눈에 엄마는 너무 젊어요. 엄마에게 흰머리가 나고 주름이 생긴다면 지금보다 더 잘 엄마와 이야기할 수 있을지도 몰라요."

"그런 말 하지 마." 두 눈을 질끈 감으며 글라디스가 말했다. "아무 말도 듣고 싶지 않아. 인생을 잊고 그냥 잠들고 싶어. 오, 너처럼 걱정도 없고 괴로움도 없는 어린 소녀로 살고 싶어."

"어린 소녀는 바로 엄마예요." 마리테레즈가 방긋 웃었다. 글라디스의 머리카락에 손을 살포시 얹으며 말했다. "그리고 저는 여자가 되었고요. 여러 번 말했지만 엄마는 제 말을 믿지 않죠. 엄마가 저를 아는 것보다 제가 엄마를 더 잘 알아요. 진짜 내 엄마가 맞죠? 어렸을 때는 그 사실을 믿지 못했는데, 혹시 그 편이 더 나았을까요? 우리는 거의 자매나 친구처럼 지내면서 사랑 이야기를 나눌 수도 있었을 텐데 말이에요."

"사랑?" 글라디스는 천천히 마리테레즈가 한 말을 따라 했다.

"네. 엄마는 분명 사랑받으셨을 테니까요."

글라디스가 갑자기 자리에서 벌떡 일어났다. "날씨가 춥구나. 들어가자."

"춥다고요? 바람 한 점 불지 않는데요."

"나는 추워." 글라디스가 말했다. 몸을 부르르 떨더니 아무것도 걸치지 않은 팔을 꼭 감쌌다. "너도 여기 더 있지 말고 자러 들어가. 시폰 드레스 차림이잖니. 그러다 감기 걸려."

"싫어요."

"어서 자러 가. 시간이 늦었어."

"안 졸려요." 마리테레즈가 말했다.

두 사람은 같이 글라디스의 방으로 들어갔다. 글라디스가 하트 모양 거울의 양쪽 램프를 켜자 분홍색 조명이 뿌옇게 빛을 밝혔다. 글라디스는 거울 속 자신의 얼굴을 뚫어지게 들여다봤다. 마리테레즈는 거울에 비친 글라디스의 모습을 뒤에서 지켜보고 있었다. 엄마의 얼굴은 여전히 젊은 시절의 우아했던 모습을 간직하고 있었다. 하지만 온화하기 그지없는 그 얼굴에 처음으로 드러난 중년의 표시는 오직 딸의 눈에만 확실히 보였다. 그것은 권태롭고 고독하게 나이 든 어른의 표식이었다. 글라디스는 화가 치솟았다. '왜 저렇게 보는 거지? 왜 나를 따라 들어온 거야?'

"엄마, 드릴 말씀이 있어요." 마리테레즈가 갑자기 입을 열었다.

"어? 그래. 말해봐, 우리 딸."

“저 결혼을 약속한 사람이 있어요, 엄마.” 마리테레즈가 글라디스를 바라보며 말했다.

“어머, 그래?” 글라디스가 조용히 말했다.

글라디스는 화장을 지우는 중이었다. 긴 손가락으로 부드럽고 천천히 이마와 관자놀이를 문지르고 커다란 눈 주위를 가볍게 두드리다가 멈추기를 반복했다. 갑자기 이상한 모습이 비치기라도 한 듯 몸을 앞으로 숙여 절망스러운 눈초리로 거울 속을 들여다봤다.

‘아름다운 글라디스 아이제나흐.’ 글라디스가 생각했다. ‘아름다운 글라디스 아이제나흐가 딸을 결혼시킨다.’

고통이 글라스의 가슴을 관통했다. 생생히 느껴질 정도로 거센 고통이었다. 글라디스는 입술을 앙다물고 말 한마디 없이 거울에 시선을 고정했다. 글라디스는 여전히 아름다웠다. 아름답고 매력적이지 못할 이유가 없었다. 그러다 돌연 고개를 가로저었다. 아니, 아니야. 그건 다른 사람들 이야기야. 병색이 완연하고 나이의 위협을 받는 덧없는 아름다움은 다른 사람들에게나 어울렸다. 나탈리 에슬렌코나 미미, 로르에게나 어울리지, 글라디스는 아니었다. 글라디스에게는 젊음이 필요했다. 젊음이라는, 그림자 하나 드리우지 않는 절대적인 승리가 필요했다. ‘용납할 수 없어.’ 글라디스는 생각했다. ‘내 잘못이 아니야. 어떻게 받아들여야 할지 모르겠어.’ ‘그럼 배우면 되겠네.’ 마음 한켠에서 빈정

거리는 목소리가 말을 거는 듯했다. '너는 스스로를 지우고 딸의 뒤로 밀려나는 법을 배우게 될 거야. 너의 딸은 무도회마다 가장 앞줄에서 환하게 빛나며 엄마를 압도하겠지. 남자들은 너의 딸을, 그 젊은 얼굴을 흐뭇하게 바라볼 거야. 다음 날, 어떤 남자가 글라디스 아이제나흐를 장모님이라고 부르겠지. 곧이어 네가 '우리 손자 손녀'라고 말하는 날이 올 거고.' 오, 아냐, 절대 그럴 리 없어. 신이 이렇게까지 잔인할 리 없어!

"말도 안 돼. 아니지, 마리테레즈?" 낮고 떨리는 목소리로 글라디스가 물었다. "그럴 리 없잖아, 그렇지?"

"왜요, 엄마? 이건 자연스러운 일이에요. 제 나이를 모르세요? 열여덟 살이에요. 다 컸다고요."

글라디스는 온몸이 떨렸다. 광기에 가까운 분노의 섬광이 얼굴에 스쳤다. "입 다물어!" 글라디스가 소리쳤다. "거짓말이야! 그렇게 말하지 마. 넌 아직 어린애라고!"

"아니요, 엄마. 저는 어린애가 아니에요. 친구들에게 제가 열다섯 살이라고 말하고 다니다 보니 시간도 멈출 수 있다고 생각하세요? 저는 열다섯 살이 아니에요. 엄마도 서른 살이 아니고요. 저는 어린애가 아니에요. 그렇게 말하셔도 가만히 있었던 이유는 제게 아무 상관 없었기 때문이에요." 마리테레즈가 목소리를 낮추며 말을 이었다. "그리고 무엇보다도 엄마가 부끄러웠기 때문이고요. 엄마가 부끄럽고 불쌍했어요.”

　마리테레즈는 글라디스의 무릎을 맞대고 서 있었다. 드레스 아래로 글라디스의 떨리는 무릎이 느껴졌다. 한쪽으로 살짝 기운 엄마의 어깨에 손을 올리고 다시 말을 이었다. “가엾은 우리 엄마, 긴 머리를 풀고 다니기만 하면 제가 나이 먹었다는 사실을 아무도 알아보지 못하리라고 생각하셨어요?”

　“누구니?” 글라디스가 들릴 듯 말 듯한 목소리로 물었다.

　“올리비에 보상요. 엄마는 눈치 못 채셨어요?”

　“안 돼, 그건 안 될 일이야.” 글라디스가 말했다. “너는 아직 애야. 벌써 결혼할 수는 없어. 지금 엄마를 놀리는 거지? 네 모습을 보렴. 가느다란 팔과 긴 머리를 봐. 앳된 네 얼굴을 보라고. 넌 너무 어려. 결혼은 안 돼. 어렸을 때부터 올리비에와 알고 지내서 사랑한다는 상상이 들었을 뿐, 그건 진짜 사랑이 아니야. 인생을 살아본 적도 없는 네가 어떻게 사랑을 알겠니? 조금만 더 기다려.”

　“엄마, 저는 올리비에를 사랑해요.” 마리테레즈가 거칠게 말했다. “적어도 이게 무슨 뜻인지는 아실 거예요. 엄마가 사랑을 알긴 하세요? 아마도 엄마 친구들처럼 나이 든 여자들 얼굴에서만 사랑을 봐왔을지도 모르죠. 하지만 지금, 그 아주머니들이 아니라 바로 제가 사랑을 할 나이예요.”

　“입 다물어!” 글라디스가 소리쳤다. 목소리에 공포와 고통이 가득했다. "난 싫어. 잘 들어, 내가 싫다고! 내가 나중이라고 했으면 나중인 거야. 내 말 들어. 나중에 결혼해. 지금은 아니야, 지금은 아니라고!" 글라디스는 핏기 가신 얼굴로 같은 말을 반복하며 마리테레즈의 손을 자기 입술로 가져가 입맞춤했다. "알겠지? 더 현명해지고 인생 경험을 쌓을 때까지 기다리렴. 너는 아무것도 몰라. 아직 인생에 대해 아는 게 없어. 기다려. 2, 3년 후에도 올리비에를 계속 사랑한다면, 그래, 그때 결혼해. 하지만 지금은 아니야. 세상에, 지금은 아니야." 글라디스가 중얼거렸다. 딸을 품에 꽉 껴안고 애원하는 눈빛으로 쳐다봤다. 사랑받는 일에 너무도 익숙했던 나머지 딸이 자신의 말을 거절하리라고는 상상조차 하지 못했다. "엄마를 사랑하잖아. 그렇지, 마리테레즈? 엄마가 고통받기를 바라진 않지? 사랑을 말하고 벌써 여자가 되어버린 널 보는 게 정말 힘들구나. 이게 얼마나 자연스러운 감정인지 네가 안다면! 아, 너는 왜 딸로 태어났니? 아들이었다면 엄마를 더 사랑해줬을지도 모르는데. 너는 정말 너만 생각하는구나."

"하지만 엄마도 마찬가지예요. 엄마도 엄마 자신만 생각하잖아요. 제가 지금 어떤 삶을 살고 있는지 생각해보세요. 제 나이에 책 읽고 음악 듣고 넓은 공원이나 뛰어다니는 게 전부라고 생각하세요? 이것 말고는 제 삶에 아무것도 없어요. 엄마는 새벽까지 춤추러 나가서 즐기며 살잖아요. 하지만 사실 이건 오히려 엄마보다 제가 누려야 하는 즐거움이라고요.”

“네가 자라는 걸 보지 못했어.”

“너무 늦었어요. 저는 열여덟 살이에요.”

글라디스가 양손을 천천히 비틀었다. “그래, 알고 있어. 그래도….”

라이벌들의 비웃음 소리가 글라디스의 귀에 들리는 것 같았다. “글라디스 아이제나흐요? 그래요, 아직은 봐줄 만하죠. 하지만 더는 젊은 나이가 아니거든요. 딸이 결혼했잖아요. 애인도 떠났고요. 별수 없죠. 뭐, 여전히 아름답긴 해요. 젊어 보이기도 하고요. 그렇지만 어떻게 할 수 없는 것도 있기 마련이죠.”

머지않아 이런 소리도 들릴지 몰랐다. “글라디스가 아름답다고요? 늙었잖아요. 이제 할머니라고요.”

‘내가?’ 글라디스는 손으로 얼굴을 천천히 쓰다듬으며 생각했다. ‘아니, 말도 안 돼. 어제만 해도 나도 어린애였어. 그대로였다고. 어제까지만 해도 나는 행복한 여자아이였고 자신감 넘치는 젊은 여자였단 말이야.’ ‘사람들이 엄마를 얼마나 좋아했는지 몰라요’라고 마리테레즈도 말했잖아. 그렇지만 조만간 다들 ‘글라디스는 정말 아름다웠지…’ 하고 말하겠지. 아니, 너무 일러. 2년만, 아니 3년만 지나면 돼. 마리테레즈에게 부탁하는 건 이거 하나야. 그래, 2, 3년이면 돼. 이 정도 시간은 마리테레즈에게는 별것 아닐 테고, 나에게도 충분할 거야. 3년 후면 나는 늙어 있겠지. 얼굴에 나이가 드러날 거야. 그러면 다른 사람들처럼 받아들이겠어. 먼 훗날 오늘 밤이 아쉬울지도 모르잖아.'

"엄마." 마리테레즈가 조용히 말했다. "대답해주세요. 제 생각 좀 해주세요. 저와 거리를 두시려는 거예요?"

"무슨 대답을 원하니? 내가 원하는 걸 말했잖니. 기다리라고. 기다리는 일이 어렵니? 너는 너무 어려. 여전히 달콤하고 자유로운 시간이 네 앞에 놓여 있잖아. 3년 후 성인이 되면 원하는 대로 해."

"엄마 말대로 안 할 거예요." 고개를 들며 마리테레즈가 말했다. 찡그린 얼굴은 창백했다.

"내 말 들어야 해. 알잖아. 너는 애야. 미성년자라고. 내가 하라는 대로 해."

"왜요? 왜 기다려야 하죠?"

"왜냐하면, 너는 너무 어리니까." 글라디스가 부드럽지만 기계적으로 했던 말을 반복했다. "그리고 이렇게 성급하게 올린 결혼은 불행의 씨앗일 뿐이야. 네가 불행하지 않으면 좋겠어. 그래, 나도 알아. 지금 내가 너를 불행하게 만든다고 생각하겠지. 하지만 틀렸어. 내 부탁은, 단 몇 달만이라도 비밀스럽고 달콤한 약혼기를 보내라는 거야. 네가 인생을 더 아름답게 살고 좋은 추억을 쌓을 시간이 될 테니까.

마리테레즈, 네가 아직 모르는 거야. 인생에서 살아볼 만한 가치가 있는 순간은 바로 사랑을 시작하는 순간뿐이란다. 아직 사랑이 무르익지 않아 서로를 초조하게 원하고 기다리는 그 순간. 이 순간을 살아보라고, 전부 다 해주겠다고 하는데도 넌 날 원망하는구나. 나는 너를 불행하게 만들고 싶지 않아." 글라디스는 절망 가득한 눈빛으로 딸을 바라보며 같은 말을 반복했다. "오, 신이시여, 저에게 자비를 베풀어주소서. 그래, 너와 올리비에가 서로 사랑한다면 결혼해서 행복하게 살도록 해. 너희가 행복하면 나는 기쁠 거야. 사랑해, 우리 딸. 하지만 조금만 기다려줘. 내가 3년 후에 허락하겠다잖니. 기다리는 동안 이 엄마를 불쌍히 여겨주렴. 아무 말도 하지 마. 생각하고 싶지 않아. 싫어, 싫다고." 손으로 얼굴을 가리며 글라디스는 중얼거렸다. "너무 힘들구나. 좀 쉬면서 마음을 진정해야겠어. 나를 이해해줘. 친구처럼 내 곁에 있어주렴."

"저는 엄마의 친구가 되고 싶지 않아요. 제 엄마잖아요. 딸을 지켜주려는 마음도 없고, 딸에게 어떤 도움도, 애정도 주고 싶지 않다면 그런 엄마는 필요 없어요." 마리테레즈가 낮은 목소리로 말했다.

"오, 마리테레즈, 왜 그렇게 잔인하니."

"그러니까 엄마, 허락해주세요. 제가 행복할 거라는 걸 엄마도 아시잖아요. 엄마는 단지 저에게서 3년의 행복을 빼앗을 뿐이라고요.”

“아냐, 그런 게 아니야.” 글라디스가 힘없는 목소리로 말
했다.

글라디스는 울음을 터뜨렸다. 굵은 눈물이 볼을 타고 천
천히 흘렀다. “날 좀 내버려둬. 날 딱하게 여겨줘. 더 이상
아무 말도 하지 마. 그래 봤자 소용없다는 거 알잖니?” 글라
디스가 간절히 말했다.

“네, 알아요.” 마리테레즈가 마지못해 대답했다.

글라디스가 딸의 두 손을 잡자 마리테레즈는 끔찍하다는
듯 엄마의 손을 밀쳐냈다. 딸을 붙잡으려 글라디스가 다시
팔을 뻗었다. 희고 부드러운 팔은 아름다웠다. 마리테레즈
는 재차 엄마를 밀쳐 내고 급하게 자리를 떴다.

8

　이튿날, 날이 밝자마자 올리비에가 글라디스를 따로 만나길 청했다. 하지만 상수시 저택에서는 에슬렌코 가에서 올려질 공연 리허설이 한창이라, 글라디스는 계속 친구들에 둘러싸여 있었다. 같은 날 저녁, 올리비에는 글라디스가 저녁을 먹고 있을 미들턴 가로 향했다.

　올리비에가 들어왔을 때 저녁 식사는 이미 끝난 후였다. 커플 몇 쌍이 소규모 오케스트라 연주에 맞춰 왈츠를 추고 있었다. 그는 글라디스가 릴리 페레르의 애인인 조지 캐닝과 팔짱을 끼고 지나가는 모습을 보았다. 글라디스의 웃는 얼굴이 행복해 보였다. 그러다가 올리비에를 알아본 순간, 글라디스는 두려운 듯 몸을 움찔했고 얼굴이 창백해졌다.

올리비에는 춤이 끝나길 기다렸다가 글라디스에게 다가가 면담을 요청했다. 글라디스는 손끝에 늘어뜨린 기다란 흰 장갑을 만지작거리다가 장갑으로 치마를 툭툭 쳤다. “면담이라뇨? 아무 때나 우리 집으로 날 보러 오면 되잖아요. 면담이라니, 왜 이렇게 공적인 용어를 쓰죠?”

“정말로 공적인 절차 때문이니까요.” 올리비에가 웃으며 답했다.

“때와 장소가 별로 적절하지 않은 것 같네요.”

“그럼 부디 저와 만날 약속을 잡아주세요.”

글라디스는 망설이더니 이내 한숨을 쉬고 말했다. “알았어요. 따라오세요.”

올리비에는 글라디스를 따라 바로 옆 작은 응접실로 갔다. 응접실에는 두 사람 말고 아무도 없었다. 올리비에의 얼굴은 클로드를 쏙 닮았다. 세월을 건너뛰었다고 해도 믿을 정도였다. 가늘고 긴 얼굴에 밝은색 머리. 가느다란 입은 가만히 있을 때면 근엄한 인상을 줬지만 입을 벌리면 한층 부드러워 보였다. 글라디스는 올리비에를 보며 수줍게 웃었다. 올리비에는 꿈쩍 않고 글라디스에게 시선을 고정했지만, 정작 눈앞의 그녀를 보는 것 같지는 않았다.

“어제 마리테레즈가 말씀드렸죠.” 올리비에가 입을 열었다. “그리고 조건부로 저희 결혼을 허락하셨다고요. 유예기간을 두셨다고 하던데, 3년 맞나요?”

"말 그대로예요." 글라디스가 나직이 말했다.

"왜죠? 저를 오래전부터 봐오셨잖아요. 제 어머니와는 사촌지간이고, 저에 대해서도 잘 아시죠. 어머니로서 알아야 할 모든 것, 가족, 재산, 건강 상태까지요. 왜 기다리라고 하시는 거예요? 이렇게 모욕적인 수습 기간을 강요하시는 이유를 도무지 모르겠어요."

"글쎄요, 모르겠네요." 글라디스가 고개를 숙이며 말했다. "어떤 부분이 모욕적인지… 긴 약혼기는 다른 여러 나라에서도 자연스럽고 매우 현명한 선택이라고들 이야기해요."

"그건 공인된 약혼일 때의 이야기죠."

글라디스는 몸을 부르르 떨었다. "아뇨. 지금 당장은 안 돼요. 공인된 약혼이라니, 너무 우스꽝스러워요. 사람들에게 축하받고 여기저기 방문해서 인사하고, 게다가 부르주아식 차림새는 또 얼마나 지긋지긋한지. 아, 정말이지 너무 끔찍해요. 두 사람이 약혼을 결정하고 곧 결혼식을 올리면 그때는 무엇도 돌이킬 수 없어요."

"저는 마리테레즈를 사랑해요."

"마리테레즈는 애예요. 올리비에 군도 마찬가지고요. 이건 아이들의 변덕이라고요."

"저희는 남자와 여자로 서로 사랑하고 있어요." 올리비에가 낮은 목소리로 말했다. "눈치채지 못하셨을지 모르지만, 마리테레즈는 이제 여자가 되었어요. 나이만 말하는 게 아니에요. 마리테레즈는 여느 성인 여자처럼 용감하고 다정하며 헌신적이에요. 저희가 행복을 찾아 함께 떠날 수 있게 해주세요. 인생은 너무 짧아요."

글라디스의 몸짓이 불안해졌다. "그렇죠."

"3년이라뇨. 생각해보세요. 3년의 행복과 3년의 인생을 허비하다니, 너무 잔인하다고 생각하지 않으세요?"

"주어진 행복을 누릴 줄 알아야죠." 글라디스의 어조가 가벼워졌다. "인내심을 갖고 날 믿어봐요. 서로를 보다 더 사랑하게 될 거예요. 이 말이 결혼 요청에 대한 공식적이고 적합한 답변이 아닐 수도 있어요. 이렇게 일찍 딸의 결혼 이야기를 들으리라고는 생각도 못 했거든요. 내 눈에 마리테레즈는, 세상에, 여전히 어리디어린 딸이니까요. 어떻게 이걸 이해 못 할 수가 있어요? 지금껏 마리테레즈는 나만 사랑했어요."

올리비에가 거칠게 고개를 흔들며 말했다. "마리테레즈가 다른 여자들처럼 평범해서 얼마나 다행인지 몰라요. 어렸을 때야 당연히 엄마밖에 몰랐겠죠. 예전에도, 그리고 지금도 어머니에게 큰 애정을 품고 있고요. 하지만 진정한 사랑이 나타나면 부모를 향한 사랑은 훨씬 가벼워진다는 사실을 잘 아시잖아요. 세상 모든 남자와 여자처럼 똑같은 경험을 해보셨을 테니까요. 그러니 마리테레즈가 사랑하고 더 좋아하는 사람이 바로 저라는 사실에 놀라지 마세요. 저희 결혼을 계속 반대하시면 마리테레즈가 자신의 어머니를 적으로 보게 될지도 몰라요."

"오, 그건 안 돼요." 글라디스가 낮은 목소리로 말했다. "그럴 수 없어요."

자신이 엄마를 싫어했듯 자신 또한 마리테레즈에게서 미움받을지 모른다고 생각하자 글라디스는 견딜 수가 없었다. 하지만 무엇보다도 절망스러운 것은 인생에서 처음으로 자신을 약혼녀의 어머니로만 대하고, 행복을 방해하는 장애물로만 바라보는 남자와 마주하고 있다는 생각이었다. 이 두 감정 때문에 글라디스의 마음은 갈가리 찢어졌다.

'여자로서의 난 끝났어.' 글라디스는 생각했다. '이제 마리테레즈의 엄마로 남을 뿐이야. 내가, 내가 엄마일 뿐이라니. 아, 그래. 사실 이건 모두의 운명인 거야. 그런데 누구도 피할 수 없는 죽음이라 해서 두려움 없이 죽음을 생각하는 사람이 어디 있겠어? 물론 나도 온 마음으로 마리테레즈를 사랑하고 딸아이가 행복하길 바라. 그러면 나는? 누가 나를 딱하게 여겨주겠어? 여전히 젊고 아름답겠지만, 그런 내가 다른 사람들 눈에는 이미 늙어버린 여자라면… 머지않아 늙은 나를 보고 웃으며 '저 여자, 한때 아름다웠고 사랑도 많이 받았지'라고 말할 거야. 그렇다면 내 앞에 있는 올리비에는?'

글라디스는 너무나도 올리비에의 마음에 들고 싶었다. 딸에게서 올리비에를 빼앗기 위해서가 아니었다. 마리테레즈가 자신의 욕망을 눈치챌 수 있다는 생각만으로도 수치심에 사로잡혔지만, 이는 글라디스 스스로 자신감을 되찾고 마음속의 모멸감과 상실감, 상처받은 자존심에서 비롯된 고통을 잠재우기 위해서였다. 찰나일지라도 올리비에에게 욕망의 바람을 불어넣고 싶은 마음이 간절했다.

'단 한 번만이라도 날 원하는 눈빛으로 바라봐준다면 얼마나 좋을까. 아니, 저런 눈빛 말고. 한 여자를 바라볼 때처럼, 감탄 어린 눈빛으로 날 보며 안절부절못한다면. 과거의 남자들이 그랬듯 나를 보며 침묵 속에서 꿈꾸는 그 순간을 느껴본다면 어떨까. 그렇다면 두 손 들고 올리비에에게 마리테레즈를 내어줄 텐데. 전부 허락하겠다면서. 나 자신이 여전히 여자라는 사실을 보고 느낄 수만 있다면 얼마나 좋을까. 그럴 수 없다면 살아서 뭐 하겠어?'

올리비에는 생각했다. '늙은이들은 다 똑같아. 인생을 즐길 시간이 얼마 남지 않아서 젊은 우리에게 복수하는 거야. 스스로는 모르겠지만 마음속 깊은 곳에서는 '행복할 시간이 얼마 남지 않았어. 그러니까 가능한 한 아이들에게서 몇 년의 행복이라도 훔치자'라고 다짐하겠지. 자신들은 다정하며 신중하다고 착각해. 현명하고 경험도 많나고 사부하지만, 실상은 질투하는 거지. 자식들과 삶을 나누려 하지 않

아. 삶을 저주하면서도 그 삶을 자신을 위해, 오직 자신만을 위해 붙들어두고 싶어해. 불쌍하고 어리석은 사람들 같으니.' 올리비에는 연민을 느끼며 생각했다. 긴 팔을 천천히 뻗으며 꿈틀거리는 근육과 피부 아래로 흐르는 피의 온기를 마음껏 느꼈다. 자신의 나이를 떠올리자 갑자기 스스로 무적이라고 느껴졌다. 올리비에는 미소하는 얼굴로 글라디스를 보았다. "아시겠지만, 3년은 금세 지나가요. 3년 후에도 지금만큼 힘드실 거예요."

글라디스는 손을 이마에 천천히 갖다 대며 생각했다. '내가 지금 뭘 하는 거지? 어떻게 마리테레즈가 사랑하는 남자의 마음에 들 생각을 할 수 있지? 이게 무슨 추태람.'

글라디스가 목소리를 깔고 말했다. "날 그만 내버려둬요, 올리비에. 부탁이에요. 단 몇 달, 아니, 몇 주만 기다려달라는 거예요. 이 부탁은 들어줘야 해요. 지혜롭게 행동하겠다고 약속할게요. 맹세해요." 당황한 기색으로 간청하던 글라디스의 모습이 이내 절망한 아이처럼 변했다.

그러고 나서 글라디스는 다시 입을 열었다. "그래요. 지혜롭게 나이 든 여자가 될게요. 1년의 시간을 줘요. 1년이에요. 그리 길지 않잖아요. 1년의 유예기간이라고 생각하면 돼요." 글라디스가 나직이 말했다. "1년만 기다려줘요. 당신에게는 평생 행복할 시간이 있잖아요. 하지만 내게는…."

"마리테레즈를 다시는 못 보게 하지는 않으실 거죠?"

"그럼요, 그게 무슨 말이에요."

"마리테레즈를 데리고 지구 반대편으로 떠날 생각 같은 건 하지 않으실 거죠? 제가 무슨 걱정을 하는지 아실 거예요." 올리비에가 애써 웃으며 말했다.

글라디스가 고개를 저었다. "아뇨, 안 그래요."

"그렇다면 좋습니다." 한숨을 내쉬며 올리비에가 낮은 목소리로 대답했다. 글라디스는 자리에서 일어나 응접실 문으로 걸어갔다. 마침 지나가는 릴리 페레르에게 손짓했다.

'올리비에가 빨리 갔으면 좋겠어.' 글라디스가 생각했다. '날 좀 내버려뒀으면, 제발.'

릴리가 거칠게 부채질하며 다가왔다. 노란 드레스 차림에 머리에는 깃털 장식을 꽂았다. 얼굴의 화장은 가면처럼 두꺼웠다.

올리비에는 두 여자와 몇 마디 나누고는 이내 자리를 떠났다. 릴리가 올리비에를 눈으로 좇으며 말했다. "저 남자, 당신에게 푹 빠졌네요."

"무슨 말이에요." 글라디스가 고개를 가로저으며 말했다. "날 사랑하는 사람은 이제 아무도 없어요. 아무도요."

글라디스는 힘겹게 눈물을 참느라 입을 꾹 다물었다. 그러고는 릴리를 껴안았다. "릴리, 난 당신이 좋아요. 내 사랑하는 친구."

글라디스는 방에서 나와 거실을 가로질러 테라스로 들어

섰다. 조지 캐닝이 이쪽으로 다가오는 글라디스를 봤다. 글라디스는 절망스러웠다. 그리고 생각했다. '저 남자라면, 날 사랑하지 않을까?'

글라디스는 조지를 향해 미소 지었다. 조지가 고개를 숙일 때 글라디스는 교활하고 탐욕스러운 눈빛을 알아봤다. 한 여자에게 빠졌지만, 그 여자를 선택하고 차지한 사람은 바로 자기 자신이라고 믿는 남자의 눈빛을.

두 사람은 함께 정원으로 내려갔다.

9

　전쟁이 시작될 무렵, 글라디스와 마리테레즈는 파리에, 클로드와 올리비에는 스위스에 머물고 있었다. 전선으로 떠나기 전, 올리비에는 파리에 들러 마리테레즈를 만났다. 계절은 가을로 접어들었고 글라디스는 앙티브로 돌아갔다.

　날씨는 더없이 좋았고 장미는 어느 때보다도 싱그러웠다. 상수시 저택은 텅 비었다. 남자 하인은 모두 전장으로 떠났고 자동차와 말은 징발되었다. 글라디스는 매일 한숨을 쏟았다. '떠나야 해. 여기 남아서 뭘 하겠어?'

　그러나 조지 캐닝이 눈에 밟혔다. 글라디스는 잘생긴 조지가 마음에 들었고, 그에게 푹 빠져 있었다. 마크와 클로드는 잊힌 지 오래였다. 잊는 일이 쉽지는 않았지만, 여자에게

만 주어진 능력을 발휘하여 옛 남자들을 완벽하게 지워나갔다. 심지어 올리비에도 기억에서 사라져버린 듯했다. 전쟁이 터지자 마리테레즈가 결혼 이야기를 다시 꺼냈지만 글라디스는 대꾸조차 하려 들지 않았다. 글라디스는 급히 파리를 떠나 노르망디의 도빌로 향했다. 돌아왔을 때 올리비에는 이미 전장으로 떠났다.

글라디스는 마리테레즈의 변화를 거의 알아채지 못했다. 늘 그랬듯 다정한 애칭으로 딸을 부르며 부드럽게 말을 건넸지만, 조지와 자기 자신, 자기 행복에만 몰두하느라 딸에게 눈길 한번 제대로 주지 않았다. 글라디스는 딸을 사랑했다. 늘 사랑했지만, 세상 만물을 좋아하는 글라디스의 태도가 늘 그랬듯 그 사랑은 변덕스럽고 가벼운 것이었다. 무관심은 오래 지속되어 딸을 향한 글라디스의 줏대 없는 애정마저 단절해버렸다. 글라디스는 마리테레즈가 올리비에의 이름을 다시 입에 올리지 않고 환상의 안전망을 무너뜨리지 않아준 것이 그저 고마웠다. 글라디스는 환상 없이 살아가는 방법을 알지 못했다.

가을이 오고 마리테레즈에게 변화가 생겼다. 여전히 글라디스의 눈에는 어린아이로만 보였지만, 더 성숙하고 여성스러워졌다. 몸은 전처럼 말랐지만 행동은 차분하고 나른해졌다. 특유의 순수하고 단호했던 표정은 젊은 얼굴에서 이미 사라지고 없었다. 피부는 한층 더 보드랍고 창백했으며, 찰랑거리는 긴 머리를 하나로 묶어 올렸다.

10월에 글라디스는 클로드에게서 편지 한 통을 받았다. 편지에는 올리비에가 전방에서 사망했다는 소식이 적혀 있었다. 그날 저녁 글라디스는 혼자였다. 편지를 손에 쥔 채 작은 테라스에 앉아 오랫동안 시간을 보냈다. 바람 한 점 불지 않는 조용한 저녁이었다. 마침내 글라디스는 한숨을 내쉬고 일어나 딸의 방문을 두드렸다. 마리테레즈는 침대에 누워 있었다. 글라디스는 침대로 다가가 딸의 머리 위에 조용히 손을 얹었다.

"우리 딸." 글라디스가 물었다. "자니? 내가 들어올 때 불을 끄던데."

"안 자요." 마리테레즈가 대답했다.

마리테레즈는 베개에 팔꿈치를 괴고 일어나 걱정스러운 눈초리로 글라디스를 봤다. 흐트러진 머리칼이 이마로 흘러내리자 손으로 쓸어 넘겼다.

"우리 딸, 이제 아주 큰 슬픔을 겪게 될 거야. 너무나 강렬하고 떨쳐내기 힘든 슬픔 같겠지만 다 지나갈 거란다. 모두 지나갈 거야, 마리테레즈. 불쌍한 올리비에가 죽었단다."

마리테레즈는 글라디스가 건넨 편지를 받아 들었다. 아무 말 없이 눈물도 흘리지 않으며 편지를 읽어 내려갔다. 손이 이불 위로 툭 떨어졌다. 편지를 읽는 내내 손가락을 어찌나 세게 깨물었는지 손톱 밑에 피가 맺혀 있었다. 그래도 마리테레즈는 입을 꾹 다물고 있었다. 입 밖으로 쏟아져 나올 듯한 말들을 온 힘을 다해 처절하게 막으려는 모습이었다. 글라디스는 마음이 시큰거렸고 조심스럽게 입을 열었다. "우리 딸, 이렇게 나약하고 여린 얼굴을 보고만 있을 수 없구나. 하지만 지나갈 거야. 지나간다고 맹세해. 첫사랑은 강렬해 보여도 금세 잊히는 법이야. 그래, 너는 내가 이런 감정을 이해하지 못한다고 생각하겠지. 아마도 기억에서 잊혔다고 생각할 테지만, 여전히 손에 잡힐 듯한 감정이란다. 네가 알기만 한다면…. 올리비에를 사랑했다는 거 알아. 하지만 다른 사랑이 또 찾아올 거야, 마리테레즈. 사랑이란 입맞춤 몇 번과 몇 차례의 만남, 달콤한 미래 계획 같은 게 아니야. 훗날, 아마도 먼 훗날 네가 진정한 여자가 되었을 때 비로소 사랑이 무엇인지 알게 될 거야." 글라디스의 입술 사이에서 낯선 한숨 소리가 살며시 새어 나왔다. 탐욕스러우면서도 지친 듯한 숨소리였다. "그것 봐. 나는 무슨 일이 벌어질지 예감했다니까." 그러고는 진심으로 속삭였다. "너의 눈물과 간청에 꺾이지 않아서 얼마나 다행인지 몰라. 어렸을 때 만난 풋사랑은 금방 잊혀. 하지만 남편은…."

마리테레즈가 낮은 목소리로 입을 열었다. "엄마, 부탁이에요. 저 혼자 있게 해주세요."

"그럴 수 없어 우리 딸. 네가 혼자 있으면 내 마음이 너무 아파. 그렇게 참을 필요 없어. 울어도 돼. 내 말을 들어보렴.

잊을 수 있어, 마리테레즈. 옛날에는 엄마 말을 믿었잖니. 맹세해. 알겠지? 전부 잊고 언젠가….”

글라디스는 딸의 얼굴을 자신 쪽으로 끌어당겼다. 마리테레즈는 창백했고 아무 말이 없었다. 글라디스는 자신의 입술을 딸의 볼에 가볍게 댔다. “엄마 좀 쳐다봐.”

마리테레즈는 천천히 눈을 들고 말했다. “엄마, 저 올리비에와 같이 밤을 보냈어요. 그리고 아이를 가졌어요.”

“뭐라고?” 글라디스가 나직이 되물었다.

글라디스는 몸을 숙여 딸의 얼굴을 뚫어지게 쳐다봤다. 양 갈래로 땋은 머리가 반쯤 헝클어져 있었다. 가는 목과 앳된 이목구비. 변함없이 어린아이 같은 딸의 모습을 보며 생각했다. ‘지금 마리테레즈가 거짓말하는 거야. 그럴 리 없어!’

글라디스는 마리테레즈의 상의를 급히 풀어 헤쳤다. 마리테레즈의 가슴은 묵직했고 하얀 대리석 빛깔을 띠었다. 임신 초기의 피부 빛이었다.

글라디스가 천천히 입을 뗐다. “불쌍한 것, 불행을 자초했구나.”

“아니요.” 마리테레즈가 고개를 저었다. “저를 불행하게 만든 사람은 엄마예요. 엄마밖에 없어요. 왜 올리비에와 결혼을 못 하게 막으셨어요? 저희는 젊고 서로 사랑했어요. 같이 행복하게 살 수 있었다고요. 왜 그랬어요? 대체 왜?”

"막은 적 없어!" 글라디스가 분노에 휩싸여 소리쳤다. "네가 나에게 그렇게 말하면 안되지. 나는 기다려달라고 부탁했던 거야. 너희 둘 다 너무 어렸으니까."

"우리는 기다렸어요." 마리테레즈가 절망스럽게 말했다. "죽음이 올리비에를 데려가버릴 때까지 기다리기만 했어요. 아주 얌전하고 어리석은 착한 아이들처럼요. 엄마에게 행복과 사랑, 열정을 죄다 내주고 엄마 말대로 입맞춤 몇 번에 달콤한 미래 계획이나 이야기하는 것으로 만족하면서 말이죠. 엄마가 하라는 대로 기다리기만 한 저 자신이 용서가 안 돼요. 엄마 말이 맞았어요. 젊은 사람들은 어리석죠. 네, 어리석어요. 비겁하고 나약해요. 엄마 손안에서 아무것도 못하는 나약한 존재예요. 우리가 기다리는 거 말고 달리 뭘 할 수 있었겠어요? 전쟁이 터졌을 때 올리비에와 결혼하게 해달라고 간절히 부탁했지만, 엄마는 내 말을 들으려고도 하지 않았어요. 내일이라도 죽을 수 있는 남자와의 결혼은 허락할 수 없다면서, '어머니로서의 의무'로 반대하는 거라고 했죠. 하, 어머니로서의 의무를 드디어 갖게 되어 엄마는 얼마나 행복하셨을까요? 그래요, 엄마는 진심이었겠죠. 그때 우리는 우리가 멍청했다는 사실을 깨달았죠. 그래서 잠깐의 사랑과 약간의 행복만은 붙잡아야 한다고 생각했어요. 올리비에를 원한 건 저였어요. 바로 저였다고요." 마침내 눈물이 마리테레즈의 뺨을 타고 흘렀다. "불쌍한 올리비에는 제 처지를 딱하게 여겼어요. 자신이 다시 돌아오지 못할 거라고 짐작하고 있었어요. 저도 그랬고요.” 마리테레즈는 나직이 말을 이었다. “올리비에에게 다시 입을 맞추는데 마음속에서 이런 소리가 들리더라고요. ‘올리비에는 돌아오지 못할 거야.’ 그 목소리를 도무지 잠재울 수 없었어요. 그래서 올리비에에게 날 품어달라고 애원했어요. 하룻밤이라도 그의 품에서 잠들고 그의 아내가 될 수 있도록. 그리고 그의 아이를 갖게 해달라고 간절히 부탁했어요. ‘우리 사이에 아이가 있으면 하느님이 그를 돌아오게 해주실지도 몰라’라는 생각이 들었거든요. 그런데 올리비에가 죽었어요. 죽었다고요! 이제 다 끝났어요.”

“언제 그런 거야?” 글라디스가 마리테레즈의 손을 붙잡고 물었다. 손이 불덩이 같았다. “지난 5월 이후로 올리비에를 다시 만난 적 없잖니.”

“엄마는 그렇게 알고 있겠죠. 늘 엄마 말을 따랐으니 이번에도 그럴 거라고 생각했겠죠. 올리비에가 전방으로 떠나기 전에 파리에 들렀어요. 엄마와 머물던 리츠 호텔의 같은 층에 올리비에가 방을 잡아뒀고, 우리는 함께 밤을 보냈어요. 적어도 하룻밤은 같이 보낼 수 있었어요.” 마리테레즈가 목소리를 더 낮췄다. 그 짧았던 밤을, 파란 커튼과 침대 위로 비치던 새벽의 첫 햇살, 눈을 크게 뜬 채 낭떠러지로 달려가는 듯한 잊을 수 없는 감각을 떠올리며.

"그럼 이제 어쩔 거니?" 글라디스가 떨리는 목소리로 물었다. "그 아이를 낳을 생각은 아니지?"

"그게 무슨 말이에요 엄마!"

"마리테레즈, 너 진짜 모르니? 네가 원하지 않으면 낳지 않아도 된다는 걸 정말 모르냐고. 아직 두 달밖에 안 됐으니까 괜찮아. 가능해. 그 아이를 낳아서는 안 돼. 알겠니? 세상의 구설수를 생각해봐. 사람들이 알기라도 하면? 너도 잘 알잖니. 어서 대답 좀 해봐. 무슨 말이라도 해보라니까? 넌 이제 애가 아니야. 안타깝게도 어른이 되어버렸어. 어떤 위험을 감수해야 하는지 알고, 그럼에도 원해서 한 행동이었잖아. 그러니 이제 용감해져야 해. 아이를 지워야 해, 알겠지? 그렇게 해야 해, 마리테레즈. 들어봐. 엄마가 아는 사람이 있어. 카르멘 곤살레스라고, 너도 알지? 마사지도 하고 화장품도 팔고 산파 일도 해. 그리고… 그런 일도 여러 번 해봤던 걸로 알아. 별일 아니야, 마리테레즈. 내 친구 클라라 매카이 기억하니? 클라라는 남편이 집을 비운 사이에 임신을 했어. 태어날 수도, 태어나서도 안 되는 아이였지. 그래서 멀지 않은 베에 있는 카르멘의 조산원으로 갔어. 다음 날 저녁에 클라라가 집에 돌아왔는데, 무슨 일이 있었는지 아무도 모르게 그냥 지나갔지. 아무도, 아무것도 몰랐어. 남편이 알았다면 클라라를 죽였을지도 몰라. 잠깐만 아프면 다 끝나. 이 악몽 같은 일이 끝날 거라고. 어서 대답해." 글라디스는 딸의 옷 위로 드러난 앙상한 어깨를 신경질적으로 붙잡으며 말했다. "이건 아이를 위해서도 해야 하는 일이야. 너만큼이나 아이를 위한 일이라고. 그 아이를 지켜서도, 낳아서도 안 돼. 비참하게 살게 될 아이에게 생명을 줄 자격이 네게는 없어. 내쳐져서 불행하고 외롭게 살아갈 게 뻔하니까."

"그렇게 생각하세요?" 마리테레즈가 입을 열었다. 말투와 목소리는 차분했다. "제가 제 아이를 포기할 거라고 생각하는 거예요? 엄마가 제안한 그 범죄에 대해서는 말도 꺼내지 않을게요. 그거야말로 임신한 하녀들이 하듯 아이를 베개로 눌러 죽이는 것과 별 차이 없겠네요. 제가 아이가 부끄러워서 숨길 거라고 생각했다면 엄마는 딸을 한참 잘못 알고 있는 거예요."

"미쳐도 단단히 미쳤구나." 글라디스가 소리쳤다. "네가 어른이 되었다고? 너는 무지한 어린애일 뿐이야. 어떻게 그 아이를 곁에 두려고 하니? 부유한 명문가에서 태어난 네가 말이야. 그리고 내가 그걸 허락할 거라고 생각하니? 그래, 나도 이제 할 말은 해야겠다!"

"엄마에겐 말할 권리가 없어요. 그러게 제 결혼을 막지 말았어야죠!"

"그럼 올리비에와 결혼도 하기 전에 밤을 보내지 말았어야지!"

"제가 책임질 거예요, 엄마."

"네 나이가 열아홉밖에 안 되었다는 걸 잊었구나, 딸아. 앞으로 2년 동안은 여전히 내가 너와 너의 장래를 전적으로 책임지는 보호자란다."

"그래요? 그럼 어떻게 하실 건데요? 제 아이를 죽이진 못 하세요."

글라디스는 두 손에 얼굴을 묻었다. 손이 덜덜 떨렸다. "언젠가 너는 다른 남자를 사랑하게 될 거야. 단지 하룻밤의 연인을 두고 평생 슬퍼하며 살 수는 없지 않겠니? 그때는 어쩌려고? 사생아 딸린 너와 누가 결혼하려 하겠어? 마리테레즈, 지금 네 마음속에 드는 감정은 모성애가 아니야. 아직 생길 수도 없는 감정이니까. 그건 나를 향한 복수심이야. 엄마가 된 너를 보는 일이, 이렇게 괘씸하고 수치스럽게 여자가 된 너를 보는 일이 얼마나 견디기 힘든지 너는 잘 알고 있으니까. 너의 결혼을 늦춘 나를 벌하기 위해 이렇게 고집 부리는 거겠지. 스스로 불행을 자초하면서 말이야. 나중에 내 말이 무슨 뜻인지 알게 될 거야."

"그럴지도 모르죠." 마리테레즈가 고개를 숙이며 말했다. "하지만 저는 저 자신만 생각하지 않아요. 사람으로 태어나서 자기 자신을 생각하지 않을 수 있다니, 엄마에게는 이 말이 참 이상하게 들릴 거예요. 저는 제 아이가 살아서 행복하길 원해요. 아무것도 두렵지 않아요. 다 받아들일 거예요.”

“그렇게 믿는구나. 어디 한번 두고 보렴.”

“제가 엄마처럼 될 거라고 생각하세요? 오, 아뇨, 절대요. 저에게 다정하게 말할 때조차도 엄마는 엄마 자신만 생각해요. 사람들이 엄마를 두고, 글라디스 아이제나흐라는 사람을 두고, 이제 손자를 볼 나이라는 둥, 할머니가 되었다는 둥 얼마나 말이 많겠어요? 죄다 엄마가 견딜 수 없는 말들이죠. 엄마는 그런 말을 듣기만 해도 몸서리치잖아요.” 마리테레즈가 글라디스를 쳐다보며 말했다. “거울로 다가가 아름다운 얼굴과 금발 머리를 들여다보겠죠. 그런 다음 할머니가 되었다는 사실을 떠올리면 엄마의 인생에는 아무 즐거움도 남아 있지 않을 거예요. 난 엄마를 알아요. 너무나 잘 알죠. 제가 올리비에와 결혼했고, 제가 남편의 아이를 가졌더라도 엄마에게는 참을 수 없는 고통이었을 거예요. 만약 정말 그랬다면 엄마는 어떤 말을 꺼낼 엄두도 못 냈을 텐데. 지금은 거리낄 게 없잖아요. 할머니가 되지 않으려고 제 아이를 죽일 각오까지 되어 있으니까.”

“애는 아직 태어나지도 않았어.” 글라디스가 목소리를 낮추고 말했다. “고통을 느끼지도 못할 거야. 이 정도 범죄는 매일 벌어져. 흔한 일이야.”

“이번에는 벌어지지 않을 거예요.” 마리테레즈가 배 속 아이를 떠올리며 거친 말투로 쏘아붙였다. 마리테레즈는 처절하게 아이를 지키는 중이었다. 이 아이는 오직 그녀 자신만을 위해 존재했고, 세상 누구보다 소중했다.

글라디스는 다시 간절히 부탁하기 시작했다. "좋아, 원한다면 낳아. 네게는 그럴 권리가 있어. 하지만 나에 대한 의무는 없다고 생각하니? 너 자신에 대한 의무도 없고? 나에 대한 의무감은 전혀 없는 거냐고." 글라디스는 절망적으로 되뇌었다. "구설수를 생각해보란 말이야."

"생각하고 있어요." 마리테레즈가 말했다. 입술에 엷은 미소가 번졌다.

"내가 딱하지도 않니?" 글라디스가 낙담한 모습으로 말했다. "내가 너에게 무슨 짓을 했다고 이러니? 내 잘못이 아니잖아. 전쟁이 일어날 줄 내가 알았겠어? 어울리지 않는 결혼을 부모가 반대하는 일은 지극히 평범한 일이야. 내가 또 뭘 했다고 그러니?"

"다른 부모들은 자식을 위하려다가 잘못을 범해요. 자식들을 절망에 빠뜨리기도 하고. 그런 경우 자식들에겐 부모를 미워할 권리가 없어요. 하지만 엄마는 엄마 자신밖에 생각 안 하잖아요. 결혼한 딸이 있는 게 싫고, '젊은 보상 부인의 어머니'가 되기도 싫고." 마리테레즈가 쉰 목소리로 흐느끼며 들릴락 말락하게 말했다. "늘 그랬어요. 엄마는 제 삶과 행복을 가로채고 싶었던 거예요"

"그렇지 않아. 난 너를 항상 사랑했어." 글라디스가 말했다.

"제가 어렸을 땐 그랬겠죠. 좋은 엄마 행세를 할 구실이 필요했으니까요." 마리테레즈의 목소리에서 씁쓸함이 묻어났다. "저를 무릎에 앉혀놓고 사람들이 엄마를 보며 감탄하도록 했어요. 나는 얼마나 어리석었는지… 엄마를 그토록 사랑하고 감탄의 눈길로 바라보며 정말 아름답다고 생각했어요. 저는 엄마의 딸로 태어났지만, 엄마와 말할 때는 아이에게 말하듯 했어요. 마치 제 딸에게 이야기하는 것처럼요. 이제 엄마가 싫어요. 엄마의 금발 머리도, 나보다 젊어 보이는 그 얼굴도 싫어요. 내게는 아무 권리도 없는데, 엄마가 무슨 권리로 아름답고 행복하고 사랑받나요?"

"그건 내 잘못이 아니야."

"엄마 잘못이에요!" 마리테레즈가 소리를 질렀다. "엄마가 생각해야 할 사람은 나였어요. 내가 내 아이만 생각하는 것처럼, 엄마도 오직 나만 생각해야 했다고요." 가녀린 두 팔로 몸을 감싸며 말을 계속했다. "저 좀 내버려둬요. 나가요. 나가라고요!"

"마리테레즈, 너는 그 아이를 키워서는 안 돼. 아이는 살아서 잘 자랄 거야. 내가 필요한 돈은 다 댈 테니까. 그래도 그건 안 돼. 네 곁에 아이를 둬서도 안 되고 밖에 알려서도 안 돼. 절대 안 돼. 오, 이제야 알겠네. 바로 이게 네가 원하는 거구나. 고통을 주고 싶은 사람이 바로 나였어. 아이의 입에서 '할머니'라는 말이 나오는 날이면 난 죽어버릴지도 모르니까." 글라디스가 낮은 목소리로 말했다. "너무 고통스럽구나. 너는 이해 못 해. 나를 괴물이라고 생각하겠지. 하지만 내가 옳아. 내가 옳다고. 나는 인생을 있는 그대로 보고 있으니까. 사랑도 없고 남자들의 관심도 받지 못하는 인생은 너무 짧고 슬플 뿐이야. 오래도록 끔찍하게 늙어가는 인생은 또 어떻고. 그렇지만 너는 젊어. 올리비에도 잊게 될 거야. 내가 2, 3년만 기다리라고 했지 평생 기다리라고 한 건 아니잖니. 아니, 너는 세상 사람들이 진실을 알도록 만들 작정이구나. 내가 매 순간 사람들의 호기심 어린 시선을 받으며 '말도 안 돼요. 저렇게 어려 보이는데…'라고 가엾다는 듯 속삭이는 말을 듣게 하려고. 여자들은 또 어떻고. 여자들이 던지는 농담과 나를 싫어하는 사람들과 친구들의 농담은 어떻게 견뎌내야 하냐고! 조금만 기다려봐. 2, 3년만 기다리면 너도 알게 될 거야. 두고 봐. 내가 좋은 엄마라는 걸, 네가 나를 불평할 처지가 아니라는 걸 깨닫게 될 거야. 그때가 되면 내가 아이를 좋아할 수도 있지 않겠니. 그러니 어서 대답해. 그 아이를 포기할 거지?"

"저는 아이를 낳을 거예요. 제 자식으로 인정하고 키울 거예요." 마리테레즈가 단호하게 말했다. "이제 나가세요."

마리테레즈는 침대 위로 다시 몸을 던졌다. 아무 말도 하지 않고 눈물도 흘리지 않은 채 가만히 있었다. 오랫동안 글라디스가 말을 걸었지만, 마리테레즈는 이불을 이로 꽉 문 채 입을 열지 않았다. 결국 글라디스는 방을 나섰다.

10

글라디스는 체념하고 곧 태어날 아이를 받아들이려고 노력했다. 하지만 그럴수록 글라디스의 인생은 잿빛처럼 암울하고 쓸쓸해졌다. 자신의 눈앞에서 어떤 남자가 길 위의 예쁜 여자를 향해 미소 짓는 모습을 보기라도 하면 가슴이 갈가리 찢어졌다. 과거에 종종 남자의 시선이 가장 먼저 자신에게 향했을 때도 글라디스는 그리 감동받지 않았다. 익숙했기 때문이다. 이제 그 시선이 자신을 떠나 다른 여자에게 넘어가는 상황을 차마 견딜 수가 없었다.

어느 저녁 글라디스는 릴리의 집에서 자신처럼 금발인 여자가 들어오는 모습을 봤다. 글라디스와 비슷하게 그 여자의 여린 미모에서도 자신감이 넘쳤다. 한 가지 다른 점이 있다면, 그 여자는 젊었다. 글라디스는 그 여자에게 미소 짓고 말도 걸었지만 여자의 잡티 하나 없는 피부와 주름 없이 팽팽한 눈꺼풀은 자신을 향한 신랄한 모욕과 다를 바가 없었다. 자신의 라이벌을 다시 마주치지 않으려고 몇 주 동안 릴리의 집에 발길을 끊었다.

니스를 떠난 후에도 글라디스는 이따금 자신의 라이벌을 만나고 느꼈던 막연한 불안이 쉽게 떨쳐지지 않아 한밤중에 잠에서 깨기도 했다. 그럴 때면 일어나 옷을 모두 벗고 거울 앞으로 다가갔다. 자신의 얼굴과 몸을 바라보면 어느 순간 불안이 잠잠해졌다. 글라디스는 자신이 아름답다는 사실을 잘 알고 있었다. 새벽이었다. 호텔에서 마지막까지 켜져 있던 불도 꺼지고, 이웃 사람들이 나직이 한숨 쉬며 꿈을 꾸는 시간이었다. 글라디스는 얕은 이마 주름을 손으로 천천히 쓰다듬었다. 잠 못 이루던 밤이 새기고 갔지만 한 시간 후면 사라져버릴 주름이었다. 사실 주름은 아무것도 아니었다. 여자라면 누구나 갖고 있는 고민거리였다. 이 정도의 고민은 글라디스를 공포에 빠뜨리는 기이한 고통과 닮지 않았다. 악한 영혼을 가득 채운 낯부끄러운 질투와도 달랐다. 글라디스는 생각했다. '나 자신을 생각하지 말자. 나 자신을 잊자. 마리테레즈와 불쌍한 올리비에를 생각하자. 전쟁 중임을 잊지 말자. 하지만 나약하고 가엾은 나라는 존재는 내 미모와 젊음을 생각하고 있어. 나는 더 현명하고 더

나은 존재가 되고 싶어.'

　조지 캐닝은 군에 입대해서 1월부터 전방에 배치되었다. 글라디스 주위가 모두 변했다. 전부 차갑고 우울했다. 상수 시 저택에서는 이제 무도회가 열리지 않았고 저택을 오고 가는 사람도 없었다. 글라디스는 자리를 비운 정원사들 대신 마을에 사는 남자아이 한 명과 그녀의 하녀만을 집에 두고 있었다. 마리테레즈는 방 안에 있거나 혼자 하루 종일 정원에 누워 있었다. 저녁이 되면 두 모녀는 서로 마주 앉아 태어나지 않은 아이를 생각했다. 가끔씩 글라디스는 꿈에서 깬 듯한 모습으로 딸의 얼굴을 쳐다봤다. 딸의 얼굴은 기다림에 지쳐 메마르고 초췌했다. 글라디스는 그런 딸에게 안타까운 눈길을 보냈다. 딸의 창백한 안색과 슬픔이 걱정됐다. "어서 먹어. 밥도 안 먹고 힘도 없으면 버티기 힘들어. 어쩌려고 그러니? 큰 불행이긴 해도 용기를 내야지, 우리 딸. 넌 너무 어려. 다 지나가고 잊힐 거야. 올리비에도 그렇고."

　"올리비에 생각은 안 해요, 엄마. 엄마는 이해 못 할 거예요. 올리비에는 아이가 태어난 다음에 생각할 거예요. 지금은 아이와 아이의 삶만 생각하고 싶어요."

　"아이, 그래 그 아이. 아이만 없다면 너는 가장 화려한 삶을 살 수 있을 거야. 다 잊고 결혼해서 행복하겠지."

　"하지만 엄마, 아이는 여기 있어요."

"그래." 글라디스가 증오심 어린 목소리로 중얼거렸다.

출산일이 임박하면 마리테레즈는 카르멘 곤살레스의 조산원으로 가서 아이를 낳을 예정이었다. 뚱한 얼굴의 카르멘은 전혀 놀라는 법이 없었다. 하라는 대로 아이를 받아서 거두고 돌볼 터였다.

"무슨 걱정이세요." 카르멘이 글라디스에게 물었다. "부자시잖아요. 돈 있으시죠? 돈만 있으면 인생은 웃을 일투성이예요. 이런 일을 당한 사람이 사모님이 처음은 아니랍니다."

"엄마." 어느 저녁 마리테레즈가 입을 열었다. "카르멘의 조산원으로 가지 않을래요. 그 여자가 썩 내키지도 않고 무서워요. 파리나 마르세이유에 있는 병원도 괜찮고 아무 데나 상관없지만, 거기는 싫어요."

"거기로 가야지만 철저히 비밀에 부칠 수 있어." 글라디스가 말했다.

"하지만 세상 사람들이 알게 된다고 해도 저는 괜찮아요."

"그래, 알아. 네가 이미 말했잖니. 했던 말을 또 하며 우겨댔잖아. 하지만 나는 아무도 몰랐으면 좋겠어. 알겠니? 그러니 제발 부탁이야. 그 아이 이야기는 이제 하지 마. 내가 잊을 수 있게 좀 내버려둬. 너와 상관없다고 말했니? 아직 낳기도 전인데 왜 아이 이야기를 꺼내니?"

이런 상황에서도 마리테레즈는 아직 태어나지 않은 아

이를 사랑했다. 오직 자신이 얼굴과 형체를 빚고 이름을 부여해준 이 아이에게 거친 애정을 보냈다. 나날이 마리테레즈의 몸은 무겁고 피로해졌다. 이제는 걷기만 해도 힘에 부쳐 외출도 쉽지 않았다. 마리테레즈는 자신의 나약함이 절망스러웠다. 글라디스는 절대 아이를 거두지 못하게 할 터였다. 마리테레즈는 열아홉 살밖에 되지 않았고 가진 것도 없었다. 앞으로 2년은 더 이 엄마라는 여자의 손안에 있어야 했다. 자기 자신과 점점 가까워지는 노년만 생각하느라 눈이 멀어버린 이 여자에게서 벗어날 수 없었다. 가끔 마리테레즈는 자신이 죽더라도 아이는 버리지 말아달라고 엄마에게 간절히 빌고 싶었지만, 차마 그 말을 입 밖으로 꺼낼 수 없었다. 혐오 어린 시선으로 자신의 배를 외면하는 엄마의 모습을 본 적이 있었던 것이다. 아이야…. 자신의 몸 안에 아이가 살아 있다는 느낌이 들다니. 마리테레즈가 배를 천천히 쓰다듬자 손가락 아래에서 아이가 부르르 떨고 움직이는 것이 느껴졌다. 마리테레즈는 아이의 몸, 목소리, 시선, 미소를 상상했다. 꿈에서 아이를 만나 아이의 눈동자 색깔을 두 눈으로 확인할 수 있었다. 이따금 마리테레즈는 올리비에를 잊기도 했다. 올리비에는 죽은 사람이었다. 무인지대 한켠에 묻혀 반쯤 썩어버린 시체일 뿐이었다. 마리테레즈가 올리비에를 위해 할 수 있는 일은 아무것도 없었다. 하지만 아이가 있다. 이 아이는 살아야 했다. 마리테레즈는 따뜻하고 쿵쿵 뛰는 배를 두 팔로 감쌌다. 그 안에서 아이가 숨 쉬고 움직이고 있었다. 마리테레즈는 글라디스와 카르멘이 무서웠다. 특히 카르멘이 두려웠다. 카르멘의 작고 통통한 손과 음울한 목소리, 걸을 때마다 펠트 깔창에 짓눌려 울리는 발소리도 무서웠다.

'엄마와 카르멘이 아이를 데려가버릴 거야.' 마리테레즈는 생각했다. '내가 너무 약해서 아이를 지킬 수 없는 순간에 말이야. 그러면 아이는 제대로 된 보살핌을 받지 못하고 먹지도 못할 거야. 불쌍하고 외롭게 자라겠지. 내 소중한 아기는 아무도 없이 혼자 남게 될 거야.'

마리테레즈는 예전에 들었던 이야기가 생각났다. 언제 어디에서 들었는지는 정확히 기억나지 않지만, 가정부의 입에서 시작되어 내용이 많이 와전된, 어떤 아이에 대한 이야기였다. 한밤중 외진 농장에서 아기가 태어났다. 조부모가 그 핏덩이를 데려가 산 채로 땅에 묻어버렸고 다음 날 아침 잠에서 깬 아기 엄마는 자신의 아이를 영영 찾지 못했다.

마리테레즈는 덜덜 떨리는 손을 꽉 맞잡았다. '내 아가, 절대 널 버리지 않을 거야.'

마리테레즈가 가장 달콤하게 음미할 수 있었던 단 하나의 말, 내 아가. 마리테레즈에게는 그 말이 참 소중했다. 아이에게는 그녀뿐이었고, 아이의 삶도 오직 그녀에게 달려 있었다. 밤이 내리면 마리테레즈는 아이에게 다정히 말을 걸며 아이를 안심시켰다. "내 아가, 아무것도 두려워하지 마. 우리는 행복할 거야."

아이가 세상에 나올 순간이 다가오고 있음을 깨닫자 마리테레즈는 속으로 다짐했다. '그 누구에게도 도움을 구하지 않을 거야. 아이가 태어나거나 내가 죽거나 둘 중 하나만을 기다리겠어. 아이가 태어나면 세상 그 누구도 감히 아이를 데려가지 못하게 할 거야. 아이를 내 품에, 내 심장에 꼭 끌어안고 단단히 붙잡아두면 아무도 빼앗아가지 못해. 내가 죽게 된다면 그때는 아이도 나와 함께 죽는 거야.'

11

글라디스는 방에 홀로 남아 벽난로 옆에 앉아 있었다. 마리테레즈는 글라디스의 방에서 한 층 너비만큼 저만치 떨어진 별도의 공간에서 따로 지냈다. 마리테레즈가 이불 속에서 가쁜 숨을 몰아쉬는 순간에도 글라디스는 딸의 작은 신음을 듣지 못했다.

바람 한 점 불지 않는 조용한 밤이었다. 야자수 잎은 거의 흔들리지 않았고 보름달 아래의 바다는 달빛을 받아 우유처럼 뽀얗고 부드러웠다. 타일 바닥에서 찬 기운이 올라왔다. 하녀가 벽난로에 불을 지펴놓았고, 글라디스는 길고 유연한 목을 숙이고 무심히 불을 뒤적이기 시작했다. 글라디스의 목은 참으로 새하얗고 보드라웠다. 글라디스는 가려

갈 엄두가 나지 않았다. 그리고 그대로 생각에 잠겼다. '이 일만 해결되면 마리테레즈를 데리고 떠나서 다시는 돌아오지 않겠어. 마리테레즈는 잊을 수 있을 거야. 아직 어리잖아. 끔찍한 일은 맞지만 잊게 될 거야. 세상에 쓸모없는 불쌍한 애 하나가 더 생길 뿐인데, 왜 내 말을 듣지 않는 걸까? 아, 다 끝나버렸으면 좋겠어. 이 무슨 악몽 같은 일이람.'

글라디스는 한숨을 쉬며 자리에서 일어나 정원으로 나갔다. 삼나무 주위를 천천히 돌고 바다까지 내려갔다가 다시 올라와 불 꺼진 마리테레즈의 방 창을 향해 자갈을 던져봤다. 자고 있을 마리테레즈를 낮은 목소리로 불러보기도 했다. 불쌍한 내 딸. 이리도 슬프게 인생을 시작하다니, 불쌍하기도 하지.

'하지만 젊잖아.' 이렇게 생각하자 글라디스는 씁쓸한 질투를 느꼈다. '시간이 흘러도 가시지 않는 고통은 없어. 마리테레즈는 아무것도 몰라. 아직 아무것도 이해하지 못해. 아, 내가 저 애라면 얼마나 좋을까. 스무 살이 아니라면 고통받고 좌절을 겪는 게 무슨 의미가 있겠어. 다시 젊어질 수만 있다면 나는 전부 받아들일 거야.'

글라디스는 집으로 들어갔다. 집 안은 조용했다. 하녀는 침대와 긴 레이스 잠옷을 준비해두었다. 글라디스는 옷을 벗고 반지를 뺐다. 그러고 나서 전쟁이 터지고 올리비에가 떠난 지 몇 개월이 지났는지 헤아리며 벽난로 앞으로 돌아와 앉았다. 아이가 태어날 날이 머지않았다.

"아이…."

글라디스는 차마 머릿속으로도 '손자'라고는 부를 수 없었다.

'무슨 일이 있어도 절대 마리테레즈가 아이를 지키도록 두지 않을 거야.' 글라디스는 생각했다. '어떤 말을 하고 눈물을 펑펑 쏟아도 아무 소용 없어. 아이는 부족함 없이 보살핌받으며 행복하게 살 거야. 하지만 나는 내 눈으로 절대 아이를 보지 않고, 아이 이름도 듣지 않겠어. 아이가 살아 숨 쉬고 있다는 생각만으로도 내 인생은 충분히 귀찮아질 테니까.'

글라디스는 가슴이 답답했다. 자신은 딸의 적이 되고도 남을 터였다. 이 사실을 알고 있었기에 더욱 고통스러웠다. 글라디스는 사랑을 받아야 했다.

'이제 다 끝났어.' 글라디스는 아랑곳하지 않으려 애쓰며 생각했다. '어떤 상상도 죄다 무용지물이야. 난 이제 늙은 여자가 되어버릴 거야. 제아무리 마음속으로 여전히 젊고 아름답다고 생각해도 결국 늙은 여자라는 걸 깨닫게 되겠지. 마리테레즈는 아이를 키우고 싶어해. 가엾고 순진한 내 딸. 아이라니! 아이는 우리 자리를 빼앗고 우리를 삶 밖으로 밀어내며 똑같은 말만 해댈 거야. '저리 가. 가버려! 다 내 거야. 엄마는 케이크 먹지 마. 벌써 먹었어? 이제 배부르지? 그럼 저리 가!’ 아무리 착한 아이라도 우리는 아이에게 그런 존재일 뿐이야. ‘이제 배부르지?’ 아니, 우리는 절대 배부르지 않아.’

글라디스는 열렬히 죽고 싶었다. “죽음이 가장 현명한 방법일 거야. 내가 죽으면 마리테레즈는 매정하고 고결한 마음으로 ‘엄마는 벌을 받은 거야’라고 생각할 테지. 마리테레즈가 매정한가? 예전에는 나를 사랑한 아이였는데. 그렇다고 올리비에가 죽은 게 내 잘못인가? 내가 전쟁이 날 줄 알았겠어? 올리비에 때문이 아니야. 바로 아이 때문에 날 용서하지 않는 거야. 평생 이 아이에게 눈길도 주지 않고 울음소리도 듣지 않을 거야.” 글라디스가 혼잣말로 중얼거렸다.

글라디스는 벽난로에 더 바짝 다가갔다. 옆방에서 오가는 소리를 들으며 하녀에게 물었다. “잔, 마리테레즈 방에 불은 피웠나요?”

“네, 부인.” 잔이 대답했다.

“마리테레즈 얼굴은 봤어요? 아무것도 필요 없대요?”

“한 시간 전에 방문을 두드려봤어요.” 방으로 들어오며 잔이 말했다. “괜찮다면서 이제 잠자리에 들 거라고 하셨어요.”

두 여자는 한숨을 쉬며 서로를 쳐다봤다. “이 무슨 불행인지….” 고개를 돌리며 글라디스가 말했다. “잔, 이건 너무나 큰 불행이에요.”

"아무도 모르는 한 괜찮을 거예요." 잔이 목소리를 낮춰 말했다. "그리고 아가씨에게는 어머니가 있잖아요. 똑같은 불행이 닥쳤을 때 혼자 남아 유일하게 도움을 청할 사람이라고는 같은 처지의 여자들뿐인데도 오히려 서로 피해야 하는 사람들이 세상에 얼마나 많은데요. 어머니가 곁에 있다는 건 큰 행복이에요."

"딸을 용서할 수 없어요." 글라디스가 힘겹게 말했다.

"네, 맞아요. 수치스러운 일이죠." 잔이 고개를 끄덕이며 말했다. "그래도 부인, 안쓰럽게 생각하셔야 해요."

아이제나흐 가에서 일한 지 수년이 된 잔은 마흔 살의 여자로, 둥근 얼굴에 생기가 넘쳤고 작고 검은 눈에 총명함이 흘렀다. 머리에는 흰머리가 나기 시작했다. 잔은 단순 그 자체인 삶을 영위했다. 한평생 주인을 모시는 하녀로 살았다. 자신의 직업 말고는 아는 것이 없었다. 글은 간신히 읽고 쓰는 정도였으며 옷에 레이스 장식을 달고 옷가지를 다림질하며 주인의 삶에 집중하는 일만 할 줄 알았다. 비밀에 부쳐야 하는 주인의 채무 사정과 주인 대신 전달해야 하는 연애편지를 좋아했다. 어딘가에 돌봐야 할 환자가 있거나 다른 아이들보다 덜 사랑받는 아이를 챙길 때, 혹은 남편에게 버림받은 부인 곁을 지킬 때만큼 행복한 순간이 없었다. 잔은 하인이나 어린아이에게만 주어지는, 예언자와 맞먹는 선견지명을 지녔다. 그것은 바로 주인들의 연애사를 하나부터 열까지 속속들이 꿰뚫어 보는 경이로운 감각이었다. 글라디스는 잔에게 마리테레즈의 임신 사실을 숨길 시도조차 하지 않았다. 완전 은폐는 불가능하다고 느끼기도 했지만, 무엇보다도 잔이 아무 말도 하지 않을 것이며 그녀 또한 마리테레즈의 혼외 출생에 대해 적잖이 수치심을 느끼고 있다고 판단했다. 잔은 부르주아의 체면을 유지하려 극도로 신경을 썼다. 그 덕분에 마리테레즈의 상태는 그 누구에게도 알려지지 않았다. 다른 하인들을 돌려보내자고 직접 제안한 사람도 잔이었다. 아무도 집에 드나들지 못하니 마리테레즈와 마주치는 사람도 없었다.

"아무도 의심하지 않을 거예요 부인." 잔이 되뇌었다.

글라디스는 아무 대답도 하지 않았다. 잔은 글라디스가 카펫 위에 팽개쳐둔 옷을 정리하고 나서 방을 나갔다.

글라디스는 한숨을 쉬며 자신의 침대로 눈길을 돌렸다. 춤추고 술 마시며 기분 전환을 하고 싶었지만 지금은 전쟁 중이었다. 프랑스 내 다른 지역들과 마찬가지로 니스의 분위기도 암울하고 심각했다. 글라디스의 친구들은 모두 떠나고 없었다. 알고 지내던, 시시하지만 화려한 사교계 사람들도 뿔뿔이 흩어졌고, 별장들은 문을 닫았다.

'전쟁이 끝나면 전부 다시 예전처럼 즐거워지고 활기를 되찾겠지. 나는 그 순간을 어떻게 견뎌야 할까? 나이 들고 늙는 날이 온다는 걸 알고도 죽지 않고 어떻게 살았지? 사람은 모두 죽어. 누구나 아는 사실이야. 죽는 건 두렵지 않아. 참 이상하지. 죽어서도 끝이 없다고 믿었다면 두려웠겠지만 죽으면 끝이라는 걸 난 잘 알고 있어.'

글라디스는 자신의 품에서 너무도 차분한 모습으로 숨을 거둔 리샤르의 창백한 얼굴을 떠올렸다.

'리샤르도 죽음을 두려워하지 않았어. 하지만 실패는 견딜 수 없었겠지. 가난해지거나 하찮은 존재로 전락할까 봐 견딜 수 없었던 거야. 여자인 나도 마찬가지야. 완전히 똑같아. 살아갈 가치가 있는 인생을 살고 싶어. 그게 아니라면 사는 의미가 있을까? 누구의 마음에도 들 수 없다면 인생에서 얻을 수 있는 게 뭐겠어? 나는 어떻게 될까? 화장을 덕지덕지 한 늙은 여자가 되겠지. 애인들에게 돈을 쥐여주고 만나면서. 오, 끔찍해, 너무 끔찍해! 차라리 목에 돌을 메고 바다에 뛰어드는 게 나아. 내가 할머니가 된다는 사실이 얼굴에서 보일까?'

눈물이 두 볼을 타고 흘렀다. 글라디스는 손등으로 거칠게 눈물을 닦아냈다. '할 수 있는 게 없어. 아무것도 없다고.'

오한이 들자 글라디스는 타오르는 불꽃을 쳐다봤다. 이토록 조용하다니. 개구리 울음소리만이 밤을 가득 메웠고 바다는 반짝거렸다. 마리테레즈는 무엇을 하고 있을까?

'마리테레즈의 삶이 그렇게나 불행할까? 어쨌든 이게 인생이지. 훗날 사랑받고 행복해지는 날이 오면 과거의 고통

을 후회할지도 몰라. 그럼 나보다 더 행복해지려나?'

글라디스는 담배에 불을 붙였다. 떨어지는 담뱃재를 쳐다보며 한 개비씩 벽난로에 던져 넣었다. 추운 듯 큰 소매 밑으로 팔짱을 꼈다. '옛날에는 전혀 추위를 타지 않았는데. 이제는 열린 창으로 바람이 들기라도 하면 뼛속까지 얼어붙는 것 같아.'

글라디스는 잠들지 못했다. 심장이 둔탁하게 뛰었다. 글라디스는 무도회며 함께 시간을 보내던 애인들, 파티를 다시 머릿속으로 그려보고 싶었다. 아, 이보다 더 환상적인 게 세상에 또 존재할까?

글라디스가 등장하면 공기의 흐름이 사뭇 달라졌다. 침묵한다기보다는 일제히 글라디스에게 이목이 쏠렸다. 글라디스는 사람들의 시선에서 자신의 아름다움과 힘에 대한 확신을 읽어냈다. 그리고 자신을 사랑했던 남자들이 있었다.

'내가 좋아한 건 바로 이것뿐이었어.' 글라디스는 생각했다. '남자들의 욕망, 복종, 열광, 그리고 나의 힘과 즐거움만을 좋아했어. 하지만 다른 수많은 여자들도 마찬가지인걸. 그 여자들도 나처럼 괴로울까? 평온한 부르주아 출신도 아니고 한 가정의 용감한 어머니도 아닌 여자들도? 그래, 분명 그렇겠지. 삶의 의미를 만들어준 쾌락이 사라지는 걸 바라보는 건 끔찍해. 하지만 이것 말고 세상에 또 무엇이 있겠어? 나는 한낱 나약한 여자일 뿐이야.'

글라디스는 손을 뻗어 불을 쬐고 난 다음 자리에서 일어났다. 피아노 뚜껑이 열려 있어서 몇 가지 음계를 연주해봤다. 그렇다. 음악을 듣고 시를 읊으며 책을 읽던 시절도 있었다. 그러나 이는 남자를 제대로 유혹하기 위한 행동에 불과했음을 글라디스는 잘 알았다. 가장 아름다운 얼굴조차도 권태나 피로가 밀려오는 순간에는 싫증을 일으키고, 마음에 들지 않을 수 있으니까. 대부분의 여자들처럼 글라디스에게도 음악과 글은 큰 의미가 없었고, 그것으로 얻을 것도 없었다. 정열적이고 심금을 울리는 시구 몇 줄이나 조화로운 명문장은 남자에게 바치는 제물일 뿐, 남자가 떠나고 나면 아무것도 남지 않는다.

"난 진솔한 사람이야." 글라디스가 읊조렸다. 작게 흘린 웃음소리가 고요한 방 안에서 울려 퍼지자 글라디스는 깜짝 놀라 몸을 떨었다.

글라디스는 천천히 침대로 돌아가 누워 잠을 청했다.

꿈에서 글라디스는 죽은 딸을 만났다. 글라디스는 어둡고 문이 닫힌, 희미한 형체의 방에 있었는데, 마리테레즈가 죽은 채로 침대에 누워 있었다. 딸이 죽었다는 것을 알고 있었다. 하지만 창백한 얼굴의 그 소녀는 침대에 누워 보고 듣고 말했다. 반쯤 지워진 그림이나 그림자처럼 현실의 마리테레즈와 닮았다. 마리테레즈는 모로 누워 온화하고 다정하게 미소 짓고 있었다. 딸의 핏기 없이 홀쭉하지만 흠잡을

데 없는 볼의 윤곽이 글라디스의 눈에 들어왔다. 마리테레즈가 두 손을 들었다. 딸의 목소리가 말을 걸었다. "사랑하는 엄마, 내가 얼마나 엄마를 사랑하는지 몰라. 엄마 말고 다른 사람은 사랑한 적이 없어." 마리테레즈가 작은 아기 침대를 가리켰다. 침대는 텅 비어 있었다. 꿈속에서도 글라디스는 불안한 기색으로 몸을 숙여 아이가 침대에 없다는 것을 확인했다. 그러고 나서 생각했다. '이건 현실이 아니야. 있을 수 없는 일이야. 아이가 없다는 것도 알고 있어.' 그러자 내면에서 경이로운 안도감이 솟는 것을 느꼈다. 몸에서 빛처럼 뻗어 나오는 신성한 기쁨이었다. 글라디스가 물었다. "아이는 어디 있니?" 그러자 마리테레즈가 부드럽게 미소 지으며 대답했다. "아이는 없어. 무슨 말이야? 엄마가 내 아이잖아." 글라디스는 딸의 이마를 쓰다듬으며 물었다. "다시 괜찮아질 거지, 사랑하는 우리 딸?" 그 순간 글라디스가 딸을 얼마나 사랑했는지…. 마리테레즈가 입을 열었다. "아니. 내가 죽은 거 안 보여? 죽어서 참 다행이야. 이제 다 괜찮아."

글라디스는 침대 옆에서 들리는 잔의 목소리에 잠에서 깼다. "부인, 빨리 오세요! 빨리요! 아가씨가…."

글라디스가 물었다. "아기가 나왔어요? 살았어요?"

끔찍한 불안과 희망이 동시에 글라디스를 감쌌다.

"오, 지금 당장 오셔야 해요. 당장요!"

마리테레즈는 자신의 방에서 피로 흥건히 젖은 이불 위에 누워 있었다. 더 이상 뛰지 않는 가슴 위로 아기를 단단히 끌어안아 꽉 붙들고 있었다.

"불쌍한 우리 아가씨가 아무도 부르지 않으셨어요." 잔이 말했다. "그리고 혼자 아이를 낳으셨어요. 출혈 때문에 숨을 거두신 게 분명해요. 비명 소리가 들려서 와봤더니 아가씨가 아니라 아이 우는 소리였어요. 도와달라고도 못 하고 혼자 외롭게 돌아가신 거예요."

글라디스는 조심스럽게 걸음을 떼며 마리테레즈의 미동 없는 얼굴로 다가갔다. 꿈에 나온 얼굴과 어쩜 이리도 다를까. 눈앞에 있는 딸의 얼굴에서 증오와 공포, 그리고 처절한 용기가 엿보였다. 마리테레즈는 뻣뻣해진 팔로 가없은 아이를 힘껏 끌어안고 있었다. 아이는 피범벅인 몸을 헐떡이며 갓 부여받은 생명의 힘으로 온몸을 팔딱거렸다.

12

한 시간 후 글라디스는 자신의 방으로 돌아왔다. 마침내 해가 떴다. 오랫동안 방안을 서성거리다가 침대에 몸을 던지고 눈을 감았다. 하지만 이내 약하지만 날카로운 울음소리가 들려왔다. 잔이 옆방으로 데려와 눕혀놓은 아기가 내지르는 소리였다. 글라디스가 크게 신음했다. "마리테레즈가 죽었어."

이 말 한마디에 눈물이 왈칵 쏟아졌다.

글라디스는 다시 딸의 방으로 돌아가봤다. 잔이 정리를 마친 후였다. 마리테레즈는 누워 있었다. 밀랍으로 빚은 듯 곱고 작은 얼굴은 뒤로 젖혀져 머리를 베개에 묻었고, 두 손은 포개어져 허리춤에 놓여 있었다. 글라디스는 몸을 떨며 딸의 차가운 발에 담비털 담요를 덮어줬다. 얼음장처럼 차가운 발을 생각하자 견디기 힘들었다. 잠시 동안 글라디스는 아기의 존재를 잊었다. 이제 울음소리가 들리지 않았다. 마리테레즈의 얼굴에서 공포에 질리고 비통한 표정이 사라진 대신 근엄하고 냉정한 표정이 떠올랐다. 글라디스는 딸의 머리카락을 부드럽게 쓰다듬었다.

"우리 아가." 쉰 목소리로 거친 울음을 터뜨리며 글라디스가 입을 열었다.

이따금 슬픔이 잦아들면 글라디스는 무기력에 가까운 상태에 빠졌다. 그럴 때면 글라디스는 자신의 고통을 훨씬 더 날카롭게 만들고 싶었다. 딸의 모습과 추억을 끄집어내서 극심한 절망으로 자신을 몰아붙이며 공포에 떨기까지 했다.

카르멘 곤살레스가 도착했을 때 글라디스는 곧장 달려가 카르멘의 두 손을 꽉 붙잡았다. "마리테레즈가 죽었어요. 봤어요? 정말 죽은 게 맞아요?" 글라디스가 중얼거리며 물었다.

"따님 스스로 목숨을 끊었나요?" 건조한 목소리로 카르멘이 물었다.

"스스로 목숨을 끊다니요? 오, 세상에, 아니에요. 불쌍한 내 딸이 왜 스스로 목숨을 끊겠어요? 아니에요, 사고예요. 분명 출혈 때문일 거예요. 마리테레즈가 아무도 부르지 않았어요. 왜, 도대체 왜 그랬을까요?”

“잘 들으세요.” 카르멘이 말했다. “지금 눈물만 흘리고 있을 때가 아니에요. 가엾은 아가씨가 이렇게 되어버렸으니 진짜 불행은 이미 닥쳤다고 봐야죠. 어쩌면 지금부터 모든 일이 잘 풀릴지도 몰라요. 왜 그러세요?” 글라디스가 몸을 움찔하자 카르멘이 되물었다. “있는 그대로 봐야 해요. 아니면 아가씨가 어떻게 되었겠어요? 나중에 어떤 남자가 아가씨와 결혼하겠다고 나섰겠냐고요. 재산을 노리는 남자나 거지 같은 남자밖에 없었겠죠. 만약 사람들이 이 소식을 알게 되었다면 부인도 어떻게 되었을지 알 길이 없죠.”

글라디스는 카르멘의 말을 듣지 않고 절망에 휩싸인 채 생각했다. ‘이건 내 잘못이 아니야. 내 입으로 마리테레즈를 질책한 적은 단 한 번도 없었어. 내 딸을 위해서라면 난 무슨 일이든 했을 사람이라고.’

“여기서 왜 이러고 있어요?” 카르멘이 말했다. “얼굴이 꼭 죽은 사람 같아요. 누워 계세요. 나머지는 저희가 알아서 할게요.” 그러고는 잔을 쳐다보며 덧붙였다.

“세상에, 무슨 할 일이 더 남았어요?” 글라디스가 손으로 얼굴을 가리며 작은 소리로 말했다. “딸이 죽었다고 말했잖아요. 죽었다고요. 할 수 있는 건 아무것도 없어요.”

카르멘이 어깨를 으쓱했다. “세상 사람들이 전부 알게 되길 바라신다면야, 뭐 어쩔 수 없고요. 자, 가서 좀 누우세요.

아무 걱정 마시고요.”

카르멘은 억지로 글라디스를 눕게 한 다음 그녀의 맨발을 손으로 녹이기 시작했다. “몸이 꽁꽁 얼었어요.”

카르멘의 이 말 한마디와 자신의 발을 주물러주는 그녀의 모습을 보자 글라디스는 죽은 딸이 떠올랐다.

“오, 마리테레즈, 내 딸 마리테레즈….” 그 순간 갑자기 글라디스가 쉰 목소리로 거칠게 오열하며 신음하기 시작했다. 카르멘은 갑작스레 터져버린 글라디스의 격렬한 울음을 듣고 흠칫했다.

“마리테레즈! 가엾은 마리테레즈의 작은 발이 너무 차갑고 두 손도 얼음장 같았어.”

글라디스의 울음은 오랫동안 멈추지 않았다. 이내 글라디스는 미동 없이 가만히 누워 있었다. 침통한 두 눈도 움직이지 않았다. 카르멘은 곁에 앉아 글라디스의 손을 부드럽게 두드렸다. “자, 이성적으로 생각하세요. 어떻게 하실 생각이에요? 이렇게 있어도 아가씨가 살아 돌아오지 않잖아요. 돌이킬 수 없는 불행인 것은 분명하지만요. 그나저나 아이는요? 갓난아기는 어떻게 하실 거예요?”

“아기요?” 글라디스가 낮게 되물었다.

“네. 안 키우실 거예요?”

“네, 못 키워요.” 글라디스는 중얼거렸다. 단어 하나하나를 간신히 고르며 말을 이었다. “나는 못 해요. 나보고 키우라고 한 적 없어요. 불가능한 일이에요.”

“자, 그럼 제 생각을 솔직하게 말씀드릴게요. 부인께서는 원하시는 대로 하세요. 절 믿으세요. 어중간하게 해서는 안 돼요. 원하시면 아이를 거둬서 부인이 키워도 돼요. 하지만 아이를 키우고 싶지 않고 부인의 성을 물려주고 싶지도 않다면, 당장 이 아이를 버리는 게 아이나 부인을 위해 백 번 나아요. 아동보호소에 맡겨서 끝내는 게 나아요. 나중에 생각이 바뀌면 아이를 도로 데려올 수도 있고요. 아무도 알지 못할 것이라고 믿으며 멀리 떨어진 곳에서 아이를 키우게 하고 부인은 숨어 살면서 의심받지 않고 가끔씩 아이를 보러 간다? 이건 소설 속 이야기죠. 협박의 빌미가 돼요. 이해하셨어요?”

“안 돼요.” 글라디스가 말했다. “아뇨, 아동보호소는 안 돼요. 멀리 보내서 키우게 해요. 아무도 모르게요. 필요한 돈은 제가 다 낼게요.”

“돈만 있으면 안 될 일은 없죠.” 카르멘이 한숨을 쉬며 말했다. “원하시면 멀리 사는 보모를 한 명 구해볼 수도 있을 거예요.”

“알았어요.”

“제가 알아서 정리할게요. 걱정 마세요. 다행스럽게도 자연사네요. 제가 시청에 아는 사람이 있어요.” 카르멘은 몸을 숙여 글라디스에게 귓속말로 말했다. “예전에, ‘이럴 때’

제게 도움을 준 적 있는 사람이에요. 아이가 배에 있는 제 조산원에서 신원미상의 부모에게서 태어났다고 출생신고를 할게요. 다른 아이들 사이에 섞여들어 비밀이 새어 나갈 위험도 줄어들 거예요. 아가씨는 폐병으로 죽었다고 말하면 돼요, 아셨죠? 이렇게 해야 최근에 아가씨가 보이지 않았던 이유가 설명될 수 있어요. 게다가 니스는 텅 비었고 전쟁 중이니까요. 아무도 이웃집에서 벌어지는 일에 관심 없어요. 불행 중 또 하나의 다행인 셈이죠. 잔은 입 무거운 거 확실하죠?"

"네." 글라디스가 작게 말했다.

"잔을 불러줘요."

잔이 들어왔다. 잔의 얼굴은 붉게 달아올랐다. 두 손을 덜덜 떨며 갓난아이를 품에 꼭 안고 있었다.

"당신 말고 아무도 모르죠?" 카르멘이 물었다. "입만 뻥긋하지 않으면 부인께서 보답하실 거예요."

"아이를 어떻게 하시려고요?" 잔이 물었다.

"보모에게 맡길 거예요. 달리 방법이 없잖아요?"

"아이를 한번 보시겠어요?" 잔이 카르멘에게는 대답하지 않고 물었다.

그러고 나서 글라디스에게 아이를 보여줬다.

"싫어요." 꾹 다문 입술 사이로 글라디스가 힘겹게 대답했다. "보고 싶지 않아요."

"아이는 죄가 없어요 부인." 잔이 나직이 읊조렸다.

그 순간 글라디스는 극심한 피로를 느꼈다. 어깨를 으쓱하더니 말을 바꿨다. "알았어요. 이리 줘요."

"어쨌든 부인은 이 아이의 할머니예요." 잔이 분노로 몸을 떨며 말했다.

창백했던 글라디스의 얼굴이 새빨개졌다. 광기에 가깝도록 얼빠진 표정이 얼굴에 스쳤다. "당장 데려가요. 아이를 데려가라고요! 내 눈앞에서 사라졌으면 좋겠어. 절대 보고 싶지 않아요! 저 아이가 혐오스러워요. 돈은 줄게요. 아이를 보지 않을 수만 있다면 가지고 있는 걸 전부 줄게요."

"그렇다면 제가 키우겠어요 부인!" 잔이 소리쳤다.

글라디스는 카르멘의 팔에 매달려 오열하다가 다시 침대로 쓰러져 누웠다. "전부 알아서 해요! 날 좀 내버려둬요. 내가 불쌍하지도 않아요? 내가 죽어버렸으면 좋겠어요? 마리 테레즈가 살아 돌아올 수만 있다면 기꺼이 죽겠어요. 그러니 내버려둬요. 날 좀 그만 괴롭히라고요. 저 아이를 쳐다볼 수가 없어요. 내게는 아무 의미 없는 아이예요. 내 핏줄이라고 인정하지도 않겠어요. 존재하지 않는 아이라고요. 태어났다는 사실도 몰랐으면 좋겠어요. 데려가요."

잔이 아이를 데리고 집을 나가자마자 글라디스를 엄습했던 거센 분노가 가라앉았다. 글라디스는 카르멘을 밀어내고 딸의 방으로 갔다. 흐느껴 울며 침대 발치에 몸을 묻었다. 심장이 갈기갈기 찢어지고 입에서 신음이 새어 나왔다. '도대체 왜 그랬니 마리테레즈? 왜 나를 떠났어? 난 혼자야. 이제 완전히 혼자야. 남편도 떠났고 딸인 너도 떠났어. 이제 이 세상에 나를 사랑하는 사람은 단 한 명도 없어.'

카르멘이 검은 옷을 가져와 글라디스가 입도록 도와줬다. 글라디스는 입을 다문 채 몸만 덜덜 떨고 있었다. 하지만 그 어느 때보다 아름다웠다. 메마른 두 눈에 불안이 가득했다. 글라디스는 가끔씩 손으로 가슴을 지그시 누르며 생각했다. '울 수만 있다면 덜 고통스러울 텐데….'

하지만 눈에서는 눈물 한 방울 흐르지 않았다. 입술 사이로 간간이 쉰 목소리의 흐느낌만 거칠고 약하게 새어 나올 뿐이었다.

"다 지나갈 거예요." 카르멘이 날카롭고 건방진 눈길로 글라디스를 뚫어지게 쳐다보며 말했다. "정말이에요. 다 지나갈 거예요. 부인은 오래오래 엄마로 살기엔 너무 아까운 여자예요. 긴 시간 고통받기에 너무 젊기도 하고요."

"조용히 해요." 글라디스가 낮은 목소리로 말했다.

"시청에 가서 신고해야 하니까 서류를 좀 넘겨주세요."

"여기에는 아무것도 없는데요."

"뭐 그럼 상관없어요. 저희가 알아서 할게요. 그런데 죽은 아가씨는 몇 살이었어요? 정말로 열다섯이에요?"

"아니요, 그렇지 않아요." 글라디스가 나지막이 대답했다. "카르멘, 당신도 알잖아요. 열아홉 살이었어요."

"저에게 맡기시면 사람들이 아는 나이로 적을 수도 있어요. 열다섯쯤으로요. 이렇게 누워 있으니 어려 보이네요. 머리도 헝클어져서 정말 어린아이 같아요. 그 누구도 진실이 무엇인지 의심조차 하지 않을 거예요. 아가씨의 추억이나 부인을 위해서라도 그편이 나아요.'"

"나를 위해서라⋯." 글라디스가 입을 열었지만 아무 말도 덧붙이지 않았다.

나이를 낮추는 게 마리테레즈에게 무슨 의미가 있을까?

글라디스는 카르멘의 손에 수표 한 장을 쥐여줬다. "이건 잔과 아이를 위해서예요. 그리고 나중에 잔이 저를 다시 찾아왔으면 해요. 아이가 부족한 것 없이 행복했으면 좋겠어요. 그런 다음에는, 누가 알겠어요? 이제 내 곁에는 아무도 없는데."

"그래요. 누가 알겠어요?" 카르멘이 글라디스의 말을 똑같이 따라 했다. 카르멘의 뚱한 얼굴에 영민한 표정이 스쳤다. "언젠가 아이를 입양할 수도 있어요. 아이를 사랑하게 될 수도 있고요. 엄마처럼요. 누가 알겠어요?"

13

글라디스는 마드리드로 떠나 종전(終戰)까지 그곳에 머물렀다. 이어서 여행을 다니다가 1925년에 파리로 돌아왔다. 같은 해 연말 전야, 글라디스는 몽마르트의 한 카바레에서 춤을 추고 있었다. 붉은 벽의 비좁은 지하 카바레였고, 그해 겨울에 인기를 끌던 곳이었다. 아침이 밝았다. 무용수의 얼굴은 하나같이 피로에 절어 잔뜩 구겨졌다. 그들의 춤 사위에서 거나한 취기가 느껴졌다. 들리는 소리라고는 박자와 장단에 맞춰 울리는 둔탁한 드럼 소리와 사람들의 발소리뿐이었다. 몇몇 커플은 춤을 멈추고 서로의 팔에 기대 몸을 이리저리 흔들며 아무 생각도, 욕망도 없이 멍하니 천천히 걸음을 옮겼다.

이들 사이에서 글라디스는 춤을 췄다. 딸이 죽고 첫해가 지나갔다. 글라디스는 애도의 의미로 흰옷을 입고 다녔는데, 하얀색이 자신에게 잘 어울린다는 이유로 이후로도 옷차림을 바꾸지 않았다. 글라디스의 모습은 한결같았다. 예전처럼 머리는 금발이고 얼굴도 갸름했다. 움푹 들어간 뺨만이 한층 더 야위었고, 고단할 때면 가는 뼈와 광대, 쑥 들어간 두 눈의 윤곽이 피부 아래에서 넌지시 드러났다. 피부는 뼈대가 어렴풋이 보일 정도로 싱그러웠다. 놀라울 만큼 투명한 피부도 예전 그대로였고, 젊은 시절의 우아하고 유연한 몸매도 유지하고 있었다.

그날 아침, 커튼 사이로 새벽녘의 첫 햇살이 들어왔다. 가늘고 연한 금빛 머리칼이 빛을 내뿜는 연기처럼 글라디스의 이마를 감쌌다. 마치 후광이 비추는 것 같았다. 하지만 눈에 보이는 유일한 노화의 증거인 움푹 팬 뺨은 무엇으로도 메꿀 수 없었다. 희고 긴 등에는 옷을 걸치지 않았다. 춤을 추면서 글라디스는 자신을 둘러싼 남자들에게 앙증맞은 머리를 가볍게 까딱이거나 큰 눈을 내리깐 채 매혹적이면서도 무관심하게 매력을 흘리며 미소 지었다.

짙은 화장의 카바레 미라들 사이에서 어쩌다 한 번씩 기적적으로 앳된 얼굴이나 젊은 몸을 보게 되면 글라디스의 기억 속에 마리테레즈의 모습이 되살아났다. 글라디스는 남자 파트너나 자신을 꼭 끌어안는 애인의 품에 안겨 춤추는 동안 절망 어린 애정을 담아 딸을 생각했다. 하지만 딸은 죽었다. '죽은 내 딸이 나보다 행복할 거야.' 글라디스가 생각했다. 여느 여자들이 완전하고 무고하게 기억을 지워버리듯 글라디스도 딸이 숨을 거둔 일을 잊은 지 오래였다. 머릿속에서 다시 만난 마리테레즈는 아이의 얼굴을 하고 있었다. 글라디스를 사랑했던 어린 딸의 얼굴이었다. 글라디스는 한숨을 내쉬고 슬픔 가득한 눈으로 주변을 둘러봤지만, 무용수와 담배 연기, 빈 술병만 있었다. 글라디스가 보내는 일상의 모습이었다. 자신의 방에서처럼 이곳에서 죽은 딸을 떠올려도 별로 비난받을 일은 아니라는 생각이 들었다. 그럼에도 글라디스는 딸의 모습을 떨쳐냈다. 과거를 후회해봤자 무슨 소용이 있겠는가? 살날이 얼마 남지 않았다. 자신을 감싼 암울한 권태를 잠재워야 했다. 글라디스는 자신을 끌어안은 남자에게 시선을 옮겼다.

　남자를 향한 글라디스의 집착은 극에 달아 필사적으로 변했다. 이제 글라디스의 애인은 하루 내지 한 시간짜리였다. 글라디스는 자신의 힘에 대한 확신과 전처럼 남자를 안달 나게 하고 고통받게 만들 수 있다는 확신이 필요했다. 남자들이 가슴 아파하면 잠시나마 글라디스의 마음이 진정되었다. 하지만 그리 쉬운 일은 아니었다. 전쟁이 발발한 이후 여자 때문에 마음고생하는 남자는 손에 꼽을 정도였으니까. 게다가 이제 글라디스는 사랑을 독차지하는 여자가 아니었다. 여자들 무리에서 가장 먼저 눈에 띄는 여자도, 특유의 광채로 모든 라이벌의 미모를 지워버리는 여자도 아니었다. 남자들의 시선은 더 이상 글라디스에게 곧바로 쏠리지 않았다. 물론 글라디스는 여전히 큰 무리 없이 사랑과 욕망을 불러일으켰으나, 사람들은 글라디스를 보며 권태를 느끼기 시작했다. 해가 지날수록 사람들의 권태는 점점 더 심해졌다. 요즘 남자들이 사랑에 조급해한다는 사실을 글라디스도 모르지 않았기에 금방 그들의 요구에 몸을 던지고 마음을 열었다. 하지만 남자들의 고요하지만 거친 욕망을 순순히 따르기에 글라디스는 열렬하게 숭배받는 일에 너무 익숙해져버렸다. 사랑받고 있다는 확신과 사랑의 말이 필요했다. 시간을 들여 사랑하고 남자의 질투를 느껴야 했다. 가끔은 글라디스의 감정이 처절하리만치 격해져서 자신이 사랑하는 남자를 경악하게 하거나 막연한 불신을 내비치게 만들기도 했다.

'매달릴 필요 없어.' 남자들은 생각했다. '글라디스가 아름답고 매력적이긴 하지만 여자야 널리고 널렸으니.'

종종 더 젊고 순진한 남자가 나타나기도 했다. 그들은 글라디스의 욕망에 따라 사랑을 주기도 했지만 머지않아 싫증을 느꼈다.

글라디스는 생각했다. '아냐, 이건 너무 쉬워. 그 남자 말고 다른 남자 친구가 있던데. 나에게 아직 눈길을 보내지 않은 그 사람 말이야. 오! 하느님, 그 사람이 한 번만 저를 쳐다보게 해주세요. 한 번, 딱 한 번만이라도 좋으니 예전처럼 미치도록 완전히 사랑받는 날이 오면 다 끝날 텐데. 그럼 나는 심장이 멈춰버린 늙은 여자가 되겠지.'

그럼에도 글라디스는 이 끔찍하고도 가벼운 흥분이 싫지만은 않았다. 전쟁 이후 몇 년 동안 피를 들끓게 하고 미치도록 비극적이었던 고된 삶을 불태우던 열병과도 같은 감정이었다. '아, 바로 지금이 젊어져야 하는 순간이야.' 글라디스는 이런 생각이 들었다.

젊은 시절의 추억이 떠오르자 글라디스는 극심한 질투에 휩싸여 가슴이 아팠다. 자신의 옆에 앉은 남자의 손을 꽉 붙잡고 그의 시선을 갈구하며 불안한 기색이 역력한 얼굴을 가볍게 흔들며 내밀었다. 남자들은 얼마나 변해버렸나. 리샤르, 마크, 조지 캐닝, 클로드…. 그리고 이제는 얼굴에 지루한 기색을 깔고 차가운 시선을 보내는 저 무기력한 목소리의 남자들. 이 남자들은 한순간 타오르는 욕망에만 반응할 뿐이다.

글라디스는 이른 아침이 되어서야 집에 돌아왔다. 자동차를 타고 가는 동안 푸르스름한 도시가 깨어나고 있었다. 센 강 위로 바람이 가볍게 일었다. 젊은 시절을 회상하자 심장이 조여왔다. 런던의 빅토리아 역과 목이 긴 하얀 장갑, 궁정풍의 연애가 머릿속에 떠올랐다.

‘남자들이 변했다니? 바보 같으니. 변한 건 나야, 나라고. 모두 사라졌다고? 아니, 애초에 우리는 모두 사라질 존재인걸.’

글라디스는 자조 어린 슬픔에 젖어 한숨을 내쉬었다. 분가루로 뿌예진 작은 거울로 얼굴을 들여다보다가 문득 그 안에서 경이로운 젊음의 초상이 보였다. ‘이건 꿈이야. 나는 여전히 옛날처럼 아름답고 젊어. 내가 서른 살이 아니라고 누가 믿겠어?’

물론 1925년 당시 여자의 나이는 그리 중요하지 않았다. 마흔 살이면 여전히 청춘이었다.

‘마흔 살이 되는 걸 왜 그렇게 무서워했을까? 아, 다시 마흔 살로 돌아갈 수만 있다면. 한창때잖아. 꽃피울 나이야. 청춘이지, 청춘이라고. 하지만 쉰 살이라니. 쉰 살은 달라. 아, 견디기 힘든 나이야.’

글라디스의 마음이 절망으로 문드러졌다. 하지만 곁에 앉은 남자가 자신의 가슴을 만지고 탐하도록 내버려두며 이런 속마음을 감추었다.

‘그래, 계속해. 아무리 찾아봐도 이만큼 아름다운 가슴은 찾아보지 못할 테니까.’

틀린 말은 아니었다. 하지만 이 남자가 진실을 알게 된다면 어떻게 될까? ‘글라디스 아이제나흐는 쉰 살이에요’라는 말을 들으면 무슨 생각을 할까? 싸우는 도중이라면 무슨 말을 할까? 이 남자의 입에서 '당신 나이에…'라는 말이 나오기라도 하면 글라디스는 수치심으로 죽어버릴 지도 몰랐다.

'이 남자가 날 정말 사랑한다면…' 글라디스가 생각했다. '상황이 달라질 수도 있을 텐데. 하지만 나를 사랑하는 사람은 이 세상에 없어.'

글라디스는 예전처럼 간절한 사랑의 말 한마디를 너무나 듣고 싶었다. 그런 건 이제 존재하지 않는 걸까? 혹은(이렇게 생각하자 글라디스는 절망에 빠져버렸다) 남자들이 다른 여자를 위해 이 말을 아껴두는 거라면?

이건 시대 탓이야, 하고 글라디스는 생각하며 애써 두려움을 떨쳐버리려 했다. 이 시대 남자들은 노골적일 정도로 거침이 없다. 탐욕을 숨기지 않고 조급하게 관계를 시작한다. 그러다가 돌연 냉정하게 '여자를 치워버리기'로 마음먹고 상스러운 언행을 보인다. 지루해 죽겠다는 얼굴로 약속 장소에 나와 여자들이 그랬듯 자신이 베푼 호의에 값을 매긴다. '날 사랑해요?'라고 묻는 여자에게 '오, 당신은 1900년대 사람처럼 구네요'라고 대꾸한다.

그렇지만 이러한 시대도 지나가고 다른 남자들이 다가왔다. 이번 남자들은 반대로 격렬하고 감정적이며 신랄했다. 하지만 글라디스에 대한 남자들의 사랑은 겹겹 이어가는 듯했다. 젊은 몸과 얼굴을 유지하는 것만으로는 충분하지 않았다. 스무 살의 젊은 여자처럼 말하고 느끼고 생각해야 했다. 자신을 과대평가하지 않고 시대에 뒤떨어지지 않으며 알랑거리지 말아야 했다.

글라디스는 키 작은 영국 남자의 정부였다. 여자아이처럼 예쁘장하고 생기발랄한 남자였다.

"날 사랑하나요?"

글라디스는 남자의 품에 안겨 영어로 묻곤 했다. 이미 똑같은 질문을 이미 여러 번 던졌다는 사실을 까맣게 잊고 또다시 수줍게.

"오, 이제 그만 물어봐요, 글라디스. 밤새 사랑만 나불거릴 수 있는 사람은 어디에도 없다오."

이렇게 음울한 불안감이 조금씩 내면에 뿌리를 내리고 자라났다. 그러면서 글라디스는 매춘업소에 발을 들이기 시작했다. 적어도 그곳에서만큼은 욕망이 자신을 배신하지 않았다. 업소의 작은 거실에서 차례를 기다릴 때마다 심장은 빠르고 거세게 뛰며 옛 시절에 느꼈던 흥분을 되살렸다. 핏속에 남아 있는 독처럼 글라디스는 여전히 그 감정에 중독되어 있었다.

열정이 응당 그러하듯 사랑에 대한 열정 또한 글라디스의 정신을 한순간도 내버려두지 않았다. 구두쇠가 금은보화를 생각하고 야망가가 명예만을 떠올리듯 사랑받고자 하는 욕망과 나이에 대한 집착이 글라디스의 몸과 마음을 구석구석 사로잡았다.

'나이를 감추는 것보다 쉬운 일은 없었어.' 글라디스가 생각했다.

과거에 글라디스를 알던 사람들은 전쟁 이후 뿔뿔이 흩어졌다. 흩어지다 못해 글라디스를 잊어버리기까지 했다. 시간은 너무나 빨리 흐르고, 망각의 늪은 누구에게나 헤아릴 수 없이 깊다. 사람들의 믿음과는 반대로 여자의 세계에는 나이를 둘러싼 유대감 같은 것이 존재한다. '나에게 아량을 베풀어주면 너를 비웃지 않을게. 너의 기분을 맞춰주고 네가 아름답다고 말해줄게. 너는 기회가 생길 때 나에 대해 딱 한마디만 해주면 돼. 내가 젊은 시절의 자존심을 되찾을 수 있도록. 불안과 모욕은 덜어내고 애인에게 미소 지을 수 있는 간단한 칭찬의 말 한마디면 돼. 너의 나이를 모른 척해줄 테니, 너도 주위 사람들에게 내가 너처럼 쉰 살을 넘겼다고 굳이 상기시키지 마. 날 불쌍히 여겨줘. 그러면 가엾은 내 자매여, 날 닮은 너에게 잔인하게 굴지 않고, 너를 배신하는 일도 없을 거야. 이렇게 말하면서. '무슨 말이에요? 우리는 겉으로 보이는 만큼만 나이를 먹었답니다.' 그리고 이렇게도 말할 거야. '그 유명한 배우 알죠? 애인이 바람을 피웠다면서요? 돈을 주며 만난다면서요? 하지만 그걸 당신이 어떻게 알아요? 얼마나 많은 젊은 여자들이 이렇게 버림받는지 몰라요.' 절대로 '늙은 여자'라고 너를 공개적으로 비

난하지 않을 테니 너도 똑같이 해줘.'

글라디스가 미소 지으며 먼저 입을 열곤 했다. "왜 여자 나이를 입에 올려요? 요즘은 아무도 여자 나이에 관심 없어요. 여자가 아름답고 매혹적이면 그만이지, 뭐가 더 필요하겠어요?"

예전에 글라디스는 인생을 이야기할 때면 우아하고 여유로운 태도로 말하곤 했다. "인생은 너무 길어요. 이렇게 긴 세월을 어떻게 보내야 할까요?"

이제는 미신에 가까운 두려움 때문에 글라디스는 쉽사리 입을 열지 못했다. 자신의 과거와 전남편 리샤르, 딸 마리테레즈를 절대 입에 올리지 않았다. 집 안의 벽을 온통 장식했던 딸의 초상화도 전부 떼어냈다. 초상화 속 딸이 입은 드레스가 너무도 적나라하게 연도를 말해주었기 때문이다. 대신 아주 가벼운 옷차림에 머리카락이 눈 위까지 내려온 일곱 살 마리테레즈의 초상화 단 한 장만을 간직했다.

"잃어버린 내 어린 딸이에요." 글라디스는 한숨을 쉬며 말했다.

사람들은 마리테레즈가 아주 어렸을 때 죽었다고 알고 있었다. 글라디스 자신도 이제 그렇게 믿게 되었다.

글라디스는 꾸준히 여행을 떠났다. 과거를 끊어내려고 안절부절못하는 자신의 불안한 집착을 스스로 인정하지 않았지만, 그로 인해 가끔은 모험가의 인상을 풍겼다. 떠날 때마다 '여긴 너무 지루해'라고 생각했지만, 실은 과거에 알던 얼굴이나 수많은 추억에 불을 지피는 어떤 저택을 우연히 다시 보게 되어 떠나는 것이었다. 예전처럼 가벼운 열망에 이끌려 이곳저곳 옮겨 다니지 않고, 과거를 직면하고 비통한 마음으로 달아나는 것이었다.

'너는 이제 쉰 살이야. 너 말이야, 글라디스. 어제만 해도 아니었는데. 이제 쉰이야, 쉰이라고. 다시는 젊은 시절로 돌아갈 수 없어.' 글라디스가 쉰 살이 되던 날, 귓전에서 이 소리가 매 순간 메아리쳤다. 그날 글라디스는 처음으로 매춘 업소에 발을 들였다. 이후로 우울이 정점에 달하고 자신에 대한 회의감에 고통받아 몸부림칠 때면 업소에 들러 한 시간씩 머물다 오곤 했다.

일면식도 없는 남자가 평소보다 훨씬 열성적이고 다정하게 다가오면 글라디스의 마음에 신성한 평화를 닮은 감정이 스며들었다.

'사람들이 나를 알아보면 어떡하지?' 글라디스가 생각했다. '하지만 나는 자유의 몸이야. 그리고 알아본들 뭐라고 하겠어? 나를 악덕한 여자라고 하려나? 아, 악덕하고 정신 나간 범법자라고 할 수는 있겠지. 하지만 늙은 여자라거나 사랑의 감정을 불러일으킬 수 없는 사람이라는 혐오스럽고 끔찍한 말은 하지 않을 거야.'

자신이 사랑받는다는 확신이 들 때, 사랑을 나눈 후에

도 남자가 찬미의 눈길로 자신을 바라볼 때면 글라디스는 전보다 천 배는 더 달콤하고 거의 손에 만져질 듯한 기쁨의 전율에 휩싸였다. 지금 글라디스 옆에 한 남자가 있다. 날카로운 얼굴을 깔끔하게 면도했다. 이 남자는 사업가였는데, 10년 전이었다면 글라디스가 눈길조차 주지 않았을 남자였다. "우리, 다른 곳에서 만날 수 있을까요?" 남자가 묻는다.

그럴 때 글라디스의 가슴은 형언할 수 없는 평화로 벅차올랐다.

글라디스는 그런 나이에 다다른 것이었다. 여자들의 모습이 더는 변하지 않는, 두꺼운 화장 아래에서 서서히, 하지만 눈에 보이지 않을 정도로 부패가 시작되는 나이였다. 파리 사람들의 인심은 너그러웠고, 다른 여자들처럼 글라디스도 그들의 아량에 기댔다. 글라디스는 매력 넘치고 우아했다. '글라디스 아이제나흐요? 나이 든 여자잖아요'라고 누가 말하면 곧장 '그래도 여전히 볼 만해요. 젊게 유지하려는 그 열정이 참 여성스럽고 자연스러워요. 그 열정은 누구에게도 해를 끼치지 않아요'라고 다른 사람이 대답해줬다.

글라디스는 찬바람이 부는 날에도 가녀린 목을 드러내고 다녔다. 목에는 아무것도 걸치지 않았다. 길을 다니면 글라디스의 날씬한 몸매는 젊은 여자로 보였고, 얼굴도 30대로 보였다. 아침이나 밤늦은 시간이 되어서야 겨우 마흔 살처럼 보일까 말까 했다. 하지만 이것으로는 충분하지 않았다.

다시 스무 살로 돌아가 새벽 늦게까지 춤추고 싶었다. 늦게까지 춤을 춰도 분이나 연지를 덧칠할 필요 없이 지난날에 그러했듯 꽃처럼 싱그럽길 바랐고 지친 흔적이 남아 있지 않길 원했다.

길에서 한 남자가 가던 길을 돌아와 글라디스를 보고 미소 지었다. 글라디스가 연애에 무심한 여자처럼 침착하고 초연한 표정으로 쳐다보면 남자는 발길을 재촉해 급히 자리를 떠난다. 그러면 먼저 글라디스는 기쁨의 전율을 온몸으로 느끼다가 이내 초조하게 기억을 더듬기 시작한다. '예전이었어도 저 남자가 저렇게 그냥 지나갔을까? 끈질기게 말을 걸지 않고? 아무 이유 없이 따라왔을 리가 없는데. 눈앞에 걸어가는 내 아름다운 몸을 보고 옷에 가려진 허리선을 훑어보려고 따라오지 않았을까? 하지만 옛일을 생각해 봤자 무슨 소용인가. 과거는 과거일 뿐인데. 이렇게 몽상에 빠지고 과거를 추억하느라 지치고 끊임없이 괴로운 거야. 만약 마리테레즈가 살아 있다면 이제 스물다섯 살이 되었을 텐데. 얼마나 행복할까.' 글라디스는 종종 이렇게 생각했다. '한창 젊었을 때 죽음이 데려가버렸으니 행복할 거야. 청춘과 청춘의 열정이라. 결국 열정과 사랑은 모두 비극적이고, 욕망은 전부 저주받게 되어 있어. 꿈꾼 것 보다 손에 떨어지는 것은 늘 적은 법이니까.'

뜨거운 열기에 취해 날 밤을 샌 후 아침이 밝으면 어두운 몽상이 문을 두드렸다. 송년의 밤이 잿가루처럼 씁쓸한 증오와 고통을 아낌없이 글라디스 위로 들이부었다.

옆 테이블에서 한 여자가 글라디스를 보고 미소 지었다. 머리는 염색했고 메마른 가슴 주름 사이로 목걸이가 대롱거렸다. 인상은 기괴하고 무서웠다. 눈을 제외한 얼굴의 나머지 부분은 상처투성이였다. 어찌나 얼굴에 분을 덕지덕지 바르고 이곳저곳을 꿰맸는지 화장한 얼굴 표면에서 미소가 자연스럽게 번지지 못했다. 나이 들어 움푹 들어간 눈만이 애써 미소 짓고 있었다.

"글라디스."

술에 취한 이 여자는 조심스럽게 샴페인 잔을 들고 있었는데 그 몸놀림이 부자연스러웠다. 반지를 여러 개 낀 손은 화려했지만, 손 모양은 통풍을 앓아 변형되었다. 여자가 글라디스 쪽으로 걸어왔다. "저를 못 알아보네요. 오, 사랑하는 내 친구. 내가 얼마나 기쁜지 몰라요. 당신을 다시 보게 돼서 정말 기뻐요. 늘 그렇듯 지금도 정말 아름답네요. 정말 예전과 똑같아요. 나, 릴리 페레르예요. 아, 나는 당신을 미워했답니다. 조지 캐닝을 기억해요? 정말 멋진 남자였죠. 그런데 전쟁터에서 죽었어요. 얼마나 많은 사람이 죽었는지, 얼마나 많이 죽었는지 몰라요." 릴리가 말했다. 까마귀 울음소리처럼 귀에 거슬리는 목소리였다.

릴리는 글라디스 옆에 자리를 잡고 앉아 다정한 눈길을

보냈다. 자신보다 열 살 남짓 어리지만 이토록 놀랍게 젊음을 유지하는 글라디스를 보자 마음에 묘한 위안이 되었다. 다른 사람에게 내려진 놀라운 선물이 오히려 가슴을 희망으로 부풀게 했다. '왜 나는 안 되지? 그래, 거울이 내게 돌려주는 저 얼굴에도 불구하고, 내가 돈을 주고 있는 젊은 애인에도 불구하고… 왜 나는 안 될까?'

"이번 애인은 누구예요, 글라디스? 나는 굉장히 실망스럽고 슬픈 시기를 겪었어요. 완전히 믿었던 젊은 남자가 비열하게 날 속였거든요. 늘 이런 식이었죠. 매번 운이 없었어요." 릴리가 한숨을 내쉬었다. "글라디스 당신은 행복한가요?"

글라디스는 대답하지 않았다.

"설마 행복하지 않아요? 아, 그건 남자들이 변해서 그래요. 우리 때 기억나요?" 릴리가 목소리를 낮추며 물었다. "남자들이 얼마나 정중하고 헌신적이었는지 말이에요. 몇 년이고, 단 한 마디의 희망도 없이 여자를 사랑했잖아요. 여자를 위해 세상 모든 것을 버리기도 하고, 여자를 위해 파산하기도 하고…. 지금은 어떻죠? 도대체 남자들은 왜 변했을까요? 대체 왜? 전쟁 때문일까요?"

"사랑하는 내 친구 릴리, 미안해요. 애인이 부르네요. 잘 지내요. 다시 만나서 기뻤어요. 난 내일 파리를 떠난답니다." 글라디스는 자리에서 일어나 릴리에게 손을 내밀었다.

그 순간 릴리는 어떤 기억이 불현듯 떠올랐는지 갑자기 글라디스에게 물었다. "딸이 많이 컸겠어요. 결혼은 했나요?"

"오, 아뇨." 애인이 다가오고 있어서 글라디스는 서둘러 대답했다. "못 들으셨어요? 제 딸은 죽었어요."

"정말요?" 릴리가 중얼거렸다. 늙은 얼굴에 애처로움이 묻어났다.

릴리가 붉게 칠한 입술을 글라디스의 볼에 갖다 대자 빨간 자국이 남았다. 글라디스는 몸을 살짝 움찔거리더니 몰래 입술 자국을 닦아냈다. "가엾은 내 친구, 딸을 정말 사랑했잖아요."

글라디스는 입구에서 자신을 기다리고 있는 애인에게 다가갔다. 릴리의 마지막 말이 애인의 귀에도 들렸던 참이었다.

"딸이 있었어요?" 구겨진 장식용 줄무늬 리본과 색종이 조각을 밟고 글라디스를 따라가며 애인이 물었다. "내게 한 번도 말한 적 없잖아요. 어린아이였을 때 그렇게 됐어요?"

"네." 글라디스가 들릴 듯 말 듯한 목소리로 답했다. "아주 어릴 때였어요."

비가 내렸다. 블랑슈 광장으로 내려가는 경사진 인도에 이른 아침 햇살이 떨어졌다. 인도는 햇살을 받아 떨리듯 반짝거렸다.

14

1930년 봄, 글라디스는 알도 몬티를 만났다. 알도는 미남이었다. 면도한 얼굴 윤곽이 뚜렷했고 표정은 무뚝뚝했다. 남성적인 두상에서 중압감이 느껴졌고, 눈은 온화함과는 거리가 멀었다. 이목구비에서 의지와 자제력이 엿보였으나 표정에서 인간적인 면모를 찾기는 어려웠다. 영국인을 따라 하는 외국인의 얼굴에서 볼 수 있는, 정작 영국인의 얼굴에서는 찾아볼 수 없는 표정이었다. 일생 동안 알도는 자신의 말과 행동을 영국인처럼 보이게 하려고 부단히 노력했다. 심지어 생각조차 통제했는데, 충분히 순결하고 영국 사람다운 생각이 아닐까 봐 두려웠기 때문이다. 그는 많지 않은 재산을 능숙하게 관리했지만 삶은 점점 힘들어졌다.

일찌감치 알도는 글라디스가 자신의 아내가 될 거라고 생각했다. 글라디스는 아름다웠고 상당한 재산을 물려받아 매우 부유했다. 글라디스는 알도의 마음에 들었다. 물론 그녀에게 여러 애인이 있다는 사실도 알고 있었지만, 그 연애는 저급하거나 이해관계에 얽혀 있지 않았다. 그는 몇 개월 동안 교묘하고 조심스럽게 글라디스의 비위를 맞추며 접근했고, 어느 순간 자신의 아내가 되어달라고 청혼했다.

두 사람은 파리에 사는 몬티 가의 이탈리아 친구 집에 있었다. 화창한 가을날이었고 정원은 여전히 햇빛으로 빛났다. 여자들의 반짝이는 드레스 사이로 금빛 햇살 기둥이 꿀처럼 부드럽게 흘러 현관에 떨어졌다.

글라디스는 시폰 드레스를 입고 투명하리만치 가벼운 밀짚모자를 쓰고 있었다. 고운 머리칼을 모자가 반쯤 덮었다. 짧은 하얀색 망사 아래 불안 가득한 커다란 두 눈이 보였다. 가끔씩 정면을 응시하다가도 이내 낮게 드리운 속눈썹 밑으로 눈을 내리깔았다. 글라디스는 알도와 함께 동으로 만든 분수까지 천천히 걸어갔다. 분수 테두리에는 벌거벗은 아이들이 조각되어 있었다. 분수에 기댄 채 글라디스는 광을 낸 차가운 조각상의 아름다운 몸을 멍하니 손가락으로 쓰다듬었다.

"글라디스, 내 사랑 글라디스. 내 아내가 되어줘요. 당신에게 줄 게 마땅치 않다는 걸 나도 알아요. 부유하진 않아도 내 이름은 이탈리아에서 가장 아름답고 유서 깊은 가문 중 하나에 속해요. 이 이름을 당신에게 줄 수 있다면 뿌듯할 거예요. 나를 사랑하잖아요. 그렇죠, 글라디스?"

글라디스는 한숨을 내쉬었다. 그렇다. 글라디스는 알도를 사랑했다. 수년 만에 처음으로 한 남자에게서 내일이 없는 연애 말고 다른 것을 보았다. 그리고 마침내 이 남자가 자신을 평생 지켜주고 안심시켜주며 그녀 자신으로부터 보호해주겠다고 제안하고 있다. 글라디스는 자신의 인생이나 마찬가지였던 사랑을 좇는 삶에 죽을 만큼 지쳐 있었다. 날이 갈수록 더 간절해지는, 손에 넣기도 어려운 승리를 몇 번이나 쟁취했는지 불안하게 세어보고, 홀로 늙어갈 순간이 하루하루 가까워지는 것을 견디는 일에 지쳤다. 이 얼마나 악몽 같은 삶인가! 이토록 끔찍한 삶으로부터 마침내 몸을 피할 기회가 찾아왔다. 지나가는 남자에게 잠시 얽매이는 것이 아니라, 인생에서 두 번째 리샤르 아이제나흐를 만나 뜨겁고 단단한 그의 품으로 숨어들 순간이 찾아온 것이다. 글라디스는 고개를 떨궜고 알도는 그런 글라디스의 가느다란 입을 바라봤다. 붉게 칠한 입가가 불안으로 일그러졌다. 하지만 글라디스는 아무 답이 없었다. 알도가 다시 입을 열었다. "우리는 함께 행복할 거예요. 내 아내가 되어줘요."

"그건 미친 짓이에요." 글라디스가 나직이 말했다.

"왜죠?"

글라디스는 대답하지 않았다. 결혼이라, 자신의 생년월일이 머릿속에 떠올랐다. 알도는 서른다섯 살이었고 글라디스의 나이는…. 글라디스는 머릿속으로도 자신의 정확한 나이를 차마 말할 수 없었다. 머리부터 발끝까지 미치고 고통스러울 정도로 수치스러웠다. 안 돼, 절대. 절대로 안 될 일이다. 알도가 나이를 알고도 글라디스와 결혼한다면, 그가 원하는 것은 오직 돈뿐이며 당장 내일이나 후년은 아니더라도 언젠가 글라디스를 떠나리라는 생각을 억누를 도리가 없었다. 10년이 지난다고 해도 모를 일이다. 시간은 금방 흐르니까. 10년 후에도 알도는 여전히 젊겠지만 글라디스는 아니다. ‘결국 이건 신이 내게 허락한 유예기간이야. 기적이지.’ 글라디스가 절망적으로 생각했다. ‘내가 아프거나 혹은 열병이 날 때, 아니면 피곤에 찌든 날이면 나이 든 모습으로 눈을 뜨겠지. 완전히 늙은 상태로 말이야. 알도가 전부 알게 되는 건 시간 문제야.’

“아뇨.” 글라디스가 부드러운 목소리로 말했다. “결혼 말고요. 아무런 의무나 속박에 얽매이지 않고 우리가 서로 계속 사랑할 수는 없을까요?”

“당신이 날 사랑한다면….” 알도가 냉정하게 말했다. “이러한 속박도 달콤하고 단순할 것 같은데요. 나를 소중히 여긴다면 나와 결혼해야 해요, 글라디스.”

그 순간 글라디스는 돈이 있고 추문과 협박의 위험을 감수한다면 자신의 생년월일을 신분증명서에서 지워버릴 수도 있겠다는 생각이 들었다. 깨어 있을 때나 잠들고 꿈꿀 때나 눈앞에서 떨쳐낼 수 없었던 그 나이를 말이다. 글라디스도 어쩔 수 없는 여자였다. 내일보다 더 멀리 바라볼 줄을 결코 몰랐다.

글라디스는 얼굴에 지친 기색이 역력했지만 환한 미소를 띠며 알도에게 말했다. "저는 당신이 믿는 것보다 훨씬 당신을 소중하게 생각해요, 내 사랑."

두 사람의 약혼이 공식화되고 나서 얼마 후 글라디스는 자신이 태어난 나라로 떠났다. 그곳에서 글라디스는 자신의 출생증명서 사본을 얻어 생년월일 중 숫자 하나를 긁어냈다. 이렇게 위조한 서류로 일생 동안 자신의 앞으로 발급되었던 서류를 전부 고쳐 필요한 서류를 모두 만들어냈다. 이어서 글라디스는 자신이 태어난 소도시로 이동하여 위조한 출생증명서와 다른 신분 증명 서류들을 동일하게 맞췄다. 그곳에서 알게 된 친절한 필경사의 도움 덕분이었다. 이 일로 큰돈을 지불해야 했지만 1931년 봄, 드디어 글라디스의 나이가 공식적으로 열 살이나 더 어려졌다. 하지만 딱 열 살 낮췄을 뿐이다. 이제는 거짓이 되어버렸지만 영원히 지울 수 없는 날짜가 세상 어딘가, 한 여자아이가 묻힌 대리석 무덤에 새겨져 있기 때문이었다.

열 살. 물론 여전히 알도보다 열 살이나 많지만, 글라디스는 자신의 나이를 마흔여섯이라고 인정할 수 있게 되었다. 마흔여섯 살이라는 약점이자 범죄 사실이 계속 글라디스를 따라다녔다. 사랑하는 알도를 차지하기 위해 글라디스는 어린아이가 되고 싶었다. 다시금 연약하고 손대면 부서질 것 같은 아이가 되어 그의 힘센 두 팔에 안기고 싶었다. 너그러우면서 모성애를 자극해야 했다. 사랑과 감탄을 받고 싶었다. 친구나 아내가 아닌, 애인이나 과거에 빛나던 젊은 여자처럼 모든 여자 중에서도 가장 사랑받는 사람이고 싶었다.

글라디스는 알도와 결혼할 용기를 결코 내지 못했다.

15

　5년 후 어느 가을날, 글라디스는 불로뉴 숲을 따라 난 텅 빈 대로를 지나 집에 돌아가는 길이었다. 오후 4시밖에 되지 않았지만 벌써 어둠이 내렸다. 파리의 새벽에서 젖은 숲 냄새가 풍겼다. 글라디스는 자동차와 운전사를 돌려보내고 쌀쌀하면서도 축축한 공기를 마음껏 들이마시며 빠르게 걸었다. 주위에는 아무도 없었다. 개 한 마리가 땅을 쿵쿵거리며 앞서갔다. 닫힌 덧창 뒤 컴컴한 집에서는 불빛 한 줄기 새어 나오지 않았다. 빈 정원이 비에 젖어 반짝였다.

　불 켜진 가스등 아래 서 있는 한 청년이 문득 눈에 들어왔다. 회색 우비 차림에 모자도 쓰지 않은 청년은 글라디스를 기다리는 것 같았다. 글라디스는 깜짝 놀라 청년을 쳐다보다가 스컹크 모피 외투 속 진주 목걸이에 무의식적으로 손을 가져다 댔다. 청년은 글라디스가 몇 발자국 앞서자마자 뒤를 따라오기 시작했다. 글라디스는 걸음을 재촉했지만 곧 따라잡혔다. 등 뒤에서 남자의 숨소리가 들렸다. 걸음을 더 재촉하자 남자는 멈춰 서서 안개 속으로 자취를 감춘 듯했다. 그러나 글라디스가 남자의 존재를 잊었을 때쯤 다시 뒤에서 발소리가 들렸다. 남자는 아무 말 없이 불 켜진 가스등 아래까지 따라왔다. 그러고는 낮은 목소리로 글라디스를 불렀다. "부인."

남자의 얼굴은 마르고 앳되었다. 길고 홀쭉한 목은 무거운 머리 무게에 당겨진 듯 앞으로 쏠려 있었다.

"제 말 좀 들어보시겠어요, 부인? 겁먹으셨어요? 저는 나쁜 사람이 아니에요. 저 좀 보세요."

"원하는 게 뭐예요?"

남자는 대답 없이 계속 글라디스 뒤를 따라 걸었다. 얼마나 가깝게 따라오는지 그의 숨소리까지 들렸다. 남자는 〈메리 위도우*〉의 선율을 휘파람으로 불기 시작했는데, 첫 두 소절만 끊임없이 반복했다. 글라디스는 기이한 불안을 느끼며 휘파람 소리와 텅 빈 거리에 울리는 규칙적으로 끊어

---

* 19세기 헝가리의 작곡가 프란츠 레하르(Franz Lehár)가 작곡한 오페레타의 제목. 국가 재정이 위태로운 상황에서 막대한 유산을 상속한 미망인의 재혼을 둘러싼 소동을 다룬다.

졌다 이어지는 발소리에 귀를 기울였다.

글라디스는 걸음을 멈추고 가방을 열었다. 청년은 몸짓으로 거절 의사를 밝혔다. "그러지 마세요, 부인."

"그럼 원하는 게 뭔가요?"

"부인을 따라가는 거요." 남자가 답했다. 저음의 목소리에는 열정이 가득했다. "오늘이 처음이 아니에요. 화 안 내실 거죠, 부인? 처음 겪는 일도 아니시잖아요. 남자가 그림자 속에 숨어 바라는 것도 없이 부인을 쫓아오는 일 말이에요. 부인은 제 쪽으로 주의를 기울인 적이 한 번도 없으신가 봐요? 제가 부인을 길에서 살피고 기다린 지 벌써 한 달이나 되었는데 말이에요. 집에서 나와서 저녁 늦게 들어가시는 것도 봤어요. 친구분들도, 자동차에 타는 모습도 봤고요. 그 모습들을 보면서 제가 어떤 기분이었는지 아마 상상도 못 하실 거예요. 하지만 여기까지 오면서 부인이 혼자였던 적은 한 번도 없더라고요. 혹시 화난 거 아니죠?"

글라디스는 그를 쳐다보고는 천천히 어깨를 으쓱거렸다. "나이가 어떻게 돼요?"

"스무 살요."

"그런데 일면식도 없는 여자를 따라다녀요? 이렇게 시간을 허비하면서요?" 글라디스가 작게 중얼거렸다. 내면에 잠재한 유혹의 욕망이라는 악마가 스멀거려서 자신도 모르게 목소리가 누그러졌다.

"부인은 친절해 보이세요. 부인만을 생각하는 이 불쌍한 청년에게 눈길과 미소로 적선 한번 해주실래요? 오, 얼마나 오래전부터 부인을 기다려왔는지." 가슴 안에서 열띤 환상이 꿈틀거리는지 청년의 목소리가 이상해졌다.

"당신은 참 어리군요." 글라디스가 말했다. "철 좀 들어요. 꾹 참고 당신 이야기를 들어주긴 했지만 이제 그냥 저를 가게 해줘야 한다는 거 잘 아실 거예요. 저는 남편이 있어요." 글라디스가 미소 지으며 말했다. 청년의 유치한 행동을 나쁜 뜻으로 여긴다고 볼 여지가 있는 미소였다.

"남편 없으시잖아요, 부인. 완벽히 자유롭고 혼자시잖아요. 오, 얼마나 외로우실까."

글라디스가 불안해하며 말했다. "어쨌든 저 좀 가게 그냥 두세요."

청년은 망설이더니 고개를 떨구고 벽에 붙어 비켜섰다. 붉은색 머플러 끝자락을 만지작거리는 모습이 글라디스의 눈에 보였다. 글라디스는 빠르게 걸으며 지나가는 자동차가 없나 주위를 두리번거렸지만 도로는 텅 비어 있었다. 얼마 후 글라디스의 뒤에서 청년의 발소리가 다시 울렸다.

이번에는 글라디스가 멈춰 서서 청년을 기다렸다. 청년이 곁에 다가오자 버럭 화를 내며 말했다. "이봐요! 이 정도면 됐어요. 계속 따라오면 경찰을 보는 대로 곧장 신고하겠어요."

"그러지 마세요!" 청년도 단호한 목소리로 말했다.

"미쳤군요."

"제 이름이 궁금하지 않으세요?"

"이름요? 제정신이 아니군요." 글라디스가 했던 말을 반복했다. "저는 당신을 모르고 당신 이름에도 관심 없어요."

"완전히 맞는 말씀은 아니네요. 저를 모르시는 건 맞지만 제 이름을 들으면 아마 상당히 관심이 생기실 거예요."

청년은 잠시 뜸을 들이더니 목소리를 더 낮춰 같은 말을 읊조렸다. "상당히 말이죠."

글라디스는 입을 다물었지만 입꼬리가 떨리고 아래로 처지는 것이 청년의 눈에 보였다. 드디어 청년이 입을 열었다. "제 이름은 베르나르 마르탱이에요."

글라디스의 입에서 흐느낌을 억누르는 소리처럼 이상한 숨소리가 작게 새어 나왔다.

"다른 이름을 기대하셨어요?" 베르나르가 물었다. "제게 다른 이름은 없는데요."

"저는 당신을 몰라요."

"하지만 저는 당신의 손자랍니다." 베르나르 마르탱이 말했다.

"아니에요." 글라디스가 말을 더듬었다. "저는 당신을 모르고, 손자도 없어요."

글라디스의 말은 진실에 가까웠다. 20년 전 흘깃 눈길만

줬던 이름 없는 아기에 대한 기억과 지금 자신 앞에 비를 맞으며 서 있는 청년을 서로 연결할 수 없었다. 작고 빨간 핏덩이였던 아기는 얼굴이 터져라 울고 있었다. 벌써 20년이 흘렀다. 지나간 세월은 글라디스와 다른 사람들에게 결코 같은 길이일 수 없었다.

"자, 할머니, 이제 받아들이세요. 저는 할머니의 손자가 맞아요. 어렵지 않게 증명할 수 있으니 믿으셔도 돼요. 잔이 쓴 편지를 갖고 있어요. 예전에 할머니 집에서 일하던 하녀요. 잔이 저를 키워줬어요. 지금은 세상을 떠났지만, 편지에 많은 이야기를 남겼더군요. 예를 들어 제 권리라든가."

"권리요? 저는 그쪽에게 아무것도 빚지지 않았는데요."

"그래요? 그럼 저는 재판에서 지겠네요. 하지만 소문이 나면 어쩌죠? 그걸 생각 못 하신 건 아니죠, 할머니?"

"할머니라고 부르지 마요!" 글라디스는 분노에 눈이 멀어 펄쩍 뛰며 소리 질렀다.

청년은 아무 대꾸도 하지 않았다. 주머니에 손을 넣고 다시 〈메리 위도우〉의 왈츠곡을 휘파람으로 불기 시작했다. 글라디스는 떨리는 몸을 진정시키려고 손톱으로 찌르듯 손을 맞잡았다. "돈이 필요해요? 알았어요. 그래요. 내가, 내가 많이 잘못했어요. 세상에, 이토록 오래 생각조차 못 했다니. 잔에게 돈이 떨어지면 바로 나에게 연락하라고 했어요. 그런데 한 번도 연락이 없어서 잊고 지냈어요." 글라디스가 낮은 목소리로 말했다.

"저는 부족함 없이 자랐어요. 제가 원하는 것은 돈이 아니에요."

베르나르의 반항적인 말투가 글라디스에게서 후회와 연민을 몰아내버렸다. "소문이라고 했나요? 아마 소문이 떠돌겠죠. 하지만 참 안타깝네요. 어디 지방 촌구석에서 살았나 봐요. 당신이 말하는 소문은 여기 파리에서…."

베르나르는 사색에 잠긴 듯 작게 휘파람만 불며 말 한마디 없이 글라디스와 함께 계속 걸었다.

글라디스는 생각했다. '마리테레즈의 아들이라니.'

그럼에도 글라디스의 마음에는 아무런 감정이 일지 않았다. 공포에서 비롯된 웅성거림만이 먹먹하게 내면을 가득 채울 뿐이었다.

글라디스는 절망에 잠긴 목소리로 다시 물었다. "돈이 필요한가요?"

베르나르가 간신히 입을 열었다. "네."

글라디스는 급히 가방을 열어 1천 프랑짜리 지폐를 한 장 꺼내 베르나르의 손에 쥐여주었다. 베르나르가 고개를 주억거리며 글라디스에게 질문을 던졌다. "할머니 애인 이름이 알도 몬티 맞죠?"

"그렇게 물어보면 내가 겁먹을 줄 알아요? 옛날에 내 딸에게 자식이 있었다는 사실과 내 애인이 무슨 상관인가요?"

"맞아요, 할머니. 할머니 말이 맞아요. 그런데 제가 그 유명한 카르멘과 이야기를 나눠봤으며 잔이 저를 끝까지 키웠다는 사실은 알고 계세요? 주인을 제대로 아는 사람은 오직 하인뿐이라던가요. 잔과 카르멘도 할머니에 대해 아주 작은 부분까지 알고 있더라고요. 할머니는 제가 사생아로 태어나서 버린 게 아니라, 사람들이 할머니의 진짜 나이를 알면 안 되니까 버린 거잖아요. 저는 할머니가 너무 싫어요."

"나 좀 그만 괴롭혀요."

"여전히 젊어 보이긴 하네요. 사람들이 할머니에 대해 뭐라고 하나요? 저 여자는 마흔 살이야? 아니면 마흔다섯? 마흔다섯 살은 받아들이셨어요? 스무 살 먹은 손자가 있다는 사실이 썩 나쁘진 않죠? 설마 제가 착각하고 있는 건가요? 뭐라고 말 좀 해보세요. 오, 이렇게 가까이에서 할머니를 보고 할머니의 목소리를 듣길 얼마나 원했는지 몰라요. 할머니는 제가 상상했던 모습과 닮았지만, 꼭 그렇지만도 않네요. 다들 할머니가 여전히 젊어 보이고 아름답다고 아무리 말해도 저는 할머니를 괴물이라고 생각했어요. 할머니는 괴물이에요."

베르나르는 잡아먹을 듯 글라디스를 향해 몸을 기울였다. 베르나르가 글라디스의 금발 머리와 화장한 얼굴을 쳐다보는 동안 글라디스는 그에게서 올리비에 보샹의 모습이

섞인 마리테레즈의 생김새를 찾아보려 했다. 하지만 모두 지난 일이었다. 마리테레즈와 올리비에는 죽었다. 이제 세상에는 단 하나의 현실, 바로 글라디스의 애인인 알도만이 존재할 뿐이었다. 매력적인 모습을 따라 그린 풍자화처럼 글라디스 앞의 허약하고 마른 베르나르에게도 마리테레즈와 올리비에를 닮은 구석이 있긴 했다. 베르나르의 얼굴은 창백했고 비에 젖어 무거워진 머리칼은 이마를 덮었다. 입술 주변은 제대로 면도되어 있지 않고 길쭉한 두 뺨은 거의 투명하다시피 야위었다. 오직 베르나르의 두 눈, 길고 검은 속눈썹 밑에서 밝게 이글거리는 눈만이 마리테레즈의 눈을 떠올리게 했다. 마르고 못생긴 얼굴에서 빛나서 그런지 베르나르의 두 눈은 훨씬 아름다워 보였다.

베르나르가 먼저 입을 열어 매서운 협박투로 말을 시작했다. "잘 들어요. 저는 이제부터 계속 전화를 걸 거예요. 밤새 제 전화에 귀 기울이지 않거나 제 전화를 무시하면 저는 어떤 방법을 동원해서든 대문을 흔들어대고, 당신이 문을 열어줄 수밖에 없도록 할 거예요. 소문이 나거나 당신 애인에게 편지가 도착하길 바라지 않는다면 나를 찾아오세요. 포세생자크 가 6번지에 있는 학생 여관이에요. 매일 오후 6시까지 기다리죠. 저를 찾아오세요."

"내가 진짜 갈 거라고 생각해요?" 글라디스가 애써 미소를 지으며 중얼거렸다.

"할머니가 똑똑한 여자라면요."

"알겠어요. 상황을 좀 볼게요. 이제 제발 가요. 날 좀 내버려둬요. 그쪽이 생각하는 것보다 나는 꽤 결백한 사람이에요." 글라디스는 두려움과 간청이 깃든 말투로 마지막 말을 내뱉고는 입을 다물었다.

베르나르는 대꾸하지 않았다. 그는 비에 젖은 머리카락을 흔들더니 우비 단추를 채우고 떠났다.

16

그날 밤 글라디스는 알도와 상수시 저택에 있었다.

두 사람은 열린 창 앞에서 함께 저녁을 먹었다. 가을빛을 받아 붉게 물든 불로뉴 숲은 어두운 안개가 내려 가려져 있었다. 날씨가 추워지기 시작했다. 알도가 창문을 닫으려 일어났지만 글라디스는 가을의 쌀쌀한 날씨를 제법 즐기는 모습이었다.

'나처럼 가벼운 옷차림의 여자라면 오늘과 같은 저녁에 추위를 느낄지도 몰라. 하지만 나는 달라.' 글라디스는 생각했다.

자신이 강하고 유연하며 젊었다는 사실을 스스로 증명할 수만 있다면 글라디스는 불을 건너고 바다 위를 걸을 수도 있었다.

파리는 축축했고, 갈색빛 하늘 아래 펼쳐진 경작 끝난 가을날 논밭처럼 연자줏빛을 띠었다. 숲속 나무들 사이로 자동차 불빛이 끊임없이 나타나 점점 커지며 다가오더니 숲을 뚫고 지나가 나뭇가지 사이에서 작은 금색 점으로 변했다.

알도는 추위에 몸을 부르르 떨었다. "정말요? 춥지 않아요?"

"전혀요. 아이참, 이렇게 추위를 타다니, 부끄럽지 않아요?" 글라디스는 이렇게 활짝 열어둔 창을 좋아했다. 창을 열어두면 파리의 하늘에서 떨어져 은은하게 퍼지는 빛과 방 한구석에 놓인 베일 씌운 램프만 켜놓아도 충분했기 때문이다. 글라디스는 너무 밝은 조명이 두려웠다. 알도는 긴장된 모습으로 담배를 피우고 있었고, 글라디스도 그의 긴장감을 같이 느꼈다. '알도가 평소처럼 단호한 말투로 말하지 않았으면 좋겠어. 오늘 밤도 그렇게 말한다면 나는 무너질지도 몰라.' 이런 생각이 들자 글라디스는 두려움에 눈물이 차올랐다.

글라디스는 눈을 감고 기억 속에서 베르나르 마르탱의 이목구비를 다시 그려보려 애썼다. "왜 그래요, 글라디스?" 갑작스럽게 글라디스가 몸을 떨자 알도가 물었다.

"아무것도 아니에요. 오, 정말 아무것도 아니에요." 글라디스가 눈물에 잠긴 목소리로 대답했다. "내 옆으로 와줘요, 알도. 아직도 나를 사랑하죠? 오, 대답해줘요. 부탁이에요. 남자들이 사랑 이야기를 좋아하지 않는 다는 거 잘 알아요." 글라디스가 애써 미소 지으며 말을 이었다. "사랑하는 몬티, 내 사랑. 내가 당신을 얼마나 사랑하는지 알면 좋을 텐데. 당신을 바라보면 입술부터 떨려요. 저는 열다섯 살 아이처럼 푹 빠져 있어요. 그런데 당신은 거의 부부 사이의 애정처럼 뜨뜻미지근한 사랑만 품고 있죠."

"글라디스, 나를 생기 없고 미적지근하게 사랑하는 사람은 바로 당신이에요. 오래전부터 내 청혼을 거절해왔잖아요. 내 아내가 되어줘요. 한평생 함께하고 싶어요. 같이 이탈리아로 돌아가서 내 이름으로 사는 모습을 보고 싶단 말이에요. 도대체 왜 거절하는 거예요?"

글라디스는 알도를 바라보며 고개를 저었다. 글라디스의 눈빛이 불안했다. "아뇨, 그러지 말아요. 그 얘기는 다시 꺼내지 말아달라고 부탁했잖아요. 있을 수 없는 일이에요."

알도는 입을 다물었다. 하지만 글라디스는 방금 뱉은 말이 무색하게도, 알도의 청혼을 승낙하고 그를 따를 각오가, 그에게 전부 털어놓고 홀로 두려움에 짓눌리지 않을 준비가 이렇게나 절실히 되었던 적이 있었던가 싶었다. 이 세상에서 그녀의 곁에 남아 있는 사람은 알도뿐이었다. 글라디스는 잠시 생각했다. '그렇지만 안 될 이유는 또 뭐야? 더 이상 청춘이 아니라면, 그 어떤 시간으로도 대체할 수 없는 진정한 젊음이 아니라면 마흔 살이나 쉰 살이나 무슨 차이가 있겠어. 예순이라는 나이가 슬프긴 해도 뭐가 다르겠냐고.'

글라디스는 예순 살이 넘어도 여전히 사랑받고 있다는 몇몇 여자들을 떠올려봤다. '그 여자들은 그렇게 말하지.' 그리고 슬프지만 냉철하게 생각을 이어갔다. '하지만 알고 보면 그 여자들 곁에 있는 건 돈을 받는 젊은 정부나 자기 추억을 사랑하는 늙은 애인들뿐이잖아. 리샤르가 살아 있다면 어땠을까. 그의 눈에 나는 결코 늙지 않았을 텐데. 반면 알도는 어떨까. 내 나이는 예순이고 스무 살짜리 손자가 있어요, 하고 그에게 털어놓는다면 어떻게 될까. 너무 수치스러워…. 알도가 나를 감탄의 눈길로 바라보고 자랑스러워했으면 좋겠어. 젊어지고 싶어. 지금까지 나는 젊었어. 아무도 내 나이를 의심하지 않았어. 하지만 지금은…. 이제 와서 그 아이에게 뭘 어떻게 해줘야 하지? 일은 벌어졌어. 돈 문제라면 어렵지 않은데, 과연 돈만으로 만족할까? 틀림없이 날 증오하고 있을 텐데.'

글라디스가 양손으로 얼굴을 감싸자 알도가 놀라서 물었다. "내 사랑 글라디스, 오늘 왜 그래요?"

"모르겠어요." 글라디스가 절망하며 중얼거렸다. "슬퍼요. 죽어버리고 싶어요. 나를 무릎에 앉히고 달래주세요."

알도는 글라디스를 자신 쪽으로 끌어당겼다. 글라디스는 알도의 가슴에 기대 몸을 웅크려 품에 안겼다. 그 상태로 작고 유순해진 기분을 달콤하게 만끽했다. 알도는 '아가야, 내 아가, 귀여운 내 아가'라고 부르며 글라디스의 머리를 쓰다듬었다. 세월이 지워진 듯했다. 글라디스의 심장이 감미로움과 슬픔으로 녹아내렸다.

'알도가 내 진짜 나이를 알게 되면 이런 말들이 입에서 어떻게 나오려나? 스무 살 먹은 남자가 알도 앞에서 나를 '할머니'라고 부르면? 하지만 나는 젊어, 젊다고. 이건 악몽이야.'

글라디스는 알도의 목에 팔을 두른 채 눈을 감고 그의 뺨에서 나는 은은한 냄새를 깊이 들이마셨다. "무겁잖아요, 알도. 내려줘요."

"새처럼 가벼운걸요."

"알도, 나를 계속 사랑해줄 거예요?"

"자기, 평소에는 미래를 이야기하는 거 좋아하지 않았잖아요."

"맞아요. 무서우니까요. 내 말을 들어보세요. 눈 감고 솔직하게 대답해줘요. 굉장히 심각한 이야기거든요. 만일 내가 나이가 들어도 사랑할 건가요?"

"우리는 같이 나이 들고 있어요. 우리 나이가 비슷하다는 걸 잊었어요?"

"아니요." 글라디스가 고개를 저으며 말했다. "내가 나이 드는 걸 얼마나 무서워하는지 당신이 알아야 할 텐데."

"사랑하는 글라디스, 당신은 젊고 아름다워요."

"아니요. 그렇지 않아요. 거짓말이에요. 나는 늙었어요." 글라디스는 들릴 듯 말 듯한 목소리로 말했다.

"지금 보니 당신은 영락없는 철부지 아이일 뿐이네요."

"여자는 몇 살까지 매력적일까요?" 느닷없이 글라디스가 물었다.

"무슨 말이에요, 자기. 아름답고 여성스러운 한 오래도록 매력적이겠죠. 쉰 살이나 쉰 다섯 살까지도요. 아직 먼 이야기예요 글라디스. 인생은 길어요."

"그래요. 인생은 길죠." 알도의 마지막 말이 글라디스의 입에서 메아리처럼 울렸다.

"당신이 내 청혼을 받아들였다면 지금쯤 우리는 부부로 함께한 지 오래일 거예요. 둘 다 머리도 하얗게 셌을 테고요. 같이 늙어가는 게 그렇게 끔찍해요?"

"그럼 사랑도 식겠네요?"

"전혀요. 단지 사랑의 모양이 달라지는 것뿐. 아이처럼 말하네요 글라디스."

"제가 진짜 어렸을 때 말이에요." 글라디스가 말했다. "늙는다는 생각이 들면 목숨을 끊겠다고 다짐했었죠. 그랬어야 했는데."

알도가 다정한 농담을 던져도 글라디스는 귀를 기울이지 않았다. 눈을 감고 알도의 팔에 얼굴을 바짝 붙이고 있다가 울음을 터뜨렸다. "오, 알도. 저는 너무 불행해요."

"대체 왜 그래요, 내 사랑 글라디스. 이유를 말해줘요. 내가 도와줄 수도 있잖아요. 아, 나를 신뢰하지 않는군요. 나는 당신에게 친구조차 아니었어요."

글라디스는 두 팔로 알도를 감싸안았다. 연약한 외모의 여자라고는 믿을 수 없이 세게 꽉 끌어안았다. "아뇨. 아니에요. 친구라뇨. 당신은 내 애인이에요. 내가 세상에서 사랑하는 전부라고요. 내가 한 말은 신경 쓰지 마요. 항상 어이없는 불평불만을 늘어놓잖아요. 드레스를 망쳤다거나 팔찌를 잃어버렸다거나 하는 이야기들처럼."

"아쉬울 것 없이 자랐군요. 이 땅에서 살기엔 사랑을 너무 많이 받았어요."

"날 놀린다는 거 알아요. 하지만 나도 내 몫의 불행을 겪어봤답니다." 글라디스가 속삭였다.

"무슨 불행인지 말해준 적은 단 한 번도 없죠."

"어쩜, 말해줘도 무슨 소용이 있어요? 오늘 밤 당신이 집에 못 가게 붙잡아둬야겠어요."

알도는 웃으며 어깨를 으쓱였다. "당신이 원하는 대로 할게요."

알도가 잠들고 나서야 글라디스는 그의 곁에 누웠지만, 잠은 오지 않았다. 결국 조용히 다시 일어나 옆방으로 향했다. 이제야 추위에 몸이 떨렸다. 글라디스는 소리 없이 벽을 따라 걸음을 옮겼다. ‘세상에, 아무도 없어. 아무도.’ 눈물이 볼을 타고 흘렀다. 글라디스는 손가락을 깨물며 낮은 목소리로 처절하게 리샤르를 불렀다. “리샤르. 오, 리샤르. 나를 왜 떠났나요?”

하지만 리샤르는 죽어서 이미 오래전에 땅속으로 사라졌다. 마크도 떠올렸지만 그 역시 세상을 떠났고, 조지 캐닝도 이 세상 사람이 아니었다. 단 한 명, 클로드만이 남았다. 그리고 그 아이. 글라디스와 클로드의 손자인 그 낯선 아이가 있었다.

글라디스는 종이 한 장을 집어 들고 옆방에서 자고 있는 알도의 숨소리에 귀를 기울이며 편지를 써내려갔다.

‘저를 도우러 와주세요. 형부에게 도움을 부탁한다고 놀라지 마세요. 아마 저를 잊으셨을 거예요. 하지만 이제 제 곁에는 아무도 없어요. 제 곁에 있던 사람들은 모두 세상을 떠났어요. 저는 혼자예요. 종종 숨이 붙어 있는 채로 저 아래 우물 바닥으로, 끝없는 고독의 심연으로 가라앉는 기분이 들어요. 제가 어떤 여자였는지 여전히 기억하는 사람은 형부밖에 없어요. 죽을 만큼 부끄럽지만 형부에게, 오직 형부에게 도움을 청하고자 용기를 내봐요. 저를 아껴준 형부에게요.’

하지만 글라디스의 생각은 이내 절망으로 빠져들었다. ‘클로드는 나를 잊었어. 지긋하게 나이를 먹고 속박에서 벗어나 외딴곳에서 자유롭게 살고 있잖아. 나는 여전히 지옥에서 불타고 있는데 클로드는 모든 것에서 벗어나 평온히 살고 있어. 분명 나이 들고 늙었을 거야. 클로드가 어떻게 이해할 수 있겠어? 아, 나는 늙어야 비로소 누릴 수 있는 안정과 평화를 거부하며 마지막 날까지 지옥에서 불타길 원했는데. 하지만 바로잡아야겠지. 그 아이에게 용서를 구하고 그 아이를 위해 모든 것을 할 거야. 엄마가 자신이 낳은 아이를 위해 할 수 있는 전부를, 마리테레즈가 했을 모든 일을 하겠어. 그러면 베르나르는 입도 뻥긋하지 않을 테고, 알도도 아무것도 모를 거야.'

아침이 밝았다. 글라디스는 편지를 책상 서랍에 넣어두었으나 결코 부칠 수 없었다.

17

　이튿날이 되었고 15분마다 전화가 울렸다. 베르나르는 아무것도 묻지 않았다. 하녀의 목소리가 들리면 대답 대신 전화를 끊기만 했다. 마침내 글라디스가 방으로 전화기를 가져오게 해서 떨리는 목소리로 전화를 받았다. "베르나르, 나예요."

　"여보세요?" 글라디스에게 익숙한 목소리가 들렸다. "할머니예요?"

　"어제 1천 프랑을 줬잖아요. 며칠 동안은 나를 좀 조용히 내버려둘 수 없어요?"

　"그걸로 모두 청산했다고 생각하신 거예요?" 전화기 너머에서 베르나르가 말했다.

"원하는 걸 정확하게 말해요."

"전화로요?"

"아, 아뇨." 글라디스가 나직이 말했다. 옆방에서 인기척이 들렸다. "다시 전화할게요."

"그러지 말고 우리 집으로 와요."

"안 돼요."

"그럼 좋을 대로 하세요. 그런데 할머니의 약혼자이자 제 미래의 할아버지가 몬티 백작 맞죠?"

"이봐요." 글라디스가 불안한 목소리로 말했다. "지금 위험한 짓 하고 있는 거예요. 이건 협박이라고요."

"아주 특별한 협박이라는 걸 잘 아실 텐데요."

말은 그렇게 했지만 다음 날 글라디스는 베르나르를 만나러 갔다. 베르나르는 한 칸짜리 협소한 방에서 살고 있었다. 방은 어둡고 답답했으며 천장은 낮고 더러웠다. 대리석 세면대를 가로질러 깊은 균열이 나 있었다. 침대보는 누렇고 낡았으며 창문에는 조잡한 기퓌르 레이스가 축 늘어져 있었다.

"방이 정말 초라하네." 글라디스가 중얼거렸다. "원하면 언제든지 여길 떠나도 돼요, 베르나르."

베르나르가 빙긋 웃으며 글라디스를 쳐다봤다. "아니요, 제게 필요한 건 방이 아니에요. 이해를 못 하시네요. 못 하신 게 틀림없어요."

　테이블 위에는 책이 펼쳐져 있고 바닥에도 책이 깔려 있었다. 침대 위에는 오렌지가 가득 담긴 접시가 보였다.

　"베르나르." 글라디스가 말했다. "나에게 원하는 게 뭐예요? 나는 가능한 범위 내에서 지나간 과거를 바로잡을 수 있어요. 그래도…."

　글라디스는 베르나르가 자신의 말을 멈추길 기다리다가 이내 입을 다물었다. 하지만 베르나르는 글라디스를 뚫어지게 보기만 했다. "말씀하세요, 부인. 듣고 있어요. 앉으실래요?"

　글라디스는 베르나르의 말을 따라 무의식적으로 자리에 앉았다. 덜덜 떨리는 손이 눈에 띄어서 모피 목도리 아래에 손을 감췄다. "왜 사서 추잡한 소문을 만들려고 그래요?"

　"부인, 저를 전혀 이해 못 하시네요. 있지도 않은 제 몫의 권리를 증명하고 싶어한다고 꿋꿋이 믿으려 하시네요. 저도 알아요. 저는 사생아니까요. 그런데 문제는 그게 아니에요. 적어도 제 권리에 대해서는 아직 생각해보지 않았어요. 이상하게 들리겠지만, 그런 욕구가 느껴졌어요. 당신의 인생에서 내 존재를 드러내 흠잡을 데 없이 평온한 일상을 뒤흔들고 싶은 작은 욕구가…. 거울 좀 보세요. 아, 지금 당신은 어제와 또 달라요. 바로 어제, 길에서 당신을 따라오는 낯선 남자를 아주 우아하게 맞이했던 그때 말이에요. 사랑하는 할머니, 지금은 원래 나이로 보이네요. 에이, 화내지 마세요. 저를 부정하지도 마시고요. 어쨌든 저는 할머니의 살과 피를 물려받았잖아요. 할머니가 애지중지하던 딸이 남긴 유일한 추억이기도 하고요. 그 딸을 위해 니스 공동묘지에 멋들어진 하얀 대리석 묘비를 세우신 걸 보니 딸을 정말 아끼셨나 봐요. 묘지에도 가봤고 카르멘 곤살레스 씨도 만났어요. 굉장했죠. 어머니가 저를 낳을 때 그 여자를 보느니 차라리 죽는 편을 택한 까닭을 이해할 수 있었다니까요."

"누가 키워줬어요?" 글라디스가 물었다. "잔?"

"아니요. 잔은 당신 집을 떠나 다른 곳에 일자리를 구했어요. 우리 둘의 생계를 책임져야 했으니까요. 그러면서 저를 베르트 수프로스라는 사촌 집에 맡겼어요. 베르트는 옛날에 요리사로 일했고 막시알 마르탱이라는 은퇴한 호텔 지배인과 살고 있었어요. 그 남편은 좀 멍청했지만 솔직한 사람이었어요. 저를 호적상의 아들로 받아주는 데에 동의했고, 저는 화려하진 않아도 최소한 체면은 차릴 수 있는 신분을 가졌어요. 그런데 제가 아주 어렸을 때 죽고 말았죠. 그렇게 저는 잔의 사촌인 베르트의 손에서 자랐어요. '베르트 엄마'라고 부르면서."

글라디스는 손으로 얼굴을 가렸다. "그 두 여자에게 들은 거예요?"

베르나르는 대답 없이 어깨를 으쓱했다. 잔과 베르트는

베르나르가 태어나던 그 밤의 일을 가장 작은 부분까지 생생하게 이야기했다. 두 여자는 그날 밤 이야기 외에 다른 대화를 나누는 일이 드물었고, 머릿속으로 다른 일을 떠올리지도 않았다. 자신들보다 훨씬 더 부유하고 강력한 사람들이 벌인 이야기의 보잘것없는 목격자들에게 흔히 일어나는 일이라는 듯. 처음에 두 여자는 어린 베르나르를 피해 몰래 이야기를 나눴다. 하지만 베르나르는 자신의 지능을 전부 동원하여 잔과 베르트가 나눈 대화의 파편들과 그녀들이 내쉰 한숨, 자신을 피하는 시선들을 그러모아 진실을 재구성하기에 이르렀다. 그의 열정 넘치는 지능은 탐욕스럽고 끈질긴 구석이 있었다. 그가 태어나던 날 밤의 기억들과 마리테레즈의 죽음, 글라디스의 태도와 성격까지, 이 모든 단서가 한데 모여 베르나르에게 예술 작품처럼 기묘한 마력을 조금씩 발휘하기 시작했다. 저녁이 되면 두 여자는 평소 베르트와 함께 자는 큰 침대에 어린 베르나르를 눕혀놓고 주방의 불 켜진 벽난로 앞 식탁에 자리를 잡고 앉았다. 무릎에 뜨개질 거리를 놓아두고 지친 기색도 없이 똑같은 이야기를 다시 꺼냈다.

살짝 열린 문틈 사이로 베르트의 굽은 등이 어린 베르나르의 눈에 들어왔다. 베르트의 어깨에는 끝자락이 뾰족한 검은 숄이, 머리에는 둥근 테두리 장식이 달린 작은 모자가 얹혀 있었다. 베르트가 늘 쓰고 다니는 모자였다. 하얗게 센 머리에 꽂아둔 긴 쇠바늘이 모자 아래에 삐죽 나와 있었다. 잔은 베르나르의 셔츠와 작은 벨벳 반바지를 수선하고 있었다. 베르나르는 반쯤 잠든 상태였지만 꿈속에서도 잔의 이야기를 듣고 또 들었다. 몇몇 문장은 토씨 하나 틀리지 않고 되풀이되어서 베르나르가 줄줄 욀 정도였다. "얼마나 비참한지, 금은보화로 가득한 그 집에 조그마한 아기 몸에 입힐 겉옷 한 장 없었다니까. 아이 할머니는 불쌍하게 죽은 아가씨 무덤을 지으라고 자그마치 10만 프랑을 냈어. 전쟁 전 돈으로 10만 프랑을. 자신의 살과 피를 물려받아 태어난 아이는 할머니가 생각지도 못하는 사이에 죽을 수도 있었는데…."

베르나르는 눈을 비벼 잠을 쫓고 정신을 차려 두 여자의 말을 하나도 놓치지 않고 귀에 담았다. 그렇게 자신의 마음속에서 어렴풋하지만 복잡한 증오를 키워갔다. 이 증오심으로 베르나르의 삶은 씁쓸하면서도 감미로운 맛을 띠게 되었다.

이제 베르나르는 냉철한 호기심을 굳이 숨기지 않고 글라디스를 가만히 들여다봤다. 글라디스는 베르나르 앞에서 몸을 떨며 가만히 있었다.

"내가 어떻게 해주면 좋겠어요?" 글라디스가 재차 물었다.

"다음에 이야기하죠." 베르나르가 웃으며 중얼거렸다. "오늘은 아무것도 부탁하고 싶지 않아요. 그저 얼굴 보고 이야기하고 싶었을 뿐.”

“다시 오는 일은 없을 거예요.”

“오, 의심할 여지 없이 다시 오게 될걸요. 제가 신호를 보내자마자 곧바로 다시 오게 될 거예요.”

“아니요.”

“아니라고요?” 베르나르가 비웃으며 글라디스의 대답을 따라 했다. “그때가 오면 떠나면 그만이라고 생각하죠? ‘나는 돈이 많아. 원하면 내일이라도 아주 먼 곳으로 떠날 수 있어. 이 불쌍한 남자애는 나를 따라오지 못 할 거야’라고 생각하면서요. 하지만 편지 한 통이 곧장 몬티 백작에게 도착하겠죠.”

글라디스는 아무 대답도 하지 않았다. 베르나르에게서 마리테레즈의 얼굴선을 찾아보려 했으나 도무지 닮은 구석을 알아볼 수 없었다. 베르나르의 목소리는 부드럽고 여성스러웠지만 미소는 딱딱했다. 글라디스가 한숨을 내쉬었다. ‘몇 년 혹은 몇 달 안에 나는 노년에 접어들 거야.’ 글라디스는 생각했다. ‘진짜 늙은이가 되는 거지. 가만히 앉아 포기만 해야 하는 진짜 늙은이. 자연에는 기적이란 없고 내 몸에서 나온 유일한 존재는 세상을 떠났으니까 언젠가 사랑에도 흥미를 잃는 날이 오고 말 거야. 그런데 왜 저 애는 아직 살아 있는 거지? 내게 편히 쉴 가정과 집 하나는 있겠지. 아무리 내가 죄인이라 해도….’

실제로 어느 누가 자신의 영혼 앞에서 단호히 단죄받은 적이 있었던가?

‘나는 젊었고 눈부실 정도로 아름다웠어. 살면서 전부 누려봤고 남자들을 만나 사교계를 드나들며 원하는 만큼 한껏 사랑받았지.’

글라디스는 이렇게 말하고 싶었으나 베르나르의 얼굴과 눈빛을 마주하자 아무 말도 나오지 않았다. 날카로운 그 얼굴은 창백했고 미남과는 거리가 멀었다. 맑고 좁다란 눈의 깊숙한 곳에서 총명함이 불처럼 활활 타올랐다. 글라디스는 다시 한번 베르나르의 초라한 방을 둘러봤다. 유리창은 지저분하고 카펫은 해져서 올이 드러났다. 그때 탁자에 놓인 여자의 초상화가 눈에 들어왔다.

“누구예요? 애인이에요?”

베르나르는 대답하지 않았다.

“당신의 협박 때문에 여기 온 건 아니에요. 베르나르, 들은 이야기를 믿지 마요. 이해하지 못할 거예요. 만약 당신이 여자였다면 알지도 몰라요. 우리 여자들은 자신의 존재 일부를 가장 완벽한 망각 속에서 보낼 수 있다는 사실을. 흐르는 시간도 신경 쓰지 않고 남자를 사랑하는 마음 하나만 품은 채 나머지는 잊을 수 있다는 사실도. 싸우려고 온 게 아니에요. 내가 어떻게 그럴 수 있겠어요?”

베르나르가 글라디스의 말을 끊었다. “떠날 생각, 해본 적 있죠?”

“있어요. 하지만 내가 떠나면 알도에게 편지가 가게 되리라는 것도 잘 알고 있어요. 변명하지 않을게요. 부인하지도 않고요. 당신에게 도움을 줄 수 있기만을 바라요. 나는 돈이 많아요. 남들이 부러워할 만한 삶을 보장해줄 수 있어요.”

“저와는 멀리 떨어져서 말이죠?”

글라디스는 불안한 눈빛으로 베르나르를 쳐다봤다. “무슨 말이 하고 싶어요?”

“저에게 돈을 주겠다고요? 그런데 제가 돈 말고 다른 것을 원한다면요?”

“각오하고 있어요.” 글라디스가 나직이 말했다. “엄마처럼 당신을 사랑할 각오가 되어 있어요.”

베르나르가 메마른 웃음을 작게 터뜨렸다. “누가 사랑해달래요? 어느 누가 당신을 계속 원하겠어요? 젊은 애인들? 기둥서방일 그 몬티 백작?”

“알도는 정직한 사람이에요.” 글라디스가 침착하게 말했다.

“그럼 그 사람이 당신과 같이 살아요? 육십 먹은 여자하고? 당신을 두고 바람이라도 피우나 보죠?”

“그럴 수도 있죠.” 글라디스가 중얼거렸다. 그러자 돌연 거센 고통이 몰려와 심장을 옥죄었다.

“뭐 어쨌든 저와는 상관없어요. 다시 제 이야기를 해보죠. 돈이나 뒤늦은 사랑 말고 아무것도 줄 게 없나 봐요? 하지만 만약 제가 야망을 품었다면요? 당신 때문에 갖게 된 호적으로는 만족하지 못한다면 어쩔 건가요? 사생아로 태어나 옛 호텔 지배인이었던 막시알 마르탱이 나중에야 입적시켜준 그 호적 말이에요."

"그걸 고치기엔 너무 늦었어요."

"그렇게 생각해요? 그건 다시 생각해볼 문제죠."

베르나르는 희열을 느끼며 생각했다. '떨고 있네, 저 늙은이. 하지만 누가 알겠어?'

그 순간 그의 가슴을 뛰게 하는 사악하고 감미로운 기쁨은 찬란한 미래를 향한 희망이나 복수의 즐거움이 아니었다. 바로 글라디스의 머리 꼭대기에서 자신에게 유리한 쪽으로 무리 없이 내기를 이끌고 있다는 만족감에서 비롯된 기쁨이었다.

"지난 20년 동안 단 한 번도 제 생각을 한 적 없죠?"

"그래요."

"저는 굶어 죽었을 지도 몰라요."

"잔에게 나를 찾아오라고 했어요."

"그러고 나서 떠났잖아요. 프랑스를 떠났죠?"

"맞아요." 글라디스가 말했다. "몇 달 후에 다시 돌아올 생각이었어요. 정말로요."

"그리고 저를 잊었고요."

“네.”

“개 한 마리 잊어버리듯.”

“오, 제발.” 글라디스는 자신의 두 손을 맞잡으며 말했다. “이제 과거 이야기는 그만해요. 어떻게 나를 그런 눈으로 볼 수 있어요? 그렇게 증오심 어린 눈으로….”

“저를 알도 몬티에게 소개해줄 수 있어요?”

“미쳤어요? 내가 왜요?”

“왜 안 된다는 거예요?”

“그렇게 할 수 없어요.” 글라디스가 중얼거렸다.

“내가 창피한가요?”

“내가 벌인 일이 창피해서 그래요.” 글라디스는 베르나르를 진정시킬 수 있는 거짓말을 본능적으로 찾으며 말했다.

하지만 베르나르는 웃으며 고개를 가로저었다. “그뿐이에요? 그럼 제가 죄를 사해드리죠. 당신의 딸이 벌인 잘못을 몰래 묻고 싶은 마음을 이해 못 할 사람이 어디 있겠어요.”

“바로 그것 때문이에요. 나는 그럴 수 없어요. 너무 고통스러워요, 베르나르.”

베르나르의 웃음소리 때문에 글라디스는 하던 말을 멈췄다. 냉소적인 웃음 뒤로 부드러운 목소리가 들렸다. “연기하지 마세요. 내가 잔을 알고, 하녀에게는 어떤 비밀도 숨길 수 없다는 사실을 깜빡하셨네요. 당신은 나이를 밝히는 게 무서울 뿐이잖아요.”

분을 바른 글라디스의 뺨으로 피가 끓어올랐다. 그럼에도 "나는 세상 그 무엇보다 내 애인을 사랑해요"라고 대답할 뿐이었다.

"당신 애인? 당신 나이에? 그런 말을 하다니 부끄러운 줄 알아야죠!"

"난 알도를 사랑해요. 그 사람을 곁에 두는 건 선심이나 호의 때문이 아니에요. 당신은 어려서 아직 몰라요. 알도 곁에 있는 이유는 내가 여전히 아름답고 젊어 보여서 그의 허영심을 채워줄 수 있는 여자이기 때문이에요. 알도가 내 나이와 특히 내가 거짓말했다는 사실을 알게 되면 날 떠나버릴 거예요. 내 마음을 가득 채운 수치심과 늙는다는 사실이 내게 얼마나 큰 불행과 상실을 의미하는지 안다면 말이죠. 그럼에도 알도가 곁에 남는다면 그 또한 최악일 거예요. 그가 원하는 것이 내 돈이라고 믿게 될 테니까요. 이런 생각을 견딜 수 없어서 죽어버릴지도 몰라요. 나는 사랑받는 사람이고 싶어요."

"그럼 어떻게 하실 생각이에요?"

"어떻게 해야 본인에게 이로울지 당신 스스로 알 거예요. 당신은 추문으로 아무것도 얻지 못해요. 법적으로 나는 아무것도 당신에게 빚지지 않았어요. 법에 따르면 당신에게는 이미 아버지가 있어요." 글라디스가 어깨를 으쓱하더니 말을 이었다. 의욕이 전부 빠져나간 몸짓이었다. "게다가 나는 법에 대해 아는 것도 없어요. 돈을 줄게요. 내가 갖고 있는 것 중 자유롭게 쓸 수 있는 유일한 게 돈이에요. 나중에, 몇 년 후나 어쩌면 몇 달 후에 알도가 날 떠날지도 몰라요. 그리고 나는 하루하루 더 늙어가겠죠. 늘 이런 식이에요." 글라디스가 작게 중얼거렸다. "하지만 이번에는 다를 거예요. 내게 남은 이 순간을 쓸데없는 후회나 의무심 같은 감정으로 포기하지 않을 거예요."

베르나르는 대꾸하지 않았다. 자리에서 일어나 글라디스에게로 다가갔다. 글라디스를 빤히 쳐다보는 눈빛에 탐욕스러운 호기심이 스쳤다. 끝내 베르나르가 입을 열어 나직이 말했다. "이제 가도 좋아요."

글라디스는 자리를 떠났다.

18

글라디스는 베르나르의 집에서 나와 대로를 가로질렀다. 이른 아침 햇살이 가을의 붉은 안개를 뚫고 반짝거렸다. 학교가 밀집한 동네였다. 집집마다 거리마다 젊음이 자리 잡고 있었다. 뿌연 안개에 싸여 모습을 드러내는 얼굴은 하나같이 초라하고 창백했다. 밥도 제대로 먹지 못한 얼굴이었지만 젊었다. 정말 젊었다. 글라디스는 이토록 젊은 얼굴을 증오 어린 눈길로 노려보았다. 베르나르의 말이 마음에 남아 계속 귓가를 맴돌았다. '당신을 두고 바람이라도 피우나 보죠?'

베르나르는 얼마나 순진하리만치 진솔한 말투로 이 질문을 던졌던가. 그 남자는 당신을 두고 바람이라도 피우나 보죠? 아무도 당신을 사랑할 수 없어요. 당신이라는 늙은 여자를 어떻게 사랑하겠어요! 글라디스는 자기 자신과 스스로의 힘을 굳게 믿었기에 질투해본 적이 없었다. 하지만 지금, 살면서 처음으로 두려움과 절망, 끔찍한 희망에 사로잡혔다.

'알도가 나를 사랑할까? 아니, 나를 사랑하긴 했나? 왜 나를 안 떠나지? 그가 원하는 게 결혼인가? 아니면 돈? 알도는 나만 바라보는 남자일까? 왜 어제 오지 않았지? 어디에 있었을까? 누구와 있었을까? 도대체 왜?'

알도가 글라디스를 품에 안거나 글라디스의 부드러운 손길에 몸을 맡길 때 눈을 감는 이유가 그 순간의 쾌락을 더 충만하게 음미하기 위해서였을까, 아니면 글라디스의 얼굴을 보지 않기 위해서였을까? 그때 글라디스의 얼굴은 진정 젊은 듯한 환상을 주긴 했을까?

글라디스는 길 한가운데에서 걸음을 멈추더니 가방에서 거울을 꺼내 불안한 눈빛으로 자신의 얼굴을 찬찬히 들여다봤다. 문득, 5년 전이었다면, 5년 전만 하더라도 이렇게 길에서 거울을 들여다보고 있노라면 한 남자가 웃으며 '그렇고 말고요. 예쁘세요'라고 속삭였으리라는 생각이 들었다.

이제 아무도 글라디스에게 눈길을 주지 않았다. 젊은 남자들은 팔짱을 낀 채 곁을 스쳐 갔다. 글라디스는 여자아이

무리를 마주쳤는데, 초라한 옷차림에 베레모를 머리에 삐딱하게 쓰고 손에는 책이 가득 든 책가방을 들었다. 그중 뚱뚱하고 못생긴 한 아이가 친구들을 향해 외치는 소리가 들렸다. "쟤들 라크지탈리앵*에 갔어!"

여자아이는 이 소식이 얼마나 하찮고 경악스러운 일인지를 보다 제대로 전달하려고 '지탈리앵'의 첫 음절을 과장되게 발음했다. 마치 '어떻게 거기로 갈 생각을 해? 있는 척하려고 간 거겠지' 하고 생각한다는 듯 말이다.

그럼에도 여자아이의 목소리는 시샘 어림 슬픔으로 갈라졌다. 자신처럼 이룰 수 없는 꿈을 맛보고 있는 저 초라하고 뚱뚱한 여자아이를 글라디스는 친근한 시선으로 바라봤다.

글라디스는 집으로 돌아왔다. 심장이 쉼 없이 쿵쾅거렸다. 가슴 아래에서 은은하지만 고통스러운 박동이 느껴졌다. 밤이 내리고 잠이 오길 기다렸지만 허사였다. 글라디스는 열정적으로 자신의 몸을 쓰다듬었다. '누가 뭐래도 나는 아름다워. 정말 아름답다고. 이보다 더 아름다운 몸이 어디에 있겠어? 내 나이가 예순이라니, 말도 안 돼. 있을 수 없는 일이야. 그건 끔찍한 실수야. 왜 베르나르를 만나러 갔을까? 내가 신경 쓰지 않았어도 20년이나 잘 살아왔잖아. 먼 곳으로 떠나야 했어. 하지만 알도에게 편지가 가면 어쩌지?

---

* 이탈리아 북부에 있는 호수 지대. 상류층의 휴양지로 유명하다.

알도…. 알도는 나를 사랑할까? 지금 어디에 있으려나? 다른 여자를 사랑하고 있는 거 아닐까? 내가 알도에 대해 무엇을 알고 있지? 사람들은 사랑하는 남자에 대해 무엇을 알고 있을까? 혹시 알도가 나를 조롱하는 거 아니야? 아마 그럴지도 몰라.'

글라디스는 여러 여자 친구 중 한 명인 자닌 페르시에를 떠올렸다. 자닌은 알도 주위를 끊임없이 맴도는 여자였다.

'만약 알도가 알게 되면 어떡하지? 진실이 밝혀지면 알도는 자닌과 함께 나를 비웃을 거야. 내가 자신을 우스꽝스럽게 만들었다는 사실을 절대 용서하지 않겠지. '불쌍한 글라디스. 알도 당신은 짐작조차 못 했겠지만, 여자의 눈은 속일 수 없는 법이에요. 글라디스의 나이가 사람들이 생각하는 것보다 더 많을 거라고 저는 늘 생각했어요. 그래도 이 정도로 많을 줄은… 아, 정말이지 너무 우스워요!'라고 자닌은 말할 거야.'

우습다고? 글라디스가? 가증스러운 범죄자일지는 몰라도 우스운 존재는 아니라고 글라디스는 생각했다. 괴물이나 끔찍한 물건일 수는 있어도 할머니나 늙은 여자, 사랑에 빠진 마녀는 아니라고.

글라디스는 분노에 펄쩍 뛰며 생각했다. '내 모습만으로도 충분히 계속 사랑받을 수 있다는 것을 베르나르에게 보여주고 말겠어. 그 어린 것이 저급한 모욕 따위로 나에게 복수하려 했었지. 나는 아름다워. 누가 내 나이를 눈치채겠어? 그리고 행여 내 나이를 안다 하더라도…' 그러다가 글라디스는 이렇게 생각하기에 이르렀다. '세상에는 오십이 넘은 여자들도 있잖아? 그래, 그 여자들은 아무도 자신들의 나이를 모르는 줄 알지만 사실 다들 비웃고 있잖아. 가엾고 불쌍한 여자들 같으니라고. 그런 식으로 비웃음당하는 걸 알면 어떨까. 아! 지금 이 순간 알도가 있다면 모든 게 잊힐 텐데. 사람은 뭔가를 좋아하는 척 연기할 수 없거든. 알도가 여기 있어주기만 한다면….' 글라디스는 침대에 누워 있다가 몸을 일으키며 골똘히 생각했다. 미용수에 적신 양모천을 얹어둔 탓에 얼굴이 움직이지 않았다. 글라디스는 격하게 양모천을 벗겨냈다. 이렇게 나약한 모습으로 전락하다니. 꾸준히 관리하고 비밀이 들킬까 전전긍긍하며 인위적인 방법으로만 유지할 수 있는 허깨비 같은 젊음이라니. 각종 화장품을 바르고 진하게 화장하고 머리카락을 염색해서 젊어 보이려 노력해야 했다. 여름에도 수영복 안에 코르셋을 받쳐 입어야 했다. '그윽하지만 자신감 넘치는 진정한 아름다움을 가져본 적 없는 여자들이라면 이 모든 일을 견딜 수 있겠지만, 나는 그 여자들과는 다르단 말이야.' 이렇게 생각하자 글라디스는 씁쓸해졌다. 알도가 미치도록 보고 싶었고 너무나 절실히 두려움을 떨치고 싶었다.

"알도 집으로 가야겠어. 나를 미쳤다고 생각하겠지. 내게 질려버릴지도 몰라.” 절망에 사로잡혀 글라디스가 혼잣말로 중얼거렸다. “하지만 이런 상태로 오늘 밤에 혼자 있을 수는 없어. 너무 힘들어. 내가 죽을 위기에 처한다면 알도를 찾아가겠지. 이런 식으로 아침까지 고통받아야 한다면 차라리 죽어버리겠어.”

글라디스는 불을 켜고 거울 앞으로 다가갔다. 낯익은 모습 대신 패색 짙은 늙은 여자의 얼굴이 떠오르지는 않을까, 두려운 낯빛으로 거울에 비친 자신에게서 한동안 눈을 떼지 못했다.

그러고는 급히 옷을 입고 밖으로 나갔다. 알도가 사는 집은 작은 건물의 1층이었는데, 글라디스의 집에서 멀지 않은 곳의 인적 드문 길가에 있었다. 글라디스는 걸어서 알도의 집까지 갔다. 걸음을 재촉해 밤길을 걷는 동안 요동치는 심장이 진정되기를 바랐다. 덧창 틈으로 보이는 집 내부는 완전히 컴컴했다. ‘자고 있네.’ 더 가까이 다가가 조심스럽게 창문을 두드렸으나 아무 대답도 돌아오지 않았다.

“정말 잘 자네.”

글라디스는 나직이 알도를 불러봤다. 이렇게 불쑥 찾아온 적이 여러 번 있었지만, 그때마다 알도는 글라디스를 기다리고 있었다. 하지만 아무 소리도 들리지 않았다. 귀를 가만히 기울이는데, 갑자기 닫힌 덧창 뒤에서 알도의 침대 머리맡에 놓인 전화기 소리가 희미하게 들렸다. 하지만 알도는 전화를 받지 않았다. 알도는 어디에 있지? 그리고 전화를 건 사람은 누구지? 글라디스가 아니면 누가 새벽 5시에 알도에게 전화를 걸 수 있단 말이지? 대체 알도는 어디에 있을까? 글라디스는 분을 주체하지 못하고 철로 된 덧창을 마구 흔들다가 덜컥 겁을 먹고는 손을 멈췄다. 집 관리인이나 이웃이 모습을 드러낼까 봐 두려웠다. 글라디스는 길 모퉁이까지 되돌아가 벤치에 앉았다. 벤치는 이른 아침에 흩뿌려져 얼어붙은 안개로 덮여 있었다. 나뭇가지 사이로 안개가 내렸다. 가끔씩 물방울이 떨어져 맨살이 드러난 글라디스의 목을 타고 천천히 흘렀다. 가로등 불이 깜빡이더니 이내 꺼졌다. 아침이 밝았다. 동쪽 하늘에서 희뿌연 빛이 떠올랐다. 한 행인이 술에 잔뜩 취한 남자를 지나쳐 걸어갔다. 술 취한 남자는 길 위를 서성거리며 행인에게 짧은 욕설을 내뱉고는 사라졌다. 이 조용하고 부유한 거리, 덧문이 닫힌 창들. 집들은 어딘가 답답하면서도 냉소적으로 보였다. 글라디스는 생각했다.

'누구지?'

글라디스의 몸이 절망과 분노로 떨렸다. '이토록 어리석고 멍청하다니. 너무 바보 같아. 알도는 날 속이고 있어. 그리고 나는 아무것도 모르고 의심도 하지 않았어. 누구지? 차라리 모르고 싶어.' 글라디스는 자포자기한 심정으로 생각했다.

그럼에도 마음 깊숙한 곳에서 의문의 불씨가 꺼지지 않았다. '누구지?'

마치 손으로 벌려보고 싶은 상처 같았다. 그로 인해 죽는다 해도 계속 손댈 수밖에 없는 상처.

'밤새도록 여기에 있겠어.' 글라디스는 분노에 눈이 멀어 생각했다. '그래서 알아내고 말 거야. 그러면 알도도 감히 거짓말을 못 하겠지.'

그러다가 이상한 희망이 글라디스를 사로잡기 시작했다. '내가 창문을 너무 약하게 두드린 게 아닐까? 혹시 몰라. 알도는 얌전히 자고 있을 수도 있잖아. 그럼 전화 소리는 뭐였지? 그래, 내가 꿈을 꾼 게 분명해. 한밤중에 누가 전화를 걸겠어. 내가 꿈을 꾼 거야.'

글라디스는 다시 서둘러 알도의 집 창문 쪽으로 향했다. 굳어서 힘이 빠진 손으로 창문을 붙잡고 흔들며 알도를 불렀다. 개의 불안한 울음소리 말고는 아무런 기척이 없었다.

"제리야, 너니? 제리?" 글라디스가 부드럽게 불렀다.

개가 글라디스의 목소리를 알아듣고 더 크게 짖더니 이내 낑낑대기 시작했다. 글라디스는 절망이 묻어나는 목소리로 작게 중얼거렸다. "너도 혼자니? 우리 불쌍한 제리, 알도가 너도 혼자 남겨둔 거야?"

마침내 인적 드문 길가에 택시가 나타났고 집 앞에서 정차했다. 글라디스는 차창 너머로 알도의 실루엣과 그 옆의 여자를 알아봤다. 알도가 여자에게 손을 내밀어 차에서 내리게 도와줬다. 그 여자는 다름아닌 자닌 페르시에였다. 글라디스는 자닌의 남편이 일주일 전부터 집을 비웠으며 다음 날에야 돌아온다는 사실을 기억해냈다. 알도와 자닌이 함께 저녁을 보낸 것이다. 알도는 예복 차림이었고 자닌은 모자를 쓰지 않은 모습이었다. 글라디스가 수도 없이 드나들었던 것처럼, 이제 알도와 자닌이 당당히 이 밤을 끝내기 위해 함께 집으로 들어갔다.

글라디스는 당장이라도 두 사람에게 달려들고 싶었지만, 갑자기 우뚝 멈춰 서서 생각했다. '내 얼굴!'

이렇게 밤을 보냈으니 얼굴은 틀림없이 초췌하고도 남을 것이다. 글라디스는 울음을 터뜨리거나 자신이 받은 고통을 그대로 드러낼 수 없었다. 젊었을 때야 눈물이 볼을 타고 흐르게 둬도 보기 좋았다. 꽃잎에 떨어지는 빗방울이 그러하듯 눈물이 얼굴을 더욱 돋보이게 해주었다. 자닌은 서른 살이 되지 않았으니 울어도 괜찮았다. 자닌의 눈물은 충분히 알도를 감동시킬 터였다. 그러나 글라디스는 눈물을 흘리면 두 뺨에 칠한 분이 지워진다는 사실을 잊지 말아야 했다.

글라디스는 자닌과 알도가 집으로 들어가고 그들 뒤로 문이 닫히는 모습을 지켜봤다. 벤치에 오래도록 앉아 알도의 집에서 눈길을 거두지 않았다. 얼어붙은 맨손을 떨리는

입술에 바짝 갖다 댔다. 덧창 틈새로 불빛이 언뜻 보이더니
꺼졌다. 글라디스는 집으로 돌아갔다.

19

그후 몇 주 동안 글라디스는 베르나르의 집을 여러 번 방문했다. 베르나르의 초라한 방에 있으면 이상하게 마음이 놓였다. 지구상에서 유일하게 무서워할 것도, 감출 것도 없는 장소였다. 오직 이곳에서만 글라디스는 마침내 기력을 모두 소진한 늙은 여자로 보일 수 있었다. 몸을 축 늘어뜨리거나 고개를 숙여도 되었다. 글라디스는 진주 목걸이 아래 움푹 들어간 목주름을 감추려고 늘 고개를 꼿꼿하게 세우고 다니곤 했었다. 글라디스는 베르나르의 애인도 만나보고 싶어서 만남을 청해두었다. 베르나르의 애인은 각진 얼굴이 세련되고 갈색 머리를 잘라 앞머리를 낸 젊은 여자였다. 여자의 진중하고 깊은 두 눈은 웃을 때 따라 웃지 않고 어둡고 심각한 눈빛을 유지했다. 오히려 슬프거나 생각에 잠길 때 조롱으로 반짝였다. 여자의 이름은 로레트 펠레그랭이었다. 로레트가 가진 물건이라고는 베이지색 양모 투피스, 베레모, 꽃무늬 시폰 블라우스뿐이었다. 그녀는 가장 추운 날에도 꽃무늬 블라우스를 입었는데, 저녁에 빨아서 다음 날 다시 입곤 했다. 로레트는 몽파르나스에서 화가의 모델 일을 하며 살던 여자 중 하나였다. 이 여자들의 출신과 진짜 이름은 거의 알려진 바가 없었다. 크루아상과 크림 넣은 커피로 끼니를 때우며 아무의 관심도 끌지 않고 어느 순간 갑자기 나타났듯 어느 날 홀연히 자취를 감췄다. 머지않아 글라디스는 베르나르가 로레트를 위해 자신을 찾아왔다는 사실을 깨닫게 되었다. 애인에게 돈을 마련해주기 위해서였다.

그날 글라디스는 젊은 두 남녀와 함께 있었다. 말없이 창문에 흐르는 비를 바라보며 오랫동안 시간을 보냈다. 로레트가 가슴 깊은 곳에서 찢어질 듯 터져 나오는 기침을 힘겹게 토해냈다.

마침내 베르나르가 말문을 열었다. "부인, 로레트를 스위스로 보내야 해요. 저희를 도와주세요. 저는 돈을 벌고 싶어요." 고개를 숙이며 베르나르가 덧붙였다.

"하지만 왜요 베르나르? 내가 여기 있잖아요. 또…."

"돈을 부탁하고 싶지 않으니까요." 베르나르가 화를 내며 말했다. "돈 때문이 아니에요. 모르시겠어요? 저는 돈을 벌고 싶다고요."

"그런 거라면…." 글라디스가 부유한 여성 특유의 순진함으로 말했다. "어렵지 않을 것 같은데요?"

베르나르가 코웃음을 쳤다. "정말 그렇게 생각하세요? 지금 어떤 시대에 살고 계세요? 무슨 꿈을 꾸고 있냐고요? 전쟁 전에 잠들어서 계속 꿈속에 빠져 있나 봐요. 말도 안 돼."

"돈은 필요한 만큼 줄게요, 베르나르. 하지만 돈 말고 내가 할 수 있는 일은 없어요."

"친구와 인맥이 있잖아요. 페르시에 장관과 친분이 있는 걸로 알고 있어요."

"아뇨. 그건 안 돼요." 글라디스가 중얼거렸다. "안 돼요. 불가능해요. 내가 해줄 수 있는 일로 만족하세요."

글라디스는 다시 자세를 고쳐 잡았다. 저녁은 글라디스가 다시 살아나 알도를 쫓으러 가며 헛된 젊음으로 한껏 치장하는 시간이었다. 하지만 지금은 불안하고 안절부절못하는 꼴이었다. 글라디스는 테이블에 수표 한 장을 던지고 자리를 벗어났다.

"저 여자, 다시 올 거야." 로레트가 웃으며 말했다.

로레트는 베르나르에게 다가가 자신의 이목구비 중에서 유독 돋보이는 날카로운 눈으로 베르나르를 바라봤다. 그러더니 돌연 질문을 던졌다. "저 여자, 자기 엄마야?"

"왜 그렇게 물어봐? 나하고 닮았어?"

"너하고 저 여자 둘 다 눈빛이 치명적인 거 아니?" 로레트는 버릇대로 공중에 단어를 그리며 말하더니 이내 콧노래를 흥얼거리기 시작했다. "잔혹한 프라고나르 그림 속 여자들의 치명적인 그 두 눈."*

"오, 아니야 로르. 그런 식으로 말하지 마." 베르나르가 다정히 로레트를 바라보며 말했다. "배운 척하는 여자 같아서 최악이란 말이야."

"알겠어, 자기." 로레트는 중얼거리며 대꾸할 뿐 베르나르의 말에 귀를 기울이지는 않았다. 빙긋 미소만 지어 보였다.

베르나르는 로레트를 거칠게 끌어안았다. "로레트, 스위스에 가면 다 나을 거야."

로레트는 뼈만 남은 앙상한 손가락으로 베르나르의 이마를 쓸어내리며 다정하게 말했다. "당연하지. 다시 돌아올게. 나 안 죽어. 그거 알아? 내가 지금 죽으면 내 인생은 이렇게 될 거야. 논리적이고 완벽한 인생처럼 말이야." 로레트는 손가락 끝으로 허공에 동그라미를 그려 보이며 말했다. "하

---

* 프랑스 작가이자 시인인 폴장 툴레(Paul-Jean Toulet)의 시집 『콩트르림(Les Contrerimes, 1921)』에 52번째로 수록된 시의 구절. 언급된 프라고나르(Jean-Honoré Fragonard)는 프랑스 로코코를 대표하는 화가로, 가볍고 달콤해 보이지만 욕망의 기운이 짙은, 유혹적인 여성들을 그렸다.

지만 인생은 절대 이렇지 않아. 오히려 이런 모습에 가깝지." 그러고는 불규칙한 줄로 이어지다가 공중에서 사라지는 선을 손으로 그었다. "아니면 이렇게, 물음표이거나."

"돌아와, 돌아오기만 해. 그 여자가 마지막 피 한 방울까지 쏟아내게 할 테니까. 그 여자 이름을 알려줄까? 제자벨이야. 이해하기 어렵겠지만 괜찮아. 나도 마찬가지야. 너에 대해 아무것도 모르지만 너를 사랑하잖아. 내가 널 얼마나 사랑하는데, 로르. 돌아오면 제자벨의 돈으로 아름다운 드레스, 보석, 전부 다 사줄게. 두고 봐 로르. 두고 보라고."

로레트는 떠났다. 책으로 채운 반쯤 빈 여행 가방을 들고 베레모는 평소처럼 머리에 쓰지 않고 손에 든 채였다. 작은 베이지색 투피스를 입고 있었는데 추위 때문에 살짝 몸을 떨었다. 로레트가 향한 곳은 스위스였다. 지금껏 폐병에 걸린 수많은 사람들이 요양을 위해 모여들던 곳.

20

베르나르는 스위스에서 발송된 편지 두 통을 받았다. 편지는 짧았다. 문장은 간결했고 글씨는 급히 휘갈겨 쓴 듯했다. 이후로는 아무런 편지도 오지 않았다. 베르나르는 로레트가 곧 세상을 떠나리라는 것을 알았고, 그래서 매일 그녀의 사망 소식을 기다렸다. 베르나르의 슬픔은 그 자신을 닮았다. 쓰라리고 침울했으며 증오로 가득했다. 베르나르는 고통스러웠다. 면도도 하지 않고 책도 펴지 않았다. 옷을 갈아입지도 않고 침대에 그대로 몸을 던져 저녁까지 내리 자다가 밤이 오면 잠에서 깼다. 파리의 황혼이 선사하는 두려움을 절망 깃든 즐거운 마음으로 맛보기 위해서였다. 자신의 초라한 방을 나설 힘이 없었다. 어디에 가려고 방을 나서겠는가? 고독은 도처에 깔려 있었다. 곳곳에서 슬픔과 불안, 잔혹한 권태가 그를 노렸다. 베르나르는 길가의 가스등 불빛이 덧창의 그림자를 검은 벽에 드리워주기를 기다렸다. 정신이 몽롱한 상태로 가스등을 쳐다봤다. 그러면 이따금 가스등의 초록 불빛이 진통제처럼 가슴 깊은 곳까지 스며들어 내면을 꽉 채운 생각을 감미로운 불빛으로 녹여줬다. 차가운 비가 세차게 내렸다. 로르. 베르나르는 마치 로레트가 벌써 죽기라도 한 듯 추억했다. 그리고 생각했다. 로레트는 신중하고 겸손하며 섬세한 여자였어. 몸도 아름다웠지. 우울하고 예민했지만 비관적인 우아함이 있었달까. 기이한 절망감이 베르나르를 엄습했다. 그것은 그의 마음과 꼭 닮은 아리고도 서늘하며 과묵한 슬픔이었다. 밤이 내리면 베르나르는 이 술집 저 술집 배회했다. 술이 들어가면 로레트를 머리에서 지워낼 수 있었다. 아니, 적어도 잔혹할 정도로 세세한 부분까지 떠오르던 그녀 생각을 멈출 수 있었다. 그러나 완전히 취했을 때조차 그는 로르의 부재를 느꼈다. 공허한 감각처럼, 우울한 결핍처럼, 새까만 권태처럼.

베르나르는 침대에 누워 메마른 상체를 덜덜 떨었다. 입고 있는 스웨터는 낡고 해졌지만 이제 수선해줄 사람이 없었다. 옆에는 오렌지가 가득 담긴 그릇이 놓여 있었다. 취기와 몽롱함에 빠져들 때까지 베르나르는 창을 타고 흐르는 빗줄기에서 눈을 떼지 않았다. 더 이상 죽음을 생각하지 않고 절망 속에서 허우적대지 않으려고 억지로 글라디스를 떠올리며 가슴 속에 증오를 되살리려 했다.

'글라디스, 그 여자가 올 일은 없어. 그 여자가 모르는 사이 나는 고통스럽게 죽어버릴지도 몰라. 그래도 세상에서 나와 같은 피가 흐르는 유일한 사람인데.'

베르나르는 낮은 목소리로 로르의 이름을 불렀다. "로르."

두 눈에 눈물이 차오르자 베르나르는 수치스러웠다. 돌아누워 분노에 차 이불을 마구 움켜쥐고 베개에 얼굴을 묻었다. 베개는 누리끼리했고 여느 지저분한 숙소에서 날 법한 곰팡내를 풍겼다. '로레트, 가엾은 내 사람. 이제 다 끝났어, 잘 가. 제자벨의 돈으로 사탕도 드레스도 사줄 수 있었을 텐데. 불쌍한 내 사랑, 조금만이라도 더 좋은 시간을 보낼 수 있었을 텐데. 이제 그조차도 누리지 못하게 되었어. 그 짧은 시간조차도 보내지 못하게 되었다고.'

베르나르는 이토록 나약하고 이토록 사랑에 푹 빠진 자신의 모습이 부끄러웠다. 머리로 이렇게 생각하고 싶었다. '뭘 어쩌겠어. 내가 할 수 있는 건 아무것도 없어. 다른 여자를 또 만나게 될 거야.'

하지만 이내 다른 생각이 들었다. '아, 로레트가 나아서 돌아오기만 한다면 제자벨의 목숨과 가진 전부를 빼앗아오겠어. 그 여자가 고통에 몸부림치고 자신이 세상에 태어

난 날을 저주하도록 만들고 말 거야.'

어느새 베르나르의 머릿속에는 애인 로레트와 제자벨로 이름 붙인 여자 사이의 기묘한 관계가 자리 잡기 시작했다. '살아생전 행복이라고는 단 5분도 느껴보지 못하고 죽어버린 스무 살의 젊은 여자, 그리고 다이아몬드로 온몸을 치장하고 감히 계속 사랑을 찾으며 시샘을 부리는 노망난 늙은 여자. 세상에, 정말 어처구니없지. 그 노망난 여자를 죽여버리고 싶어.' 그러다 이런 생각이 들기도 했다. '그러면 나는 어떻게 되는 거야? 아무 일도 없겠지. 배심원 여러분, 저 사람은 제 할머니예요. 할머니는 저를 버리고 거부하며 뼛속까지 상처를 줬어요. 그래서 복수한 거예요. 그러면 사람들이 이렇게 말할지도 몰라. 하지만 이봐요 젊은 친구, 저 여자는 당신에게 돈을 줬잖아.'

"아, 열이 나는 것 같아." 베르나르가 중얼거렸다. '내가 심각한 장티푸스에 걸리고 로르가 폐결핵에 걸려 죽는다면 제자벨은 어떤 대가를 치를까? 내가 더 나은 세상에서 친어머니를 만날 수 있다면? 내가 그 여자한테 꽤 성가시긴 한가 봐.' 그렇게 생각하자 조금 기운이 솟았다. '어쨌든 지지리 운도 없어. 모든 게 나에게 불리해. 나는 이 세상에서 백 번이고 천 번이고 사라져야 했어. 그런데도 여기 이렇게 존재하고 있지. 위안은 되지만 이걸로는 부족해. 안 돼. 오, 신이시여. 이것으로는 충분치 않습니다!'

성탄 하루 전 베르나르는 로레트의 사망 소식을 접했고, 그녀의 부모에게 부고를 알리러 가기로 결심했다. 로르가 서랍에 두고 간 옛 편지들을 정리하다가 부모의 존재와 주소를 알게 되었다.

아파트는 호화롭고 조용했다. 백발의 나이 든 여자가 베르나르를 맞이했다. 얼굴은 수척했고 상복 차림에 흑옥 목걸이를 걸고 있었다. 바로 로르의 어머니였다. 먼저 베르나르는 여자에게 로르가 병에 걸려 스위스의 레쟁에서 치료받는 중이라고 전했다. 로르의 엄마는 눈물을 흘리며 말했다. "그렇게 끝날 줄 알았어요. 지금 레쟁에 있다고요? 그러면 돈이 정말 많이 들 텐데요. 자식들은 참 배은망덕한 존재예요. 로르는 가출했고, 저를 망신시켰어요. 제가 뭘 더 할 수 있겠어요?" 여자가 검은 테두리 장식이 있는 손수건을 눈으로 가져가 눈물을 훔치며 말하자 가슴 위에서 흑옥 구슬이 흔들거렸다. "6개월 전에 남편이 세상을 떠났어요. 재산도 남기지 않고요. 로르에게 최대한 돈을 아껴 쓰라고 하세요. 저는 제 딸을 알아요. 향수며 화장품, 비단 스타킹까지 사들이더라고요. 로르가 저를 생각해주길 바라요. 제가 가진 전부를 포기하면 로르에게 매달 500프랑은 보내줄 수 있을 거예요. 5년 동안 엄마인 제게 편지도 쓰지 않고 아무런 소식도 전하지 않았어요. 하지만 어려운 상황에 처하면 곧장 가족의 품으로 돌아오는 법이죠. 로르에게 매달

500프랑씩 보내도록 할게요.”

“그래봤자 아무 소용 없어요.” 베르나르의 말투가 거칠어졌다. “한 번만 돈을 보내주셔도 로르를 땅에 묻을 만큼은 되겠네요. 로르는 어제 죽었어요.”

베르나르는 밖으로 나왔다. 비가 내리고 있었다. 얼음장처럼 차가운 안개에 휩싸인 밤이었다. 베르나르는 별다른 생각 없이 곧장 앞을 향해 걸었다. 한 술집, 그리고 이어서 또 다른 술집으로. 강가 맞은편의 라 프레가트에서 베르나르는 그림자에 비친 검은 강물을 바라보며 술잔을 기울였다. 파리의 생루이 섬에 위치한 작은 카페에서는 가스등이 쉭쉭거리며 조각이 새겨진 오래된 기둥을 밝혔고, 뤼도라는 또 다른 술집은 먼지와 묵은 때, 분필 가루 때문에 사방이 희뿌얬다.

그러고 나서 베르나르는 다시 몽파르나스로 돌아왔다. 그곳에서 학교 친구를 마주쳐 또 한잔 걸치며 말했다. “로르가 죽었어.”

“이런. 스무 살도 안 됐잖아. 한잔할래?”

베르나르는 잔을 비우자마자 밖으로 나와 어두운 길로 다시 들어섰다. 진창길은 술집의 붉은 조명을 받아 핏빛으로 물들었다. 그는 카페 드 돔의 테라스로 올라갔다. 온 땅에 로레트의 죽음을 알리고 싶은 욕구가 치밀었다. “말도 안 돼.” 사람들의 웅성거림이 들렸다.

곧이어 "건강이 안 좋았다나 봐"라고 누가 말했다.

"몇 살이래? 스무 살도 안 됐대?"라고 묻는 사람도 있었다.

자신들의 나이와 비슷한 숫자가 들리자 사람들은 입을 다물었다. 베르나르는 술을 들이켰다. 뿌연 담배 연기 사이로 익숙한 얼굴들이 보이면 가슴 속에서 침울한 분노가 일렁였다.

오랫동안 베르나르는 그렇게 술집을 전전했다.

베르나르는 센 강 방향으로 내려갔다. 잔뜩 취기가 올라 머리가 뜨겁고 멍했다. 포장된 길바닥으로 떨어지는 빗소리에 귀를 기울였다. 불로뉴 숲 쪽으로 발을 옮겨 글라디스의 집 쪽으로 걸어갔다. 증오심과 절망감에 휩싸여 글라디스를 만나야겠다는 욕구가 일렁였다. 베르나르는 같은 말을 되풀이했다. "집에 가야지. 그래, 돌아가야 해. 자야 해…."

하지만 발길은 자신도 모르게 글라디스의 집으로 향하고 있었다.

그러다가 베르나르는 로르의 엄마를 떠올렸다. 반송장 같던 그 늙은 여자는 안경을 쓰고 흑옥 목걸이를 걸치고 있었다. 머리에는 챙 넓은 모자를 얹고 수놓인 쿠션에 둘러싸여 있었다. 몇 년 더 비참하게 아등바등 살겠다고 두 손에 돈을 꽉 움켜쥐고 있던 여자였다.

'비열한 노인네들.' 베르나르는 주먹을 쥐며 생각했다.

베르나르는 자식들에게 절망과 빈곤, 죽음만을 남기면서도 자신들을 위해서는 자리와 돈, 행복 그 어떤 것도 포기하지 않는 부모들을 이 두 여자와 똑같은 증오로 한데 엮었다.

오테유 근처로 갈수록 술집은 드물었고 초라했다. 남자들이 카드 게임을 하는 중이었다. 베르나르는 한 술집에 들어가 낡은 오르골에서 음계가 몇 개 빠진 채로 흘러나오는 멜로디를 한참 들었다.

처음 로르를 만났던 그날이 떠올랐다. 화로 앞에 앉아 있던 로르의 얼굴은 불빛을 받아 붉었다. 모자는 쓰지 않았고 목에는 빨간 양모 목도리를 둘렀다. 베르나르는 로르의 창백하고 세련된 얼굴과 눈빛을 회상했다.

'로르에게는 뭔가 특별한 게 있었어. 나도 로르 자신도 결코 찾지 못했던 어떤 것이 있었지. 일종의 시(詩) 같은 것이.'

그리고 베르나르는 상상 속에서조차 얼굴을 그려 볼 수 없는 친모를 생각했다. 마리테레즈가 살아 있다면 마흔 살이라는 사실을 베르나르는 알지 못했다. 베르나르는 자신의 엄마를 자신과 로르만큼이나 어린 여자 형제처럼 생각했다.

'불쌍하고 가엾은 로르와 내 어머니. 당신들은 이제 저세상 사람들이에요. 저 아래 어둠 깊은 곳에 묻혀 있어요. 다 함께 웃고 춤추며 아무 걱정 없이 즐기는 곳에요. 저는 제자벨의 어깨를 움켜잡고 쉼 없이 흔들 거예요.’ 베르나르는 분노에 휩싸여 생각했다. ‘그래서 화장으로 떡칠한 가면을 벗겨버릴 거예요. 오, 그 여자가 끔찍하게 싫어. 모든 일의 원흉인 그 사람이 이렇게 살아 있다니. 불공평해. 나는 이제 어떻게 될까? 부모도 없고 수많은 동급생 친구도 하나 없어. 공부 말고 돈을 벌고 싶어. 지긋지긋해. 내 손으로는 책 넘기는 것 말고 할 수 있는 일이 없다는 게 고통스러워. 일을 하고 싶어. 지하철 공사장이든 레 알 시장통이든, 어디든 상관없어. 하지만 요즘 같은 불경기에 일자리를 구하는 게 가능하겠어? 한심한 놈 같으니…. 나는 노동자가 되어야 했어. 베르트 엄마는 나를 신사로 만들지 말아야 했다고. 누구에게나 온 세상이 원망스러운 날이 있는 법이니 신께서도 나를 용서하실 거야.’ 베르나르는 회한과 애정을 동시에 느꼈다. ‘아, 목말라.’

　베르나르는 아직 문을 닫지 않은 둑길 모퉁이의 술집으로 들어갔다. 비가 내렸지만 술잔을 들고 밖으로 나가 술을 마셨다. 차양이 바람에 나부껴 비를 제대로 피하지 못했다. 베르나르는 추워서 몸을 떨었다. “아주 보잘것없는 직장이라도 있으면 먹고살 수 있을 거야. 못질하고 널빤지를 두드리고 밤에는 자고. 이렇게 일하고 일요일은 술만 마시며 1년을 보내면 로르를 잊을 수 있겠지. 어쨌든 나는 아직 스무 살이야. 슬픔에 몸부림치다가 죽고 싶지는 않아. 그럴 수 없어.” 베르나르는 보이지 않는 신에게 결투를 신청하듯 결연한 어조로 나지막이 같은 말을 되뇌었다. “그래, 하지만 제자벨의 돈이 있잖아. 너무나 쉽게 벌어들인 그 돈 말이야. 저런 여자들은 손대는 족족 망가뜨리지.”

밤새 베르나르는 걷고 또 걸었다. 빗물이 얼굴을 타고 흘렀다. 텅 빈 듯한 도시 위로 빗물의 속삭임과 얼굴을 간지럽히는 그 손길, 그리고 불안 가득 중얼대는 소리가 뚝뚝 떨어졌다. 포장된 길바닥에서 물안개가 피어올랐다. 베르나르는 반쯤 뜬 눈으로 길을 걷다가 앞을 보지 못하는 사람처럼 인도 가장자리에 발부리를 찧기도 하며 생각했다. ‘제자벨에게 가서 말할 거야. 오, 그럼 오늘 밤을 영영 잊지 못하겠지. 한 인간을 고통받게 하는 일은 참 달콤해. 지금 제자벨은 뭘 하고 있으려나? 나를 잊었을까? 하지만 곧장 나를 기억하게 만들 수 있어. 제자벨은 지금 어디 있지?’

베르나르는 호텔의 창문을 올려다봤다. 닫힌 창문은 전부 깜깜했다.

“크리스마스 전날 밤이니까 제자벨이 집에서 남자와 뒹굴고 있지 않다면 분명 어딘가에서 춤추고 있을 거야. 춤추며 즐기고 있겠지. 이 늙어빠진 여자는 귀신이고 괴물이야. 그런데 왜 이런 말이 튀어나오지? 그 여자가 젊어 보이는 건 맞잖아. 아니, 그래도 늙은 여자야. 늙어빠진 마녀라고.” 베르나르는 어두운 망상에 사로잡혀 같은 말만 주절거렸다. "오늘 밤 그 여자가 눈물을 흘리게 할 거야. 눈물 쏟는 모습을 꼭 보고야 말겠어."

베르나르는 대문 귀퉁이에 몸을 기대고 떨어지는 비를 바라보며 자리를 지켰다.

21

그 시각 글라디스는 플로랑스 카바레에서 춤을 추고 있었다. 페르시에 부부와 알도, 그리고 글라디스까지 네 명이 한자리에 있었다.

자닌과 글라디스 사이의 '마지막 결투' 같은 밤이었다. 글라디스는 눈에 보이지 않는 수많은 경고로 자신의 패배를, 알도가 자닌을 더 마음에 들어한다는 사실을 직감했다. 자닌은 교활하고 집요한 새를 닮았다. 메부리코의 콧볼은 좁았고, 크고 생기 넘치는 눈은 불안해 보였지만 창백한 둥근 눈꺼풀 아래에서 쉴 새 없이 깜빡거렸다. 곧고 검은 머리는 새의 깃털처럼 윤기가 흘렀다. 그날 밤 자닌은 이번 무도회철에 유행하는 모자를 쓰고 나타났다. 새의 양 날개를 가면처럼 한곳에 모아 붙인 모자였다. 자닌은 지치는 법이 없었다. 호리호리한 몸 아래에 강철처럼 단단한 근육이 붙어 있는 부류의 여자였다. 자닌은 글라디스의 비밀스러운 패배와 나이를 짐작했다. 그녀는 알도를 좋아했고, 특히 글라디스 아이제나흐의 애인을 빼앗았다는 영광이 퍽 마음에 들었다.

자닌은 글라디스라는, 자신보다 나약하지만 더 아름다운 라이벌을 짓밟고 싶었다. 그리고 글라디스는 창백하지만 들뜬 모습으로 그 결투에 응했다. 술을 마시는 자닌이 보이면 글라디스도 술잔을 들었다. 자닌이 춤을 추면 글라디스도 간신히 몸을 지탱하며 춤을 췄다. 글라디스의 심장은 질투로 오그라들었다. 알도에게서 미소 한 번과 욕망이 이글거리는 눈길 한 번을 얻기 위해서라면 목숨까지 바칠 태세였다. 자닌을 보면 감미로울 정도의 경련이 글라디스의 몸을 훑었다. 글라디스는 예전에 사둔 권총이 떠올랐다. 권총은 여전히 손끝에 들린 가방 안에 들어 있었다. 지친 짐승을 채찍질하듯 글라디스는 자신의 미모를 돋보이게 하려 애쓰며 끊임없이 말하고 웃었다. 알도는 자신의 품 안에서 몸을 달싹거리는 두 여자를 차례대로 껴안으며 잔혹한 쾌락을 즐겼다.

글라디스는 지친 기색 없이 몇 시간 동안 담배 연기의 뿌연 그림자 속에서 그녀 주위를 맴도는 얼굴들과 함께 춤을 쳤다. 이렇게 춤을 추는 것은 실로 오랜만의 일이었다. 글라디스의 몸이 고통에 겨워 몸부림치는 수천 개의 작은 뼛조각들로 이루어진 것 같았다.

'걸어.' 글라디스가 분노에 차 속으로 말을 걸었다. '춤춰. 웃으라고. 여유롭게 행동해. 아름답고 젊게 보여야 해. 계속, 끊임없이 사랑받아야 한단 말이야. 알도가 보고 질투하도록 모든 남자들의 마음에 들어야 한다고.'

긴 진주 목걸이 외에 다른 보석은 결코 걸치지 않던 글라디스가 그날 밤에는 다이아몬드 장신구로 팔과 목을 뒤덮었다. 자닌에게는 다이아몬드만큼 아름다운 보석이 없었기 때문이다. 반드시 사람들의 이목을 끌어야 했다. 그러면 왜 남자들의 시선이 글라디스에게 꽂혀 있는지, 그들이 감탄하며 쳐다보는 것이 다이아몬드인지 글라디스의 피부인지 알도가 의문을 품지 않을 터였다.

아름다워야 했다. 새벽 5시가 되어도 어여쁘고 싱그러운 여자들 사이에서 화장 아래의 주름 혹은 분칠한 늙은 여자들이 쓰고 다니는 죽음의 가면이 눈에 띄지 말아야 했다. 긴장이 풀리거나 무기력해지는 순간은 용납할 수 없었다. 가장 나약한 존재라고 스스로 인정하는 것도 절대 안 될 일이었다. 춤추고, 술 마시고, 다시 춤추기 위해 몸을 움직여야 했다. 예순 살의 몸과 다리가 통증과 피로를 느끼지 못하게 밀어붙여야 했다. 황토색 분을 발라 매끈하고 반들반들한

헐벗은 등을 꼿꼿하게 유지해야 했다. 그러나 등 근육 하나 하나가 찢어진 상처처럼 아팠다. 문과 열린 창문 사이로 찬 공기가 들어와 스칠 때도 떨지 말아야 했다.

글라디스와 자닌은 웃으며 마주 보고 섰다. "친애하는 글라디스, 조심하세요. 그러다가 감기 걸리겠어요."

"그럴리가요. 저는 아프거나 피곤한 적이 없어요."

자닌이 부드럽게 말했다. "그렇겠죠? 글라디스, 당신 눈에는 우리가 한심한 세대로 보이겠어요."

글라디스는 무릎이 떨리는 것을 느꼈다. 다시 자세를 곧추세우고 생각했다. '걸어, 내 몸아. 움직이라고, 이 늙어빠진 몸뚱아리야. 말 좀 들어!'

글라디스는 답답한 가슴에서 새어 나오는 바람 빠지는 소리를 불안하게 들으며 미소 지었다.

마침내 글라디스는 젖 먹던 힘을 다해 스스로를 극복했을 뿐 아니라 자닌에게서도 승리를 쟁취해내고 말았다. 다리는 다시 편해졌고 원래의 속도와 리듬을 되찾았다. 호흡도 안정되었다. 이제 글라디스는 스무 살 때처럼 경이로울 정도로 경쾌하게 춤췄다. 아름다운 입술을 반쯤 벌려 미소를 짓기도 했다. 거울로 시선을 돌리자 자신의 하얀 드레스와 염색한 머리가 보였다. 예전처럼 묶어 땋아 왕관 모양으로 머리 주위에 두른 머리가 거울에 비쳤다.

새벽 4시를 넘어 5시가 되었다. 베르나르는 빗속에서 글라디스를 기다렸고, 글라디스는 춤을 추고 있었다.

그때 젊은 남녀 한 무리가 카바레에 들어왔다. 술에 약간 취한 모습이었고 즐거워 보였다. 젊은 여자들의 헝클어진 머리칼이 가볍게 흩날렸다. 앳된 얼굴에 공들여 섬세히 펴 바른 분은 매끈했고, 싱그러운 피부와 이질감 없이 완벽한 조화를 이루었다. 글라디스가 곁눈질로 거울을 보자 자신의 진한 화장 아래 초췌한 얼굴이 드러났다. 글라디스는 일어나 알도에게 꼭 달라붙어 다시 춤을 췄다. 눈꺼풀은 지치고 피곤에 찌들어 무거워졌고 자신도 모르는 사이에 스르르 감겼다.

자닌도 점점 지쳐 보이기 시작했다. 자닌은 글라디스보다 서른 살이나 어렸지만 아직 무르익지 않은 미모 때문에 제대로 방어하지 못했다. 카바레 안 사람들은 두 여자 주변에서 웃으며 점수를 매겼다. 이것은 경쟁이었다.

마침내 글라디스는 행복하고 당당한 기색을 보일 수 있었으나 실은 강박 때문에 피폐해진 상태였다. 모든 것이 글라디스의 나이를 상기시켰고, 과거의 추억으로 그녀의 생각을 다시 몰고 갔다. 말하고 미소 지을 때도 글라디스의 내면에서는 천천히 몸을 꿈틀거리는 뱀처럼 강박이 서서히 똬리를 풀었다. 그럼에도 글라디스는 결투를 포기하지 않았다. 온몸이 날카로운 긴장으로 떨렸다. 생사를 건 도약을 무리하게 시도하는 자들에게서 볼 수 있는 긴장감이었다.

이 사람들은 철저히 망가져 숨만 붙어 있을 때조차 죽음을 용납하는 법이 없다. 비극적이게도 글라디스에게 패배란 불가능했다.

다른 이들의 눈에 글라디스는 그저 나이를 초월한 여자로 보였다. 파리에 사는 마흔 살 넘긴 어느 여자처럼 말이다. 조명을 받은 글라디스는 화장과 보석 때문에 아름다웠다. 그 아름다움 안에는 비장함이 깃들어 오히려 불안하고 조급해 보였다. 그러나 새벽이 되어 카바레 입구에 서 있을 때면 분칠한 늙은 여자와 다를 바 없었다. 갖은 애를 쓰고 피곤에 찌들어도, 수많은 결투를 치르며 근심 걱정하며 승리를 얻어내도, 그 뒤에는 단 하나의 질문이 남을 뿐이었다. 차에 시동을 걸며 젊은 남자들마다 툭 던져보는 이런 말. "글라디스 아이제나흐? 아직 괜찮지. 남자하고 같이 자나?"

22

　베르나르는 기다렸다. 추위에 떨지도 않았다. 매서운 바람이 볼을 물어뜯도록 기꺼이 내버려두었다. 늪지대 같은 습하고 역겨운 물비린내가 파리에 진동했다. 이제 아무 생각도 들지 않았다. 베르나르는 글라디스 집의 불 꺼진 창문과 텅 빈 길거리를 바라봤다.

　드디어 자동차가 나타났다. 밝은 차 내부 덕에 베르나르는 글라디스의 작고 우아한 금발 머리와 담비 모피 외투를 알아봤다.

　글라디스의 모습을 보자 베르나르의 내면에서 강한 분노가 고개를 쳐들었다.

　'웃고 있다니.' 베르나르가 이를 꽉 깨물며 생각했다. '춤추고 재미 보느라 아주 신이 났구나. 하지만 어째서? 저 여자는 이제 늙어서 삶을 즐길 자격이라곤 없는데.'

　베르나르는 다가가 자동차 문을 열어주고 나서 그림자 안으로 몸을 숨겼다. 알도는 베르나르를 보지 못했거나 수고비를 기다리며 주위를 배회하는 부랑자라고 생각했지만, 글라디스는 곧장 그를 알아봤다. 베르나르는 글라디스가 알도 쪽으로 몸을 숙이는 모습을 봤고, 그를 차에서 내리지 못하게 만류하는 소리도 들었다. 차가 다시 떠났다. 베르나르는 호텔 문 앞까지 글라디스를 따라갔다. 글라디스는 잠시 아무 말 없이 베르나르를 쳐다보기만 했다. 가슴에서 차오르는 증오에 글라디스 스스로 겁에 질렸다.

　마침내 글라디스가 나직이 말했다. "가세요."

　"할 말이 있어요. 들어갈게요."

　"미쳤군요. 어서 가요."

　온갖 이름을 붙여 억누르려 했던 증오심이 글라디스의 마음 깊숙한 곳에서 다시 솟아올랐다. 다른 감정은 조금도 섞이지 않은 순수한 증오였다. 글라디스는 베르나르의 목소리가 싫었다. 탐욕스러운 시선도 싫고 보일 듯 말듯 입가에 띠는 무미건조한 비웃음도 싫었다. 글라디스가 베르나르를 보며 품는 증오는 그런 것이었다. 오직 같은 피를 나눈 존재에게 느끼는, 증오가 가장 순수한 모습으로 눈면 잔혹함 속에서 드러날 때 느끼게 되는 감정.

"저를 집에 들이는 게 좋을 거예요." 베르나르가 글라디스의 손을 붙잡고 말했다.

"이 손 놓고 기다려요. 안에 일하는 사람들이 있어요."

글라디스의 말을 듣고도 베르나르는 뒤를 따라 안으로 들어갔다. 현관에는 아무도 없었다. 베르나르는 벽지 발린 벽으로 시선을 돌렸다. 불 켜진 램프가 계단을 밝혔다. 그는 컴컴한 방 안으로 글라디스를 따라갔다. 글라디스가 자리에 앉았다. 무릎은 떨렸고 경주를 마친 말마냥 앞으로 목을 길게 뺐다. 육체적으로 극심한 피로를 겪었을 때처럼 온몸이 극도로 경직되었다.

글라디스는 화장대 위의 분홍빛 전구를 켜고 나서 격렬한 밤을 보낸 탓에 초췌해진 얼굴을 가리려고 무의식적으로 외투 깃을 세웠다. 베르나르는 글라디스 쪽으로 불안한 몸짓을 취했다. 악몽에서 헤어나지 못한 것처럼 잠에 반쯤 취한 듯 기분이 몽롱했다. 글라디스와 베르나르는 서로를 말없이 잠시 동안 쳐다봤다. 두 사람 모두 두려웠고 증오심이 가득했다. 취기와 피로가 뒤섞여 뿌연 안개처럼 두 사람을 휘감았다. 꿈속에서 사지가 마비된 것처럼 숨쉬기조차 힘들었다.

마침내 글라디스가 낮은 목소리로 입을 열었다. 반감이나 권태로운 어조가 나오지 않도록 차분히 말하려 애썼다. "왜 그래요, 베르나르? 원하는 게 뭐예요?"

“그저께 전화했어요. 어제도 전화했고요. 편지도 보냈잖아요. 이제 제가 무섭지 않나 봐요? 사랑하는 할머니.”

채찍을 한 대 맞은 것처럼 글라디스의 얼굴이 파리해지고 경직되는 모습을 보자 베르나르는 기뻤다. 베르나르를 바라보는 글라디스의 눈빛이 불안했다. “취했네요. 왜 나를 괴롭히러 왔죠? 최선을 다해서 도왔잖아요. 호의를 증명하려고 전부 다 했어요.”

“호의요?” 베르나르가 어깨를 으쓱하며 말했다. “겁이 나서라면 모를까. 차라리 그편이 낫겠네요. 당신 호의는 필요 없어요.”

“알아요.” 글라디스가 말했다. 이유 모를 쓸쓸함이 느껴졌다. “내 돈만 필요한 거죠.”

“애정을 구하러 온 게 아니라고 저를 비난하시는 건가요? 그건 너무하네요.”

글라디스는 지친 기색으로 눈을 감았다. “나에게 뭘 원해요? 어서 말하고 그냥 가요. 도대체 원하는 게 뭐냐고요?” 글라디스는 나무 바닥을 발로 차며 같은 말을 반복했다. 글라디스가 이토록 급작스럽게 폭력성을 드러내는 순간은 아주 드물었다. 핏기 없고 멍한 얼굴에 경련이 일었다. “당연히 돈이죠? 알겠어요. 원하는 액수를 말하고 그만 가요.”

베르나르가 고개를 저었다. “이제 돈은 필요 없어요. 적선하듯 몇 푼 던져주면 제가 알아서 입 다물고 휘어잡혀서 속을 거라고 믿었나 봐요. 자기 핏줄은 제대로 모른다는 말이 틀린 말은 아니네요.”

“그럼 왜 그러는데요?” 글라디스가 중얼거렸다. “그냥 나를 괴롭히고 싶어서 그래요? 그런 거예요?”

글라디스와 베르나르는 입을 다물고 서로를 한참 동안 쳐다봤다.

“맞아요.” 마침내 베르나르가 시선을 피하며 인정했다. 낮은 목소리였지만 강단이 있었다. “잘 들어요. 저는 이제 이렇게 살고 싶지 않아요. 인맥과 평판, 친구들을 이용해서 당신이 저지른 끔찍한 불의를 조금이나마 지워주기를 바라요. 저를 희생자로 만든 그 부당한 일 말이에요. 저는 호적에 막시알 마르탱의 아들로 남고 싶지 않아요. 저는 베르나르 마르탱이 아니에요. 설사 베르나르 마르탱으로 남더라도, 그 이름의 주인이 나라는 음침하고 초라한 남자가 아니면 좋겠어요. 저는 뭐든 하려는 의지가 있고 일도 잘할 수 있다고 확신해요. 힘도 세고 머리도 좋아요. 당신에게 바라는 걸 지금 말하죠. 당신의 친구 페르시에가 저를 데리고 일하도록 지금 당장 편지를 써줘요. 변변찮은 필경사 자리라 해도 상관없어요. 저는 발판이 필요해요. 알아들었어요?”

글라디스는 베르나르를 쳐다봤다. 공포가 극에 달해 글라디스의 이성을 마비시켰다. 심장이 터실 듯 요동치는 바람에 베르나르의 마지막 말은 제대로 듣지도 못했다. 자넌의 남편인 앙리 페르시에라니. 세상에, 만약 자닌이 이 사실을 알게 된다면?

글라디스가 말했다. "안 돼요."

"왜요?"

"나는 못해요. 페르시에는 안 돼요. 게다가 페르시에는 내 말을 듣지도 않을 거예요. 지금은 일 이야기를 할 때가 아니에요." 글라디스가 기겁하며 중얼거렸다. "나는 그렇게 못해요."

"그러니까 왜 못 하냐고요?"

"불가능하니까요!"

"지금 거절하는 거예요?" 베르나르가 소리쳤다. 글라디스가 이렇게 저항하는 모습을 보고 베르나르는 그 안에 숨겨진 나약함과 상처를 건드렸다고 생각했다. 마음껏 상처를 벌려 고통에 몸부림치고 피를 쏟게 할 수 있을지도 몰랐다.

"베르나르, 그만해요. 가요. 내일 얘기해요."

"왜요? 나는 당신을 충분히 기다렸고 충분히 고통받았어요. 이제 당신 차례예요. 그런데 지금 혹시 누구 기다려요? 우리의 만남보다 더 재미있는 일이 어디 있다고요. 더 감미롭고 예측 불가능하며 우스운 일이 뭐가 있다고?" 베르나르가 격분하며 했던 말을 되풀이했다. "문이 열리고 애인이 들어온다. 글라디스! 저 젊은 남자는 누구예요? 애인이죠? 아니에요. 애인이 아니라 손자예요. 이 얼마나 즐거운 순간일까. 그러면 당신은 어떤 얼굴을 할까. 거울을 좀 보세요. 아, 이제 정말 할머니 같네요. 나이를 감출 생각조차 못할 거예요. 봐요, 보시라고요!" 베르나르는 글라디스의 눈 밑에 억지로 거울을 들이밀었다. "화장으로 가려도 눈 밑에 축 처진 주름은 어쩔 수 없네요. 좀 봐요. 늙어빠진 여자 같으니라고. 완전히 늙은 노인네야." 베르나르가 분노를 주체하지 못하며 되뇌었다. "난 당신이 정말 싫어요."

글라디스는 떨리는 손으로 거울을 들고 오랫동안 자신의 얼굴을 들여다봤다. 두 눈은 절망에 휩싸여 크게 팽창되었다. "베르나르, 나는 가끔… 당신이 나를 미워하는 게 과거 때문이 아니라 현재 때문인 것 같아요. 왜죠? 내가 아직도 여자라는 것, 내게 애인이 있다는 것, 그게 대관절 당신과 무슨 상관이죠?

"역겨워." 베르나르가 나직이 말했다.

"왜요? 도대체 왜요, 베르나르? 당신은 젊고 사랑하는 애인도 있어요. 내가 사랑에 빠졌다는 걸, 사랑받으려 인생을 바치겠다는 걸 어떻게 이해를 못 하죠? 내 드레스와 모피, 보석을 볼 때면 전부 빼앗아 로레트에게 가져다주고 싶겠죠. 가져가요. 그렇게 해서라도 내가 얼마나 불행한지 알 수만 있다면 기꺼이 다 줄게요. 오늘 내가 어떤 고통을 받았는지 알면 좋을 텐데. 글쎄, 내 애인이, 알도가 말이죠…."

“그 입 다물어요. 당신이 해서는 안 될 말이 있어요. 그 입에서 나오면 끔찍하고 반인륜적으로 들리거든요. 당신은 육십 먹은 늙은 여자예요. 사랑, 애인, 행복… 이런 말들은 그쪽을 위한 말이 아니에요. 늙었으면 늙은이답게 우리가 당신들한테서 빼앗을 수 없는 것들로 만족하세요.” 베르나르가 로르의 어머니를 떠올리며 분노에 차 말을 이었다. “돈을 지키세요. 자리, 명예, 전부 지키시라고요. 하지만 적어도 사랑과 행복은 우리 거예요. 우리 재산이고 우리 몫이었다고요. 무슨 권리로 그걸 가져가요? 사랑에 빠졌다고요? 당신이? 노망난 노인네 같으니. 참 불쌍하네요.” 베르나르가 코웃음을 쳤다. “하지만 혹시라도 당신에게 사랑하고 사랑받을 그 알량한 권리가 있다면 말이죠. 왜 당신 같은 족속들은 실제 나이가 밝혀질까 봐 벌벌 떠는 거예요? 차라리 범죄라도 저질렀으면 덜 창피했을 거예요. 나이를 숨길 수만 있다면 당신은 내가 죽어도 행복하겠죠? 당신은 늙고 나는 젊으니까. 난 당신이 싫어요. 당신이 행복해서 당신을 증오해요. 행복이란 젊은 나에게만 허락되어야 하니까요. 당신은 내 것을 훔쳤어요. 당신도 나를 싫어하잖아요. 싫어한다고 말할 용기가 없을 뿐. 나를 물어뜯고 싶은 그 입으로 나를 ‘우리 아가’라고 부르고 억지로 미소 지으면서 말이죠.”

“왜 내가 당신을 좋아하길 원해요?” 글라디스가 낮은 목소리로 물었다. "당신이 나에게 무슨 의미가 있는데요? 내가 당신을 낳은 것도 아니고 당신도 내 아들이 아니잖아요. 나와 피를 나눴다 한들 아무 상관 없어요. 그건 남자들의 주장이죠. 나는 당신을 몰라요. 모르는 사람이라고요. 내게 소중한 사람은 단 한 명, 알도뿐이에요."

"웃겨 죽겠네." 베르나르가 말했다.

하지만 글라디스는 베르나르의 말에 귀 기울이지 않고 말을 이어갔다. "알도는 내 전부예요. 알도가 나를 떠나면 내 인생에는 아무도 남지 않을 테니까요. 그 누구도 우리를 사랑하지 않고 원하지 않는 삶은 어둡고 차가워요. 늙은 여자의 삶도 결국 마찬가지예요. 나에게 이런 삶은 죽음보다 못 해요."

"어떻게 감히 사랑을 입에 올려요? 여자의 사랑? 그럼 당신의 핏줄인 난 뭔데!"

내가 지금 뭐라고 한 거야? 베르나르는 절망하며 생각했지만, 자신이 옳다고 느꼈다.

"당신은 노년을 극복했다고 믿나 봐요? 바로 그 마음이 늙었어요. 몸은 여전히 유연하고 뒷모습도 젊은 여자 같을 수 있어요. 머리도 염색하고 춤도 추러 다닐 수 있고. 하지만 당신의 영혼은 늙었어요. 아니, 더 최악이에요. 영혼이 썩어 문드러져서 죽음의 냄새가 진동해요."

"입 다물어요. 날 좀 내버려둬요. 미쳤거나 술에 잔뜩 취했군요. 내가 뭘 했다고 그래요? 당신에게 뭘 했는데요? 당신에게서 아무것도 빼앗지 않았어요. 인간이라면 누구나 자신에게 부여된 행복을 누리고 싶어해요. 내가 무슨 죄를 지었죠? 나는 자유로운 몸이에요. 내 인생은….”

“지금 ‘내 인생’이라고 했어요? 그게 뭐 그리 중요한데요? 당신은 이미 당신 몫과 행복을 전부 누렸어요. 그런데 나는요? 오, 내가 얼마나 당신이 고통받길 원하는지 상상도 못 할 거예요. 왜 내 손으로 당신을 죽이지 않았나 싶네요. 나를 단죄할 사람이 있긴 할까요? 네, 아마도 분명 있겠죠. 내가 만일 존속살인이라도 저지른다면 당신을 두고 내 할머니라고 말할 수 있는 유일한 순간이 되긴 하겠네요. 아니, 아니지. 그냥 당신의 애인에게 진실을 밝히는 편이 더 낫겠네요.”

“내 말 좀 들어봐요. 진실을 밝혀서 무엇을 얻을 수 있어요? 얻을 수 있는 게 뭐냐고요? 그래요, 날 죽인다 쳐요. 그러면 지원도 돈도 전부 사라지는 거예요.”

“당신의 돈이 나에게 무슨 의미가 있는데요? 어제 로르가 죽었어요. 당신이 말하는 지원은 단 한 번도 주어지지 않으리라는 걸 너무 잘 알아요. 그렇죠? 적어도 할머니의 환상을 벗겨내는 데에 만족하려고요. 이제 할머니가 내 말을 들을 차례예요. 무슨 일이 벌어질지 말해드리죠. 나는 당신 애인에게 가서 당신은 늙은 여자이고 나이가 육십이라고 알릴 거예요.” 베르나르가 단어를 하나씩 음미하며 말했다. “그래도 그 사람은 할머니 곁에 남겠죠. 모든 걸 감내하면서요. 왜냐하면 그 남자는 당신이 아니라 당신의 돈을 사랑하니까. 노망난 불쌍한 할머니는 그렇게 진실을 깨닫게 될 거예요.”

베르나르가 말을 멈췄다. 전화가 울렸다. 그는 나지막이 웃음을 터뜨렸다. “그 사람이에요? 그 정신 나간 애인? 자, 그럼 이제 같이 웃고 즐겨볼까요?”

“안 돼요, 베르나르!”

“왜 안 돼요? ‘몬티 백작입니다만?’ ‘저는 베르나르 마르탱입니다’ ‘글라디스 집에 남자가 있다니. 이 시간에?’ ‘오! 겨우 소년 딱지를 뗀 한낱 아이랍니다. 당신 자식뻘이죠. 어린애예요.’ 꿈꿔왔던 순간이 왔어요.”

“베르나르!”

글라디스가 베르나르를 향해 몸을 던졌다. 베르나르는 몸으로 전화기를 사수했다. 애정을 담아 단어를 고르고 다듬으며 간드러지는 목소리로 말했다. “저는 당신 애인의 손자랍니다. 아름다운 글라디스 아이제나흐의 손자라고요.”

“베르나르, 전화기를 건드리지 마요. 아무 말 하지 마요, 베르나르. 당신에게 아무 짓도 하지 않았잖아요. 나를 용서해요, 베르나르. 그래요, 내가 잘못했어요. 부유하고 행복하게 살 수 있도록 내가 도와줄게요.” 글라디스가 소리를 질렀다. 끊임없이 울리는 전화 소리를 자신의 목소리로 덮으려 안간힘을 쓰며 말했다. 베르나르는 손으로 전화기를 쓰다듬고 있었다.

"전화기에서 손 떼라고!"

베르나르가 수화기를 들려고 몸을 움직였다. 그 순간 글라디스가 권총을 집어 들었다. 한 달 전부터 매일 밤 머릿속으로 그려보고 생각했던 그 권총이었다.

베르나르가 글라디스를 쳐다봤다. 입술에 기이하고 경멸 어린 기운이 스치더니 살짝 떨렸다. 글라디스가 방아쇠를 당겼다. 베르나르는 전화기를 놓치며 얼굴이 순식간에 달라졌다. 부드러우면서도 놀란 표정이 스쳤다. 그가 쓰러져 넘어지면서 전화기도 함께 떨어졌다. 전화기가 바닥에서 끊임없이 울렸다.

글라디스는 베르나르의 얼굴에서 죽음을 목도했다. 아득하고 몽롱한 죽음의 기운이 서서히 번졌다. 소리를 질러 도움을 구하고 마음 깊이 후회와 절망을 느끼기 전, 평화의 숨결이 글라디스의 가슴에 차올랐다. 마침내 전화벨 소리가 멎었다.

옮긴이의 말

　『제자벨』의 프롤로그는 무려 50페이지에 달한다. 작가 이렌 네미롭스키가 기존 작풍과는 달리 추리소설 혹은 시대극처럼 읽히는 색다른 분위기로 공들여 포문을 연 데에는 이유가 있다. 밀고 당기는 법정 공방에서 독자는 흡사 방청객이나 배심원이 된 기분으로 재판을 지켜본다. 다른 부인들이 하품을 할 때 독자도 하품을 하고, 기자들의 펜이 바빠질 때면 독자의 눈도 날카로워진다. 이윽고 마지막에 다다른 작가는 '글라디스의 미래와 과거를 궁금해하는 사람은 그 누구도 없었다'라는 한 문장을 던진다. 늘어져 있던 자세를 고쳐 앉게 만드는, 서늘함이 깃든 문장이다.

　글라디스의 곁에는 늘 장미가 있다. 무도회 드레스 위에도, 상수시 저택의 정원에도. 이 작품은 젊음과 아름다움, 사랑을 말하지만 장미의 꽃말처럼 진솔하고 정열적인 사랑 이야기와는 거리가 멀다. 글라디스의 세상에는 '주는 사랑'이 아닌 '받는 사랑'만이 존재하며, 그 사랑의 대상은 타인이 아닌 바로 자기 자신이다. 글라디스는 '나는 사랑받고 싶다(je veux être aimée)'라고 주문을 왼다. 늙는 순간이란 곧 사랑받지 못하고 시들어 죽는 순간이라고 자기 자신에게 최면을 걸며 사랑받는 즐거움에 중독된다. 젊음과 미모는 타인에 대한 지배력을 확인하고 자신의 지위를 향상시키는 수단이다. 글라디스는 작고 빨간 장미꽃만이 적당한 때에 시드는 법을 안다고 말하지만, 검붉은 꽃잎과 그 향기에 취해 스스로 깨우친 이 진리를 망각한다. 화려했던 젊음을 끝까지 붙들며 나이를 지우고 부정하느라 정작 자신이 좋아하는 꽃처럼 오늘을 살지 못한다. 세상의 순리를 거스르고 자연의 이치를 파괴하려는 욕망의 끝을 깨닫지 못한 채, 영원히 시들지 않는 장미가 되고 싶어한다.

　『제자벨』은 1936년에 처음 소개되어 머지않아 출간 100년을 맞는다. 작가는 기교를 부리지 않는 담담한 문체로 글라디스라는 비극적 인물을 그리고, 그 판단을 독자에게 맡긴다. 동시에 오늘날의 우리에게도 여러 질문을 던지는 듯하다. 글라디스라는 인물에게는 작가가 오랫동안 증오한 어머니의 모습이 투영되어 있다. 비정하고 잔혹한 글라디스는 악녀임이 분명하다. 그러나 이성으로는 이해되지 않는 그의 삶의 궤적을 따라가다 보면 인간이라면 누구나 품고 있는 외로움과 불안을 발견할 수 있다. 내면 깊이 감춰진 어둠이 눈앞에 툭 내던져진 채 나를 똑바로 쳐다보는 듯한 느낌에 책장을 덮고 나서도 오랫동안 여운이 가시지 않았다. 그만큼 글라디스의 인생은 치열하고 처절했으리라. 글라디스처럼 우리도 타인의 시선으로 자기 자신을 재단하며 살고 있는 것은 아닐까. 욕망 때문에 자신뿐만 아니라 주위까지 불행하게 만들고 있는 건 아닐까.

이 작품을 번역하며 원서의 고유한 맛을 살리는 것을 가장 중요한 원칙으로 삼았지만, 원문에 종종 등장하는 영어 대사를 곧바로 한국말로 옮기거나 호칭을 정리하는 등 독서의 흐름을 깨지 않기 위한 장치 또한 마련했음을 밝혀둔다. 특히 글라디스가 사촌 언니의 남편인 클로드를 유혹하는 대목에서 '형부'라는 호칭을 택했는데, 이를 통해 글라디스의 기괴한 욕망이 처음으로 표출되는 장면이 한국어판 독자의 마음에 자연스럽게 그려질 수 있기를 바랐다. 제목 번역에도 한동안 골몰했다. 원제인 '제자벨(Jézabel)'은 성경 속 인물의 이름이고, 그나마도 프랑스식 표기이다. 한국

독자에게 생소할 수 있는 제목을 한국어로 바꿔보려고 출판사와 함께 다양한 후보군을 만들었지만, 그 어떤 단어도 원제보다 강렬한 느낌을 주기 어렵겠다는 결론에 다다랐다. 부디 독자 여러분이 호기심을 가득 안고 책 표지를 넘겼으면 하는 마음이다.

　번역은 인내와 고민이 필요한 작업이다. 때로는 즐겁고 때로는 고통스럽다. 단순히 출발어에서 도착어로의 과정이 아닌, 그 안에서 벌어지는 사건을 하나씩 풀어가는 긴 여정이기도 하다. 번역자로서 작가가 마련해둔 문학이라는 장에서 독자가 헤매지 않게 도와주는 길라잡이의 역할을 충분히 수행했기를 바란다. 마지막으로 이렌 네미롭스키 선집 번역에 참여할 수 있도록 기회를 주신 레모의 윤석헌 대표님에게 감사 인사를 드린다.

옮긴이 채단비

프랑스 뤼미에르 리옹2대학교에서 응용문학을 전공했다. 동 대학원에서 조르주 페렉의 『잠자는 남자』와 무라카미 하루키의 『잠』을 비교 연구하여 석사 학위를 받았으며, 박사과정을 수료했다. 현재 프랑스에 거주하며 한국어 교육과 통번역을 병행하고 있다. 동서문학상과 재외동포문학상에서 각각 수필 부문 은상과 우수상을 수상하며 작가의 꿈도 키우고 있다.

이렌 네미롭스키 선집 6

제자벨

초판 1쇄 발행 2026년 4월 27일

지은이 이렌 네미롭스키
옮긴이 채단비
펴낸이 윤석헌
편집 이승희
디자인 강혜림
제작처 357 제작소
펴낸곳 레모
출판등록 2017년 7월 19일 제 2017-000151 호
주소 서울시 서초구 서초대로 33길 99, 201호
이메일 editions.lesmots@gmail.com
인스타그램 @ed_lesmots

ISBN 979-11-91861-46-4 04860
979-11-91861-27-3 04860 (세트)